A INCONVENIENTE LOJA DE CONVENIÊNCIA

KIM HO-YEON

A INCONVENIENTE LOJA DE CONVENIÊNCIA

Tradução do coreano
Jae Hyung Woo

Revisão de tradução
Thomas N.

7ª edição

BERTRAND BRASIL
Rio de Janeiro | 2025

CIP-BRASIL. CATALOGAÇÃO NA PUBLICAÇÃO
SINDICATO NACIONAL DOS EDITORES DE LIVROS, RJ

H849i Kim Ho-Yeon
A inconveniente loja de conveniência / Kim Ho-Yeon ; [tradução Jae Hyung Woo]. - 7. ed. - Rio de Janeiro : Bertrand Brasil, 2025.

Tradução de: 불편한 편의점
ISBN 978-65-5838-244-7

1. Ficção coreana - Coreia (Sul). I. Woo, Jae Hyung. II. Título.

23-86579 CDD: 895.73
CDU: 82-3(519.5)

Gabrilela Faray Ferreira Lopes - Bibliotecária – CRB-7/6643

Publicado na Coreia por Namu Bench.

Edição em língua portuguesa publicada mediante acordo com Namu Bench através da KL Management em associação com Patricia Seibel.

Ilustração de capa: Banzisu

Texto revisado segundo o Acordo Ortográfico da Língua Portuguesa de 1990.

EDITORA BERTRAND BRASIL LTDA.
Rua Argentina, 171 — 3º andar — São Cristóvão
20921-380 — Rio de Janeiro — RJ
Tel.: (21) 2585-2000,

Impresso no Brasil

Marmita com iguarias de terra e mar

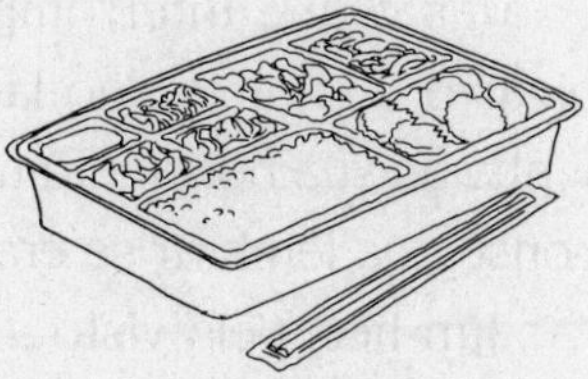

O trem estava passando perto de Pyeongtaek quando a senhora Yeong-sook Yeom notou que sua bolsinha com a carteira e outras coisas não estava dentro da bolsa. O problema é que ela não conseguia se lembrar de jeito nenhum onde a havia perdido. O declínio da sua memória a deixava mais ansiosa que a perda da bolsinha. Já suando frio, ela tentou desesperadamente refazer os últimos passos.

Definitivamente estava com a bolsinha quando comprou a passagem do KTX na Estação Seul, senão não teria pegado o cartão e pagado a passagem. Depois, sentou-se de frente para a TV na plataforma e aguardou o trem por meia hora, enquanto assistia ao canal de notícias. Após embarcar, ela cochilou por um instante segurando a bolsa, e, quando acordou, tudo estava igual. Foi quando abriu a bolsa para pegar o celular que deu falta da bolsinha. Ofegou quando deu falta dela, que continha coisas muito importantes, como a carteira, cadernetas, caderno etc.

O cérebro da senhora Yeom teve de funcionar tão rápido quanto o trem em que ela estava viajando. Ela rebobinou a memória como se tentasse fazer voltar a paisagem que passava rapidamente pela janela do vagão. O homem de meia-idade sentado ao seu lado pigarreou, incomodado com a senhora pensativa que falava sozinha e balançava as pernas.

Mas o que interrompeu seus pensamentos não foi o pigarro do homem ao lado, e sim o toque do celular, que vinha da sua bolsa. Era uma música do ABBA, mas ela não conseguia lembrar se era "Chiquitita" ou "Dancing Queen". "Ai, Jun-hee, pelo visto a sua avó está ficando mesmo com demência", pensou ela.

Só depois de pegar o celular com as mãos trêmulas foi que a senhora Yeom lembrou que a música era "Thank You for the Music". Ao mesmo tempo, percebeu que era uma ligação de um número desconhecido com DDD 02. Respirou fundo e atendeu.

— Alô?

Não houve resposta do outro lado da linha. No entanto, o barulho ao fundo a fez supor que a pessoa estava em um lugar público.

— Quem está falando?

— Yeong-sook... Yeom... Certo? — A voz era muito rouca e indistinta para ser considerada humana. Era o tipo de som que sairia de um urso quando ele sai da caverna após a hibernação e abre a boca pela primeira vez.

— É ela mesma.

— A... bolsinha.

— Ah, isso. Você está com ela? Onde você está?

— ... Seul.

— Em que lugar de Seul? Na Estação Seul?

— Isso. A Estação... Seul.

Ela deu um suspiro de alívio e pigarreou.

— Obrigada por encontrar a minha bolsinha, mas estou no trem agora. Vou descer na próxima estação rapidinho, depois volto para aí. Será que você poderia me esperar ou me dizer onde posso pegá-la, por favor? Vou recompensá-lo pelo incômodo.

— Eu vou estar aqui... Não tenho... para onde ir mesmo.

— Ah, é? Está bem. Onde podemos nos encontrar na estação?

— N-Na direção da linha ferroviária que dá acesso para o aeroporto... Na loja de conveniência GS...

— Obrigada. Já chego aí.

— Pode vir... sem pressa.

— Tudo bem. Obrigada.

Depois de desligar, ela se sentiu estranha. A voz animalesca e a fala arrastada ao celular a convenceram de que se tratava de um homem em situação de rua. Além disso, pelo DDD 02, que vinha de um telefone público, com certeza era uma pessoa em situação de rua sem celular. A senhora Yeom ficou nervosa por um instante. Mesmo ele tendo dito que devolveria a bolsinha, ela se sentiu desconfortável e ficou com medo de que ele pedisse algo em troca.

No entanto, era improvável que um homem que teve a gentileza de ligar para dizer que devolveria de bom grado sua bolsinha a incomodaria. Dar-lhe quarenta mil wons em dinheiro como recompensa parecia suficiente. Neste instante, ela ouviu o anúncio de que o trem pararia em Cheonan. A senhora Yeom guardou o celular na bolsa e se levantou.

◉◉◉

Quando o trem estava passando por Suwon na volta, o celular tocou de novo. Ela olhou para a tela e recitou a letra de "Thank You for the Music" como se isso fosse prevenir a demência. Era o mesmo número de antes. A senhora Yeom atendeu, tentando conter o nervosismo.

— Sabe, eu...

A voz do homem saiu abafada. A senhora Yeom disse num tom mais firme, como fazia ao lidar com um aluno que ficava dando desculpas:

— Por favor, fale.

— Sabe... patroa, eu estou com fome...

— E?

— A marmita... da loja de conveniência... S-Será que eu posso?...

Na hora, a senhora Yeom sentiu um quentinho no peito. Sentiu o título "patroa" e a palavra "marmita" amolecendo seu coração.

— Claro. Pode comprar a marmita. Se estiver com sede, pode comprar uma bebida também.

— O-Obrigado.

Assim que desligou, recebeu uma mensagem de texto indicando um pagamento. Foi tão rápido que pareceu que ele tinha ligado já em frente ao caixa. Como ele estava morrendo de fome, ficou claro que ele era o mandachuva da Estação Seul, amigo dos pombos, uma pessoa em situação de rua. Leu a mensagem, que dizia: GS – Marmita Too Much do Chan-ho Park – 4.900 wons. "Como não pegou bebida, devia ter vergonha na cara", pensou ela. A senhora Yeom desistiu da ideia de chamar alguém para acompanhá-la e resolveu encontrá-lo sozinha. Aos setenta anos, ainda acreditava em sua dignidade, apesar dos sintomas de demência. Como havia lidado com todo tipo de aluno até se aposentar, sendo sempre atenciosa, decidiu confiar em si mesma.

◉◉◉

Assim que chegou à Estação Seul, achou rapidamente a escada rolante que descia para a linha ferroviária que conectava a estação com o aeroporto. Ao chegar lá embaixo, encontrou a loja de conveniência GS à direita, e o homem com voz de urso estava agachado em frente à loja, com o rosto enterrado na marmita. Conforme ela se aproximava, a imagem dele ficava mais nítida, e ela ficou tensa de novo. O cabelo do homem era longo e parecia um esfregão, e ele estava com um corta-vento e um moletom sujo bege, ou talvez marrom. Ele comia bem devagar as salsichas com os palitinhos. Sem dúvida em situação de rua. A senhora Yeom criou coragem para chegar mais perto.

Neste momento, três estranhos avançaram sobre o homem que comia a marmita, e a senhora Yeom, surpresa, não teve escolha a não ser parar no meio do caminho. Estava claro que os três estranhos, que pareciam hienas, também estavam em situação de rua. Eles prensaram o homem contra a parede, tentando tirar algo dele. Ela bateu os pés e olhou em volta, mas todo mundo que passava por ali só olhava de relance para eles, pensando se tratar de uma briga comum entre a população de rua.

O homem colocou a marmita no chão e se pôs em posição fetal, se defendendo. Então, eles tentaram estrangulá-lo. Ao levantar os braços para se defender, roubaram a única coisa que ele tentava proteger. A senhora Yeom ficou nervosa quando viu o objeto roubado. Era a bolsinha rosa dela!

Os três estranhos se dispersaram depois de pisotearem o homem da marmita, como se quisessem se livrar dele. A senhora Yeom se sentou, sem saber o que fazer, com as mãos e os pés tremendo. Nesse instante, o estranho se levantou como se fosse reagir e se lançou sobre o estranho que segurava a bolsinha.

— Aaah!

Com um grito, o homem da marmita agarrou a perna do sujeito e o derrubou. Os outros logo vieram atacar o homem da marmita, que pegou a bolsinha de volta no meio da briga. Nesse instante, um lampejo de fúria atravessou os olhos da senhora Yeom. Ela se levantou de pronto, correu até eles e esbravejou:

— Seus desgraçados! Soltem isso agora!

O grito e a investida os fizeram parar, hesitantes. Ela correu e acertou a bolsa na cabeça do estranho que estava bem na sua frente. Ai! Quando o cara gemeu de dor, os outros se levantaram e começaram a recuar.

— Ladrões! Eles estão roubando a minha bolsinha! São eles!

Quando as pessoas pararam e começaram a prestar atenção no grito estridente da senhora Yeom, os ladrões deram no pé. Só sobrou o homem da marmita, que ficou agachado abraçado com a bolsinha, e ela se aproximou dele.

— Você está bem?

O homem levantou a cabeça e olhou para a senhora Yeom. Os olhos inchados por causa da surra, o misto de sangue e coriza escorrendo pelo nariz e o bigode cobrindo a boca o faziam parecer um homem das cavernas que voltou machucado de uma caçada. Só agora ele se dava conta de que os agressores tinham ido embora e se sentou devagar. A senhora Yeom pegou um lenço e se agachou diante dele.

O cheiro de mofo característico de gente em situação de rua atingiu seu nariz. A senhora Yeom prendeu a respiração e entregou o lenço a ele. O homem fez que não com a cabeça e esfregou o nariz com a manga do casaco. Ela se aborreceu consigo mesma por ficar com medo que caísse sangue e muco dele na bolsinha.

— Você está bem mesmo?

O homem fez que sim e olhou para a senhora Yeom. Ao ver seus olhos tão de perto, ela se perguntou por um instante se tinha feito algo errado e sentiu vontade de sair dali. Pois é, era hora de pegar sua bolsinha.

— Obrigada por cuidar disso.

O homem, que protegia a bolsinha com o braço esquerdo, segurou-a com a mão direita e fez menção de lhe entregar. Porém, quando a senhora Yeom estava prestes a pegá-la, o homem a puxou de volta ao peito. Ele a abriu, olhando atentamente para a senhora Yeom, que ficou atônita.

— O que você está fazendo?

— É mesmo... a dona?

— Mas é claro que sou a dona! Eu vim aqui só para isso. Você não se lembra de ter falado comigo ao telefone?

A senhora Yeom estava começando a se irritar com a suspeita absurda dele. Sem dizer uma palavra, o homem vasculhou a bolsinha e encontrou a carteira, de onde tirou a identidade e a examinou.

— O número da... identidade.

— Está insinuando que estou mentindo?

— É só para ter certeza... É de minha... responsabilidade devolver para a dona.

— A minha foto está aí na carteira de identidade. Vê se parece comigo.

O homem olhou alternadamente para a identidade e para a senhora Yeom, os olhos ainda inchados por causa da surra.

— A senhora e a foto... não se parecem.

Incrédula, a senhora Yeom fez um muxoxo de forma involuntária, mas não conseguia nem ficar brava. O homem acrescentou:

— É antiga. A foto é antiga.

De fato, a foto era antiga, mas estava na cara que era a senhora Yeom. Mas o homem podia não enxergar bem, talvez refletindo seu acesso precário ao sistema de saúde. Ou então foi ela que envelheceu mesmo, a ponto de estar irreconhecível.

— Número da identidade... P-Pode falar.

Aff. A senhora Yeom deu um suspiro curto e disse de forma clara:

— Cinco, dois, zero, sete, dois, cinco-XXXXXXX. Satisfeito?

— E-Está certo. A gente tem que fazer as coisas direito... né?

Como se pedisse consentimento com o olhar, o homem colocou a identidade de volta na carteira, que colocou de volta na bolsinha, e entregou a ela. A senhora Yeom a pegou e, assim que viu que a comoção havia sido resolvida, sentiu uma onda de gratidão pelo sujeito. Ele protegeu a bolsinha mesmo quando estava sendo espancado e teve o cuidado de devolver para a pessoa certa. A verdade é que ele não teria feito isso se não tivesse um forte senso de responsabilidade.

Então, o homem grunhiu e se levantou. A senhora Yeom também se levantou e rapidamente tirou quarenta mil wons em espécie da carteira.

— Tome.

Deu para sentir a hesitação do homem quando viu o dinheiro.

— Pode pegar.

Em vez de pegar o dinheiro, ele enfiou a mão dentro do corta-vento, tirou um punhado de papel higiênico e limpou o nariz que sangrava. Então, ele se virou e começou a andar. Envergonhada, com a mão que segurava o dinheiro da recompensa ainda estendida, ela olhou para o homem por um tempo. Ele foi cambaleando até a frente da loja de conveniência onde estava agachado comendo a marmita e se abaixou. Ela foi atrás dele.

Em frente à loja, o homem falava sozinho enquanto olhava para a marmita que estava comendo pouco antes, agora toda destruída. Então, ouviu-se um gemido. A senhora Yeom, que já o estava observando há um bom tempo, inclinou-se e deu um tapinha de consolo nas costas dele. Quando ele se virou, ela fez a mesma cara que fazia quando confortava um aluno intimidado.

— Senhor, venha comigo.

◉◉◉

Ao sair em direção à Estação Seobu, o homem hesitou por um instante. Ele parecia um herbívoro se recusando a sair da natureza e entrar em um caminhão. A senhora Yeom o incentivou a sair da estação com um gesto, e eles andaram pela rua em Galwol-dong. O homem acompanhou o ritmo da senhora Yeom, ficando só uns passos atrás. Ela cruzou o bairro rapidamente e seguiu em direção a Cheongpa-dong. Os frutos que caíam na avenida das árvores ginkgo no fim do outono exalavam um cheiro semelhante ao do homem. A senhora Yeom se perguntou por que o havia trazido até aqui.

Ela queria recompensá-lo de alguma forma, já que ele não havia aceitado o dinheiro. Uma recompensa para o homem que cuidou da sua bolsinha, e ela queria apoiá-lo por fazer a coisa certa, por mais que estivesse em situação de rua. A verdade é que o feedback do comportamento dos alunos, adquirido durante o longo período em que trabalhou em escolas, se manifestava aqui também. Porém, mais do que isso, a senhora Yeom também queria ser uma boa samaritana para o homem em situação de rua — que se revelou um bom samaritano primeiro — pois ela cresceu em um lar cristão, por influência da mãe.

Após uma caminhada de uns quinze minutos, chegaram ao fim da rua monótona nos fundos da Estação Seobu e deram com uma igreja grande e sofisticada. Por ser em frente a uma universidade frequentada apenas por mulheres, moças de jeans e blusão passavam rindo, e as pessoas faziam fila em frente à lanchonete que havia ficado famosa por causa de um programa de TV. Quando a senhora Yeom olhou para trás, o homem estava ocupado correndo os olhos pela rua. Algumas pessoas os evitavam. Ela estava ao mesmo tempo curiosa e preocupada com o que pensariam vendo os dois juntos. Isso porque ela morava e tinha uma loja em Cheongpa-dong.

Indo em direção à Universidade Feminina Sookmyung, com o homem no seu encalço, a senhora Yeom atravessou alguns becos e chegou a um pequeno cruzamento. Havia uma loja de conveniência na esquina daquele cruzamento de três ruas. Era o humilde negócio da senhora Yeom e onde ela poderia oferecer outra marmita ao homem. Ela abriu a porta da loja e fez um gesto para que o homem entrasse. Ele hesitou e então entrou.

— Bem-vindos. Ah, é a senhora.

Shi-hyeon, a funcionária de meio período, largou o celular e cumprimentou a senhora Yeom com um sorriso. A senhora Yeom sorriu para ela também e notou a expressão de confusão da moça.

— Está tudo bem. É um cliente.

Quando disse "cliente", a expressão de Shi-hyeon ficou ainda mais confusa ao analisar o sujeito. A senhora Yeom, achando que a funcionária ainda era muito imatura, foi para a prateleira de marmitas, conduzindo o sujeito pelo braço. Ela não sabia se ele era perspicaz ou muito lento, porque a seguiu sem dizer nada.

— Pode escolher à vontade.

— Hum?

— Esta loja é minha, pode ficar tranquilo.

— Então... Hum... Ah...

De repente, o homem que estava cheio de fome ficou sem reação e boquiaberto.

— O que foi? Não tem o que você queria?

— Não tem... a marmita... do Chan-ho Park...

— Esta não é uma loja de conveniência GS. Só tem marmita do Chan-ho Park na GS. Mas aqui também tem muita coisa gostosa, pode escolher.

— ... Chan-ho Park também é bom de marmita...

Chocada com o fato de ele preferir a marmita da concorrência, a senhora Yeom pegou a maior marmita à sua frente e a empurrou no peito dele.

— Come essa aí. Uma marmita de iguarias de terra e mar. Vem com vários acompanhamentos e é muito boa.

Ele pegou a marmita e contou bem devagar o número de acompanhamentos. Eram doze. A senhora Yeom olhou para o homem examinando minuciosamente a marmita e considerou aquilo um banquete para ele. Depois de analisar a marmita, o homem levantou a cabeça e acenou para a senhora Yeom. Então, como se estivesse se dirigindo a um lugar reservado para ele, saiu da loja e se sentou a uma das mesas externas.

◉◉◉

A mesa externa de plástico verde rapidamente se tornou a mesa de jantar dele. O homem abriu a tampa da marmita como se manuseasse um objeto de valor, destacou os palitinhos com o maior cuidado, pegou uma porção de arroz e levou-a à boca. A senhora Yeom observava cada movimento dele. Então, ela se virou, pegou um copo de sopa de pasta de soja e colocou no balcão. Shi-hyeon entendeu na hora e passou na caixa registradora, e a senhora Yeom adicionou água quente na sopa de pasta de soja, pegou uma colher e saiu.

— Come com isso. Fica um pouco melhor.

O homem analisou a sopa de pasta de soja da senhora Yeom e deu um gole sem nem esperar pela colher. Ele tomou metade da sopa como se não estivesse quente, então fez que sim com a cabeça e voltou a usar os palitinhos.

A senhora Yeom entrou na loja de conveniência e encheu um copo descartável de água, então o pôs perto do homem e se sentou de frente para ele, observando-o comer. Ele parecia um urso comendo mel, embora ela não soubesse dizer se ele estava com fome porque tinha acabado de sair do período de hibernação ou se precisava repor nutrientes para hibernar. Por estar em situação de rua, devia ser difícil fazer as três refeições do dia, mas então por que ele era tão grande? Ela se perguntou se o fato de os moradores de rua engordarem seguia a mesma lógica da alta taxa de obesidade da classe mais pobre. Ou talvez ele comesse muito rápido.

— Pode comer devagar. Ninguém vai roubar isso de você.

O homem olhou para a senhora Yeom com a boca suja de sopa. Não era o olhar desconfiado de antes, era uma expressão calma.

— Está... gostoso — disse ele, depois de olhar para a tampa da marmita na mesa. — I-Iguarias de terra e mar mesmo...

Em vez de concluir a frase, o homem fez uma reverência com a cabeça, depois tomou mais sopa de pasta de soja. Ele pareceu ter caído em si ao saciar a fome, pois estava bem mais calmo. A senhora Yeom sentiu uma satisfação estranha ao vê-lo comer com os palitinhos as sobras do bolinho de peixe frito. Ela teve um vislumbre de como a vida era sublime na insistência dele de pegar os bolinhos de peixe frito que ficaram por último.

— Pode vir aqui sempre que estiver com fome. Você pode comer uma marmita a qualquer hora.

O homem parou de manusear os palitinhos e olhou para ela de olhos arregalados.

— Vou avisar aos funcionários que você pode comer de graça.

— A-As marmitas descartadas, certo?

— Não, as novas. Por que você comeria as marmitas que são descartadas?

— Os funcionários... comem as que são descartadas. Eu... adoro.

— Aqui na minha loja ninguém come comida descartada. Nem os funcionários nem você. Então, vou deixar avisado que você vai comer comida decente.

O homem ficou confuso por um instante, então fez que sim outra vez e tentou pegar um pedaço de bolinho de peixe frito. A senhora Yeom entregou-lhe a colher que havia trazido. Ele pegou a colher e ficou parado, como um chimpanzé olhando para um celular. Mas então, como se lembrasse como se anda de bicicleta, ele raspou o que restava dos bolinhos de peixe frito e levou a colher à boca com satisfação.

Ele ergueu os olhos da marmita de plástico completamente vazia e olhou para a senhora Yeom.

— Obrigado... pela refeição.

— Eu é que agradeço por ter cuidado da minha bolsinha.

— É que... dois caras a pegaram.

— Dois caras?

— Sim... E aí eu dei uma lição neles e peguei... com a carteira dentro...

— Você está dizendo que pegou a minha bolsinha dos caras que a roubaram para me devolver?

O homem fez que sim e bebeu a água do copo descartável que a senhora Yeom havia lhe trazido.

— Quando são só dois caras... eu me garanto. Mas três é... difícil. Eu vou... dar uma coça nos três da próxima vez.

Ele mostrou os dentes quando terminou de falar, talvez por ter ficado com raiva ao relembrar a situação na Estação Seul. A senhora Yeom franziu o cenho para os dentes amarelos do homem e para o pó de pimenta vermelha preso entre eles, mas seu estranhamento logo se esvaiu ao ver a força e a vitalidade que ele demonstrava.

O homem terminou de beber a água e olhou em volta.

— Aliás... onde... estou?

— Aqui? Cheongpa-dong. Colinas verdes.

— Colinas... verdes... Gostei.

Ele deu um sorrisinho sob a barba espessa, se levantou com as embalagens da marmita e da sopa de pasta de soja e as jogou no lixo. Em seguida, tirou um monte de lenços de dentro do corta-vento e limpou a boca na frente da senhora Yeom. Então, após fazer uma reverência em um ângulo de noventa graus, ele saiu andando.

A senhora Yeom ficou olhando para as costas do homem indo para a Estação Seul como se ele fosse um trabalhador saindo do escritório, e então entrou na loja. Assim que entrou, Shi-hyeon começou a fazer perguntas, com os olhos cheios de curiosidade. A senhora Yeom contou tudo o que aconteceu no trem, desde quando se deu conta de que havia perdido sua bolsinha até o presente momento. Enquanto ouvia a história da senhora Yeom, as expressões de Shi-hyeon variavam entre curiosidade e preocupação.

— Ele é uma pessoa interessante. Não dá nem para acreditar que mora na rua. Ele tem princípios.

— Ele me pareceu só uma pessoa em situação de rua mesmo... Vê aí se não sumiu alguma coisa da sua carteira.

A senhora Yeom abriu a bolsinha e conferiu a carteira. Estava tudo ali. Gabando-se, ela sorriu para Shi-hyeon. De repente, pegou a identidade e mostrou para ela.

— Estou muito diferente da foto?

— Está a mesma coisa. Por quê? Tirando uns poucos fios brancos, quase não envelheceu.

A senhora Yeom deu uma olhada mais de perto na foto da identidade. Sem dúvidas, a pessoa na foto e o seu eu atual eram bem diferentes.

— É frustrante, mas ele tem razão.

— Oi?

— Ele tem princípios. E você, Shi-hyeon, tem consideração.

A senhora Yeom pediu a Shi-hyeon que avisasse aos outros funcionários que aquele homem em situação de rua deveria receber uma marmita sempre que aparecesse. Mesmo parecendo confusa, Shi-hyeon começou a mandar por mensagem as instruções da chefe no grupo da loja de conveniência. A senhora Yeom correu os olhos pela loja, satisfeita, mas essa alegria logo passou. Ela não se lembrava de ter visto nenhum cliente entrar ou sair da loja enquanto o morador de rua comia sua marmita. Sentiu um gosto amargo na boca só de pensar que poderia estar mesmo com demência. Mas, enfim, ela recebeu uma boa ação e a retribuiu, então decidiu que o saldo do dia foi positivo.

— A propósito, a senhora não ia para Busan?

— Meu Deus, é mesmo!

O dia ainda não havia acabado. Ela precisava chegar a Busan ainda hoje, nem que fosse tarde da noite. Tinha de comparecer ao velório de uma prima e queria aproveitar que já estaria lá para passar mais alguns dias em Busan. Ela guardou a bolsinha na bolsa e seguiu para a Estação Seul.

◉◉◉

Ao voltar da viagem de cinco dias a Busan, a senhora Yeom parou na loja de conveniência. Quando entrou, Shi-hyeon a cumprimentou com os olhos enquanto recebia o pagamento das bebidas que um casal de clientes havia consumido. Assim que o casal foi embora, ela saiu do caixa e se aproximou da senhora Yeom. Após a troca de cumprimentos e perguntas sobre se estava tudo bem com a loja, Shi-hyeon chegou ainda mais perto da senhora Yeom como se estivesse esperando receber essa pergunta.

— Ele veio todo dia.

— De quem você está falando... Ah, do morador de rua?

— Isso. Ele veio todo dia na mesma hora e comeu uma marmita.

— Ele não veio no horário dos outros funcionários?

— Não. Só no meu.

— Será que ele gosta de você?

A piadinha da senhora Yeom fez Shi-hyeon fazer cara de nojo e olhar torto para ela. A senhora Yeom aceitou a reação da funcionária e disse que estava brincando.

— Mas, chefe... pensando bem, ele só chegava às oito da noite, bem na hora do descarte.

— O quê? Eu não disse para dar marmitas novas para ele?

— Disse. Eu falava para ele pegar uma nova, mas ele insistia em pegar uma marmita que estava indo para o descarte.

— Mesmo assim, eu falei que ele podia pegar uma nova... Vai ficar parecendo falta de consideração da nossa parte.

— Mas, senhora, não era fácil. Ele ficava resmungando e argumentando na frente do caixa, e ainda por cima fedia. Parecia que tinha um cocozão na loja. Teve até um cliente que entrou, viu o sujeito no caixa e saiu. O que eu poderia fazer? O único jeito de se livrar rápido dele era dar de uma vez o que ele queria e deixá-lo ir embora. Além do mais, depois que ele saía, ainda tínhamos que ventilar o ambiente.

— Aff, entendo.

— Eu acho que era de propósito. Não sei como ele descobriu o horário do descarte, mas sempre chegava na hora.

— ... Ele tem princípios mesmo.

— Ele veio um pouco mais tarde ontem. Fiquei até preocupada, achando que estava doente.

A senhora Yeom soltou uma gargalhada forçada quando Shi-hyeon passou a língua nos lábios, preocupada de verdade. Toda vez que a senhora Yeom olhava para Shi-hyeon, que era alta, magra e de coração mole, ela pensava naqueles bonecos infláveis de posto, balançando descontroladamente ao vento.

— Shi-hyeon, como você consegue sobreviver a este mundo sendo tão gentil?

— Me admira a senhora ser tão ingênua a ponto de dar marmita para um morador de rua... O que a senhora ia fazer se ele trouxesse os amigos dele? — Shi-hyeon devolveu na mesma moeda. Afinal, até um boneco inflável é maleável.

— Ele não é esse tipo de pessoa.

— Como é que a senhora sabe?

— Tenho o dom de ler as pessoas. Foi por isso que eu te contratei.

— A senhora é mesmo incrível.

Era sempre divertido conversar com Shi-hyeon, que era como a filha mais nova que ela não tinha. A senhora Yeom esperava que Shi-hyeon passasse em um concurso público e saísse dali com a cabeça erguida. Mas, por outro lado, ficava triste só de pensar nela indo embora.

Tlim, tlim. O tilintar do sino na porta anunciou a entrada de clientes na loja, e Shi-hyeon voltou ao caixa com uma saudação. A senhora Yeom olhou ao redor da loja de conveniência e deu uma olhada nas marmitas que sobraram. Ela decidiu que qualquer dia desses viria ali perto da hora do descarte de marmitas para perguntar ao homem seu nome, que ela ainda não sabia.

◉◉◉

Naquela noite, a senhora Yeom, que chegou em casa e pegou no sono vendo TV, acordou com o som do seu celular tocando. Quando olhou para a tela, viu a palavra "filho" e que já passava um pouco da meia-noite. Ela atendeu, sentindo um enjoo com o peso da combinação dessas duas coisas. Conforme ela já esperava, ouviu uma voz bêbada do outro lado da linha. O filho não sabia que ela tinha estado em Busan nem que seu aniversário era no dia seguinte. Mesmo assim, ele ficou dizendo que a amava e lamentando não ser um bom filho. No fim do seu discurso repetitivo ele entrou numa questão existencial sobre o "estado da loja de conveniência". Ela disse que ele não tinha nada com que se preocupar. A resposta do filho foi o papo furado de sempre de que sua mãe viveria com mais conforto e tranquilidade se fechasse a loja de conveniência que não dava nenhum lucro e levantasse os fundos necessários para o negócio dele. A senhora Yeom acabou perdendo a paciência e dando uma resposta rude.

— Min-shik, não é educado passar a perna na sua família.

— Mãe, por que você não confia em mim? É assim mesmo que você me vê?

— Como uma professora de história aposentada, se eu tivesse que dizer algo, seria que tanto o país como as pessoas são julgados com base no que aconteceu no passado. Pense em tudo que você fez. Você consegue confiar em si mesmo?

— Aff, mãe. Estou me sentindo tão sozinho! Por que minha mãe e minha irmã estão fazendo com que eu me sinta ainda mais sozinho? Minha própria família? Por quê?

— Se você me ligou para vir com papo de bêbado para cima de mim, pode desligar.

— Mããããe!

Depois de desligar, a senhora Yeom foi até a cozinha. Seu coração doía como se tivesse sido colocado numa frigideira com óleo fervente. Ela sentia uma queimação e um aperto no peito. Então, abriu a geladeira, pegou uma lata de cerveja e bebeu. Como não parava de beber para tentar fazer com que o fogo em seu peito se apagasse, acabou se engasgando. Ela se sentiu patética por beber para esquecer a besteira que o filho bêbado disse.

A senhora Yeom realmente não sabia o que fazer. Levava uma vida guiada pelo discernimento e pela determinação, e até então tinha sido tranquila. No entanto, o problema do filho sempre a tirava dos eixos. Supondo que ela ajudasse o negócio do filho, fechasse a loja de conveniência e assumisse o prejuízo, o que viria a seguir? Provavelmente a única propriedade que sobrara, os dois quartos no terceiro andar, na Villa Guok, que existia há vinte anos em uma ladeira, em Cheongpa-dong.

Ela odiava admitir, mas o filho era um vagabundo vigarista. Sua nora também descobriu isso e se divorciou dele depois de dois anos de casamento. Na época, a senhora Yeom havia ficado zangada com a decisão egoísta dela, mas posteriormente entendeu que a maior parte da culpa era do filho. Depois do divórcio, ele perdeu tudo que tinha em três anos e ficou sem um tostão. E a mãe dele, a única pessoa que pode ajudá-lo, está fazendo o quê? Por que não conseguia cuidar do filho, que ficava enchendo a cara por aí, mas se preocupava com a alimentação de um homem que morava na Estação Seul?

Assim que terminou sua cerveja, a senhora Yeom começou a orar na mesa. Tudo que ela podia fazer era orar e suplicar.

◉◉◉

No seu aniversário, a senhora Yeom estava com a filha, o genro e a neta Jun-hee, sua fonte infinita de felicidade. Esse ano, a família da filha não veio para Cheongpa-dong. Em vez disso, eles a chamaram para ir a um restaurante de carne bovina, que ficava em um prédio residencial-comercial no bairro deles. Tanto o casarão da filha em Ichon-dong, na zona leste da cidade, quanto a casa da senhora Yeom em Cheongpa-dong ficavam no mesmo distrito de Yongsan-gu, mas havia um abismo de diferença entre esses dois bairros. Embora Yongsan-gu tenha se tornado o segundo distrito mais caro de se morar, depois de Gangnam, em Seul, Cheongpa-dong era um bairro habitado pela classe trabalhadora, com repúblicas e casas densamente povoadas nas ladeiras. A filha e o genro sempre diziam que o banco era o proprietário da casa deles, mas eles estavam juntando dinheiro e planejavam se mudar para a melhor área de Gangnam quando a Jun-hee fosse para o ensino fundamental. Às vezes, a senhora Yeom se perguntava se vinham da filha ou do genro as habilidades de planejamento financeiro e coordenação das tarefas domésticas agressivas e ambiciosas deles, que divergiam de suas ideias conservadoras. Mas ela acabou entendendo que isso funcionava de uma forma sinérgica. Depois de se casar, a filha parecia cada vez menos filha e o genro parecia cada vez mais um cunhado. Mas a família da filha era o menor dos seus problemas, pois todos estavam bem de vida e se davam bem; ao contrário do filho, que vivia brigando e se divorciou. No entanto, a senhora Yeom tinha uma vaga sensação de que, quando sua filha se mudasse para Gangnam, elas se distanciariam tanto emocional quanto fisicamente.

Eles a trouxeram ao restaurante de carne bovina, um lugar conhecido por ser caro, para comemorar o aniversário da mãe e da sogra. Sinceramente, era até menos mal, pois a filha sempre chamava a senhora Yeom para comemorar seu aniversário num restaurante de costela de porco perto da entrada da Universidade Feminina Sookmyung. A senhora Yeom, que estava sentada com o coração apreensivo, sorriu para a neta. É claro que Jun-hee não prestava atenção nos olhos da vó, e sim no vídeo que estava vendo no YouTube, mas tudo bem. O genro e a filha conversavam sobre produtos financeiros que eles acumularam ou garantiram, mas ela não estava entendendo nada. Queria que a carne chegasse logo para que pudesse apenas comer. A senhora Yeom pensou que, se alguém tinha direito de aproveitar o próprio aniversário, era ela.

A comida chegou. A senhora Yeom se concentrou em levar a carne grelhada pelo genro à boca. A filha cuidava de Jun-hee, e o genro grelhava a carne com cuidado. Por fim, a filha serviu a cerveja, brindou e disse:

— Mãe, Jun-hee disse que quer aprender taekwondo.

— Por que uma menina precisa aprender taekwondo?

— Pois a senhora devia saber, mãe. Qualquer um pode aprender taekwondo, independente do gênero. Um menino bateu na Jun-hee outro dia desses. Foi ela que falou que ia aprender taekwondo e enfrentar os delinquentes.

A filha dela estava certa. A senhora Yeom sentiu vergonha do seu pensamento antiquado e ficou séria. Enquanto o genro observava as duas, a filha terminou sua cerveja. A senhora Yeom olhou para Jun-hee e relaxou sua expressão.

— Jun-hee, você quer aprender taekwondo?

— Quero — respondeu Jun-hee sem tirar os olhos do vídeo.

— Dizem que tem uma academia ótima que ensina taekwondo no seu bairro e que o mestre é muito bom. Ele competia pelo país nas olímpiadas, é jovem e gente boa... Todo mundo falava isso no Dong-chon Mom Cafe.

— Dong-chon Mom Cafe?

— É um grupo de mães em Dongbu Ichon-dong. É uma coisa da internet.

— Esse mestre é burro então? Ele devia dar aula em Ichon-dong onde ganharia mais. O que ele ainda está fazendo num beco, em Cheongpa-dong?

— É o que ele está tentando fazer, mas é caro se mudar para cá. De qualquer forma, nós não podemos esperar ele vir para cá e vamos matricular Jun-hee na academia onde ele trabalha agora. Então, acho que vou precisar da sua ajuda, mãe.

De repente, a carne extremamente macia ficou difícil de mastigar, como se seus dentes estivessem moles. É óbvio que a senhora Yeom amava ficar com Jun-hee, mas o que a incomodava era o fato de não poder escolher o dia.

A filha esperava que a mãe tomasse conta de Jun-hee no intervalo de duas horas que a neta tinha entre a aula de taekwondo e a de violino. Além disso, como o ônibus da escola não faz esse horário, a senhora Yeom teria de levar a neta de ônibus até a aula de violino. Não parecia difícil para uma idosa aposentada sem rotina cuidar da neta por duas horas e pouco, mas a senhora Yeom também tinha seus compromissos. Ela precisava passar na loja de conveniência com certa frequência, ir à igreja e escrever todo dia palavras em inglês para prevenir a demência. Porém, quando as tarefas da senhora Yeom conflitavam com as da filha ou as da neta, era natural que a prioridade não fosse ela.

A senhora Yeom não teve escolha a não ser aceitar o pedido da filha. Não chegaram a comentar se ela receberia por isso, mas ela aceitou sem hesitar, crente que o genro e a filha cuidariam disso.

Voltando para casa sozinha de ônibus, a senhora Yeom pensou nos funcionários da loja de conveniência. Ultimamente ela se sentia mais à vontade com eles, e pareciam mais sua família que seu filho desobediente e sua filha orgulhosa. Se ela dissesse isso, sua filha ia argumentar que tratar os funcionários como alguém da família não era certo e poderia ser considerado assédio, mas o que ela podia fazer se era assim que se sentia? Ela não estava pedindo aos funcionários que a tratassem como se fosse da família, nem os tratando dessa forma para que eles trabalhassem mais. A senhora Yeom disse a si mesma que pensava assim porque os funcionários eram as únicas pessoas com quem ela podia contar naquele momento.

A senhora Oh, supervisora da loja de conveniência na parte da manhã, é uma vizinha que a senhora Yeom conhece há mais de vinte anos, inclusive frequenta a mesma igreja que ela. Ela sempre tratou a senhora Yeom como uma irmã mais velha e compartilhou suas alegrias e tristezas com ela todos esses anos. Já Shi-hyeon, a supervisora do período da tarde, era como uma filha, ou uma sobrinha, e a senhora Yeom tinha vontade de cuidar dela. Já fazia quase um ano que

Shi-hyeon trabalhava lá e, tirando alguns errinhos de conta, nunca lhe trouxera problema. Só o fato de ela ter preenchido a vaga de meio período de uma loja de conveniência na qual a clientela não para de entrar e sair já era motivo suficiente para carregá-la no colo. E Seong-pil, o supervisor da noite desde a inauguração da loja de conveniência, também era um funcionário excelente. Ele estava na casa dos cinquenta e trouxe a sorte com ele quando chegara há dois anos, enquanto ela penava com a demissão constante dos outros funcionários do período noturno desde o dia que a loja abriu. Ele tinha dois filhos, morava num banjiha, uma casa subterrânea ali perto, e costumava ir até a loja dela comprar cigarros. Assim que a senhora Yeom expôs o panfleto anunciando a vaga, Seong-pil perguntou se poderia trabalhar lá. Ele estava desempregado e com dificuldade de arranjar outro emprego. Então ele enfatizou que precisava muito trabalhar, mesmo que fosse por meio período e à noite.

Sentindo a seriedade do chefe de família, a senhora Yeom acrescentou quinhentos wons à hora trabalhada dele. Como o governo recém-empossado havia aumentado abruptamente o salário mínimo também, Seong-pil conseguiu ganhar um salário mensal de mais de dois milhões de wons. Desde então, ele ocupou este cargo, que era considerado o mais difícil da loja por exigir que o funcionário vire a noite.

Esta era a sensação de ser uma família. Do ponto de vista dela como chefe, era certo querer que eles continuassem trabalhando na loja de conveniência. No entanto, se Shi-hyeon e Seong-pil, que estavam procurando um emprego melhor, tivessem uma oportunidade de realizar seus sonhos, a senhora Yeom os deixaria ir de bom grado. Ela até chegou a arranjar outro emprego para Shi-hyeon, mas ela só aguentou um dia e voltou. Uma pena... Ela lembra como se fosse ontem a cena de Shi-hyeon chegando e pedindo para voltar, dizendo: "Acho que ainda não estou pronta para trabalhar num escritório."

As vagas de meio período nos fins de semana eram preenchidas por alunas da Universidade Feminina Sook-myung e, durante a semana, pelos alunos da associação de jovens da igreja. Com a criação de empregos de meio período para aqueles que preferiam ganhar dinheiro trabalhando por um curto período de tempo e ter o que gastar por uns dois dias, a senhora Yeom tinha menos trabalho a fazer e pôde ficar mais tranquila quanto à maior preocupação dos donos de comércio, que é supervisionar os funcionários. Ela sempre ficava surpresa e grata quando os supervisores, que eram como sua família, e os estudantes, ainda não tão desgastados pela vida, a chamavam de chefe e protegiam a loja de conveniência.

Portanto, havia apenas um problema: o negócio não ia bem.

A senhora Yeom conseguia se sustentar com a aposentadoria de professora. Ela abriu a loja de conveniência porque, quando estava pensando no que fazer com a herança do marido, seguiu o conselho do seu irmão mais novo, que administra três lojas de conveniência. O irmão mais novo enfatizou que, para lucrar, ela deveria ter pelo menos três lojas, mas a senhora Yeom achava uma só suficiente. Ela conseguindo viver da sua aposentadoria e a família da loja de conveniência conseguindo pagar as contas já bastam.

No começo, não sabia que seria assim, mas agora a senhora Oh e o Seong-pil dependiam deste emprego, e Shi-hyeon investia o dinheiro em seus estudos para passar no concurso público. A senhora Yeom, que nunca achou que fosse ser chefe ou empresária, começou a dar ouvidos ao conselho de ter lojas de conveniência depois de perceber que esse negócio não beneficiaria só a ela, mas aos seus funcionários também. No começo, o negócio ia muito bem, mas depois de seis meses outras duas franquias de empresas diferentes abriram lojas a menos de cem metros de distância e a competição ficou intensa. Enquanto as lojas novas tentavam se superar promovendo um evento atrás do outro, a monótona loja de conveniência da senhora Yeom ficou para trás e viu as vendas caírem.

A intenção da senhora Yeom não era ganhar muito dinheiro com a loja. Sua única preocupação, caso fosse à falência por causa da queda nas vendas, era os funcionários não terem para onde ir. Mas ela não sabia que a competição seria tão acirrada nem por quanto tempo mais seu negócio ia sobreviver.

◉◉◉

No dia seguinte, a senhora Yeom foi até a loja de conveniência na hora do descarte das marmitas e testemunhou o homem em situação de rua limpando a mesa do lado de fora. Em seguida, no frio da noite de outono, ele começou a catar bitucas de cigarro, copos de papel e latas de cerveja do chão. Vê-lo levar o lixo até a coleta seletiva com movimentos lentos e inspecionar tudo com cuidado para jogar no lugar certo a tocou. Nesse momento, Shi-hyeon saiu com uma marmita, a pôs na mesa e a indicou ao homem com um gesto. O homem se virou para ela e se curvou, e Shi-hyeon também se curvou. Quando ela se virou, deu de cara com a senhora Yeom, que estava observando.

— Ah, a senhora chegou.

— Você estava levando a marmita para ele?

— Estava. Ele me ajuda na limpeza também... Foi só uma forma de agradecer a ele.

Shi-hyeon sorriu e entrou na loja de conveniência, e o homem apareceu de novo no campo de visão da senhora Yeom. Ele a cumprimentou com um aceno de cabeça e tirou a tampa da marmita. A senhora Yeom sentou na frente dele, mas não disse nada. A marmita fumegava, como se tivesse sido esquentada no micro-ondas, e o homem hesitou por um instante, talvez estivesse pouco à vontade com a presença da senhora Yeom. Quando ela fez um gesto para que ele comesse, ele descolou os palitinhos e sacou uma garrafa verde de soju do bolso do corta-vento.

O homem abriu a garrafa, que já estava pela metade, e serviu a bebida no copo de papel. A senhora Yeom não o interrompeu e o observou comer e beber. Logo o homem se acostumou com a presença dela e se concentrou na sua comida.

Enquanto o homem terminava a marmita e o soju, a senhora Yeom entrou na loja de conveniência e saiu com duas latinhas de café. Sentou diante dele novamente e lhe entregou uma. O homem ficou feliz da vida. Ele abaixou a cabeça, abriu a latinha e tomou o café como se fosse água. A senhora Yeom tomou a dela também. Pareceu que a energia melancólica do fim do outono diluiu na latinha morna de café. No verão, quem morava por ali reclamava dos clientes que ficavam tomando cerveja ou fumando nas mesas do lado de fora da loja — e eles realmente davam trabalho com o lixo descartado de forma errada —, pois eles desopilavam nas mesas. Esta era a razão pela qual ela ainda não tinha se livrado da loja, apesar de não lhe faltarem motivos.

— Está... frio, né?

A senhora Yeom olhou surpresa para o homem, como se um fantasma tivesse assobiado perto dela. Ela havia desistido de perguntar o nome dele, pois presumiu que ele não gostava de conversar já que ele não disse nada enquanto comia. No entanto, ele atiçou a curiosidade dela de novo ao falar do tempo.

— Pois é. Vai esfriar... Você vai voltar para a estação mesmo assim?

— Como está esfriando... preciso ficar mais tempo por lá.

Por que será? O tom de voz dele estava mais firme do que quando se viram na semana passada. Talvez tenha socializado mais, já que estava vindo à loja de conveniência se alimentar. A senhora Yeom decidiu fazer o máximo de perguntas possível sobre o homem.

— Isso é tudo que você come num dia?

— Tem um evento religioso... com almoço... Mas não gosto de cantar louvores.

— Ah, sim. Mas onde sua família mora? Nunca pensou em ir para lá?

— Eu não sei.

— Posso pelo menos saber qual é o seu nome?

— Eu não sei.

— Você não sabe nem o seu nome? Quantos anos você tem? O que você fazia?

— E-Eu não sei.

— Aff.

Ele respondia, mas só dizia que não sabia. Era a mesma coisa que ficar calado. Nem a perspicaz senhora Yeom conseguia dizer se o homem não sabia o próprio nome mesmo ou se estava mentindo. Mas ela decidiu não desistir. Se quisesse interagir com ele, precisava arrumar um nome pelo qual pudesse chamá-lo.

— Então como você gostaria que eu te chamasse?

Em vez de responder, o homem olhou na direção da Estação Seul. Será que ele queria voltar para o único espaço que conhecia? Então, ele virou a cabeça e olhou para a senhora Yeom.

— Dok... Go...

— Dok-go?

— Dok-go... Todo mundo... me chama assim.

— Esse é o seu nome ou o seu sobrenome?

— É só... Dok-go.

A senhora Yeom suspirou e assentiu.

— Entendi. Dok-go. Não deixe de aparecer. Eu fiquei preocupada um dia porque me disseram que você veio mais tarde

— N-Não faça... isso... Não se importe.

— Como não se preocupar quando alguém que sempre chega numa hora se atrasa? Venha todo dia e não se atrase. Venha, coma uma marmita e faça de conta que está fazendo um exercício enquanto limpa o espaço como fez quase agora. Seria ótimo.

— S-Se a senhora perder sua bolsinha de novo... me avise.

— Oi?

— Eu acho de novo para a senhora. Porque eu... não tenho como retribuir...

— Você quer que eu perca a bolsinha de novo só para receber sua ajuda? E eu achando que você tinha princípios...

— Não... Não é isso... Enfim... Se eu puder ajudar com mais alguma coisa... me avise.

A senhora Yeom sentiu orgulho e um vazio ao mesmo tempo. Ela não estava tão desesperada por ajuda assim. Ou será que ele ofereceu ajuda porque achava o estado da loja deplorável? Ela decidiu encerrar o assunto olhando no fundo dos olhos dele e dizendo:

— Dok-go, ajude a si mesmo primeiro.

Ele abaixou a cabeça com uma expressão triste. Era intimidador.

— Eu só estou te dando comida porque quero te ajudar também, mesmo que seja só um pouco, então não posso permitir que você beba soju aqui.

— ...

— A marmita é uma refeição, não um petisco, e eu não vou estar te ajudando deixando você se embriagar.

— Uma garrafa... m-meu fígado consegue aguentar...

— Não importa. Eu tenho os meus princípios. Essa mesa aqui é minha, e soju não é permitido aqui, então que fique de aviso.

Dok-go engoliu em seco sem dizer nada. Então, olhou para a garrafa de soju e a pegou em silêncio. A senhora Yeom ficou tensa por um instante, se perguntando se ele ia atacá-la com a garrafa, mas em vez disso ele a colocou em cima da marmita vazia, se levantou e foi até a coleta seletiva. A senhora Yeom suspirou de alívio. Ao retornar, Dok-go sacou um pedaço de papel higiênico do corta-vento, limpou a mesa e se curvou para ela.

A senhora Yeom observou as costas do homem chamado Dok-go se afastando. Dok-go. Será que esse nome significa sozinho e solitário? Ou ele se chamava Dok-go porque ele era sozinho? Ela decidiu parar de olhar para as costas dele, tão solitárias quanto seu nome.

◉◉◉

— Desculpe, chefe, mas acho que vou precisar pedir demissão.

A senhora Yeom, que estava conversando com Shi-hyeon na loja de conveniência e vendo o tempo passar, ficou perplexa com as palavras de Seong-pil, que tinha acabado de chegar. Ele penteou o cabelo ralo com a mão e disse que um conhecido arranjou um emprego para ele como motorista do dono de uma pequena empresa. Disse que não tinha escolha a não ser se demitir às pressas, pois começaria no outro emprego dali a três dias.

O turno da noite era o pior turno da loja de conveniência, e por isso era tão difícil achar alguém que quisesse trabalhar nesse horário. Graças a Seong-pil, que trabalhava sem reclamar, ela dormiu tranquila toda noite por um ano e meio. E agora a vaga ia ficar aberta de novo. Mesmo que achasse alguém rápido, ela ia ter de trabalhar à noite quando alguém desistisse em poucos dias. Só de pensar que ia passar os próximos dias assim até encontrar alguém que ficasse de vez, a cabeça da senhora Yeom começou a latejar.

A senhora Yeom lembrou que havia decidido apoiar Seong-pil quando ele saísse da loja de conveniência para um emprego melhor. Ela agradeceu a Seong-pil, dizendo que graças a ele conseguiu ter noites tranquilas e acrescentou que lhe daria um bônus. Seong-pil se emocionou e respondeu que trabalharia arduamente nos seus últimos três dias.

— Chefe, a senhora é incrível.

Enquanto Seong-pil cruzava a loja para ir se trocar, Shi-hyeon fez um sinal de joinha para ele.

— Shi-hyeon, você precisa passar no concurso também. Se você passar, eu compro um terno para você — disse a senhora Yeom.

— Sério? Posso escolher um bem caro?

— Pega mal quem acabou de ser contratado usar roupa cara para trabalhar. Mas vou comprar algo legal para você. Estude bastante.

— Sim, senhora.

— Ah, a propósito, preciso arrumar alguém para ficar no turno da noite para ontem. Veja com os seus amigos se eles têm interesse. Vou falar com o grupo de jovens da igreja também.

— Eu vou ganhar comissão por isso?

— Vai. Mas, se não encontrar alguém, você é que vai ficar com o turno da noite.

— Isso, não!

— Se você não conseguir encontrar alguém em três dias, você ou eu vamos ter que fazer isso. A senhora Oh não pode por causa do filho. Quem mais pode, a não ser a gente? Você acha que uma velha como eu conseguiria cuidar da loja à noite e colocar os produtos na prateleira?

Enquanto a senhora Yeom fazia um longo discurso, Shi-hyeon revirou os olhos com uma expressão desconfiada.

— Eu vou ver. Tem bastante gente sem fazer nada.

— Fala para eles que teriam uma ótima chefe.

— Pode deixar.

◉◉◉

A senhora Yeom soltou um suspiro ao ver um monte de caixas de mercadorias. Ela começou a mover as caixas que se acumulavam na frente da porta, culpando-se por encomendar tanta coisa mesmo com os negócios não indo bem. A entrega era feita só até a porta. Dali até o depósito, os funcionários da loja de conveniência tinham de levar por conta própria. As pernas dela tremiam só de fazer algumas viagens. A senhora Yeom suspirou enquanto observava as costas do responsável pela entrega, enquanto ele colocava a última caixa na pilha e ia embora.

Uma semana após a saída de Seong-pil, ainda estava difícil encontrar um funcionário para o turno da noite. No terceiro dia, um jovem da igreja que estava prestes a se alistar no exército em alguns meses se candidatou, mas depois de trabalhar só alguns dias contou uma mentira descarada de que seus pais eram contra e foi embora. Ela ficou se perguntando como ele sobreviveria ao exército, mas voltou a se preocupar com o turno da noite da loja de conveniência.

Do terceiro dia até então, a senhora Yeom trabalhou todas as noites. Shi-hyeon pediu mil desculpas por ter de ir a Noryangjin no início da manhã para uma palestra especial que surgiu de última hora. Droga... De repente, lhe bateu uma vontade de fazer perguntas a Shi-hyeon para ver se ela estava realmente estudando ou não. A senhora Yeom, uma ex-professora de história, conseguia resolver de olhos fechados as questões de história da prova do concurso público e poderia ajudar Shi-hyeon com a matéria. No entanto, Shi-hyeon recusou enfaticamente, dizendo que queria tratar a senhora Yeom como chefe, e não como professora. Talvez Shi-hyeon não estivesse estudando o suficiente

Lá estava ela se preocupando com os outros de novo. Ela tinha de se preocupar era com a vaga do turno da noite. Durante o dia, ligou para o filho e só passou raiva. Ele disse: 1) Está pensando que sou um vagabundo desempregado?; 2) Mesmo que estivesse desempregado, um homem qualificado como eu nunca trabalharia meio período à noite numa loja de conveniência; 3) Por que não vende a loja de conveniência e se poupa de tanto problema?; e 4) Venda a loja, invista no meu novo negócio e descanse. Em vez de ajudá-la, ele só a colocou pra baixo. A senhora Yeom lhe disse que ele não ganharia nem um chiclete sequer da loja de conveniência e desligou o telefone. Mais tarde, tomou uma lata de cerveja e dormiu. Acordou com o despertador e foi até a loja render Shi-hyeon. Ela está bebendo cada vez mais por causa do seu filho. Será que podia fazer isso mesmo sendo cristã? Por que Deus havia lhe dado tanto problema e álcool, além das questões com seu filho? A senhora Yeom não fazia ideia.

Já era mais de meia-noite quando ela terminou de levar todas as caixas para o depósito e de fazer a inspeção. Agora ela tinha de organizar os itens nas prateleiras. Então, por mais três horas, como um esquilo carregando suas nozes, ela andou do depósito até as prateleiras e vice-versa. Quando terminou, eram quatro da madrugada. Ela apoiou o corpo no balcão, fechou os olhos sonolentos e bocejou. Ainda bem que não havia clientes, senão seria mais um problema. No entanto, também não era um sinal de que a loja estava indo à falência?

Nesse momento, um grupo de jovens entrou no estabelecimento falando alto inúmeros palavrões. Eram duas meninas e dois meninos com seus vinte e poucos anos, e eles estavam bêbados. As duas meninas desbocadas, uma com o cabelo pintado de amarelo e a outra de roxo, conversavam sem parar, enquanto os meninos as cortejavam num tom malicioso e intimidador. Não pareciam alunas da Universidade Feminina Sookmyung, e sim crianças que estavam passando por ali depois de encherem a cara em um bar na zona sul, perto da Estação Namyeong.

— Caralho, não tem Melona Waffle aqui!

— Tem, sim. Aqui, Melona Waffle sabor bolinho de arroz!

— Eu não gosto desse sabor. Odeio!

— Seu imbecil. Então continue procurando o que você quer. Eu vou comer esse mesmo.

— Sabe qual é a parte boa de Melona Waffle? É barato e vem bastante!

— Qual é, vocês ainda estão procurando Melona Waffle? Ah, mentira que não tem B-B-Big? Eu quero o de feijão-azuqui, porra.

A senhora Yeom franziu o cenho enquanto os via conversar e xingar. Mas ela precisava ter paciência. Não importava o que ela dissesse para os jovens bêbados, eles não lhe dariam ouvidos.

— Aqui tem Babamba. Come esse Babamba!

— Seu burro. Babamba é de castanha! Eu quero sabor de feijão-azuqui!

— Se você quiser comer feijão-azuqui, toma uma raspadinha de feijão-azuqui. Tem aqui!

— Raspadinha de feijão-azuqui nesse frio, seu bosta?

— Como é que é? Repete. Seu...

— Ei, seus colegiais!

A senhora Yeom não conseguiu se segurar e gritou com eles. Em seguida, disse a eles que não ficassem xingando na sua loja, que comprassem o que queriam e voltassem logo para casa. Ela acabou ficando furiosa com a quantidade de palavrão, mas esses jovens não eram seus alunos nem legais. Estavam mais para um bando de delinquentes embriagados e agora pareciam quatro demônios se aproximando da senhora Yeom com o cenho franzido. Nervosa, a senhora Yeom engoliu em seco.

A menina de cabelo tingido de amarelo, que vinha na frente, cuspiu no chão.

— A vovó está achando que é uma gata, é? Quantas vidas você acha que tem?

— Vocês que chegaram fazendo um auê. Está tudo gravado nas câmeras de segurança — alertou a senhora Yeom, tentando manter a compostura.

Então, a menina de cabelo roxo jogou com força o Melona Waffle no balcão.

— Só passe a minha compra antes que eu te dê um olho roxo.

As duas meninas riram da cara da senhora Yeom, e parecia que iam agredi-la a qualquer momento. Os dois meninos ficaram rindo atrás delas. Naquele instante, a raiva tomou conta da senhora Yeom. Ela não ia dar o braço a torcer.

— Eu não vou vender nada para vocês. Saiam daqui, senão vou chamar a polícia.

Então, a menina de cabelo amarelo pegou o Melona Waffle e deu um tapinha no rosto da senhora Yeom com ele. A senhora Yeom arregalou os olhos e ficou sem reação.

— Do que foi que você chamou a gente quase agora, vovó? Colegiais? O que você vê de colegial na gente? Esses velhos acham que todo jovem é estudante. Eu nem vou para a escola, sabia? Fui expulsa da minha por causa de uma professora igual a você!

Quando a menina de cabelo amarelo estava prestes a bater de novo no rosto da senhora Yeom com o Melona Waffle, ela agarrou o pulso da menina com força.

— Eu vou te dar uma lição!

A menina protestou com um grito, mas não conseguiu se livrar da mão dela. Em vez disso, quando a senhora Yeom soltou sua mão, ela não conseguiu controlar a própria força e caiu no chão. Em seguida, a menina de cabelo roxo agarrou os ombros da senhora Yeom, e por puro reflexo a senhora Yeom agarrou o cabelo da menina e pressionou a cabeça dela no Melona Waffle, que estava em cima do balcão.

— Você disse que vai me dar um olho roxo? É assim que você fala com os mais velhos, é?

Apesar da resistência da menina, a senhora Yeom sacudiu a cabeça dela por um tempo para atordoá-la, depois a soltou. A menina estava ofegante e começou a tossir, com uma expressão desconcertada. Então, os meninos ficaram com o rosto agressivo. A senhora Yeom rapidamente tirou o telefone do gancho. Quando o telefone fica assim por um tempo, ele se conecta automaticamente à delegacia mais próxima.

— Você está querendo morrer, é?

Um dos meninos avançou como se fosse destruir a caixa registradora. A senhora Yeom recuou, assustada, até onde pôde. Ele deu um sorriso e colocou o telefone de volta no gancho.

— Acha que nunca trabalhei numa loja de conveniência? Por que você tirou o telefone do gancho? Quer que a polícia venha, é?

Foi um erro da parte dela. Deveria ter apertado o botão de emergência na caixa registradora. O menino sorriu mais uma vez e chamou o grupo.

— Ei! Bora! Peguem a filmagem das câmeras. O dinheiro também!

A senhora Yeom sentiu um frio na espinha e não conseguia se mexer. Os meninos, exaltados, começaram a gritar, e as meninas correram até o caixa. A senhora Yeom, apavorada, não soube o que fazer e percebeu que as suas mãos estavam tremendo.

Foi então que a porta se abriu, tocando o sino, e alguém entrou.

— Ei... Seus... filhos da puta! — A voz do homem era muito grave.

Os arruaceiros olharam para a porta na mesma hora.

Quando a senhora Yeom ergueu um pouquinho o olhar, avistou Dok-go. Sem dúvidas era Dok-go.

— Olhem só o que vocês estão fazendo com... uma senhora!

O grito do Dok-go não era nem de um morador de rua resmungando nem de um urso doente que se contorcia. A senhora Yeom encarou Dok-go com um olhar de admiração, como se ele estivesse ali para salvá-la. Os bullies, porém, não o enxergavam dessa forma.

— Quem é esse fodido? Eca, que fedor!

— Esse miserável mora na rua? Mas que merda!

Os meninos foram todos ao mesmo tempo para cima de Dok-go. Ele, por sua vez, se defendeu com o próprio corpo. Ou seja, resistiu aos ataques dos dois enquanto bloqueava a porta. Os rapazes aumentaram ainda mais a intensidade dos socos quando notaram que Dok-go estava concentrado em se defender. Em contrapartida, Dok-go continuou agachado e parado, encolhido como uma bola na frente da porta.

Enquanto os xingamentos e o espancamento se prolongavam, uma sirene soou. As meninas perceberam primeiro, e os meninos se espantaram quando ouviram. Eles tentaram empurrar Dok-go da frente da porta e sair, mas, como o obstáculo era bem grande, eles não conseguiram e ficaram ali parados com a mão no nariz.

— Saia da frente, porra! Saia do caminho! Seu bosta!

A baderna finalmente cessou quando dois policiais apareceram. Só então o coração da senhora Yeom se acalmou. As costas largas e robustas de Dok-go atraíram a atenção dela enquanto ele se levantava devagar e abria a porta para a polícia. Dok-go se virou e deu um sorriso de canto de boca para ela. Era a primeira vez que ela o via sorrindo, apesar de ter sangue escorrendo pelo canto dos seus olhos. Mas Dok-go parecia não se importar.

⦿⦿⦿

Na delegacia, um dos pais dos jovens, um homem de meia--idade, chegou e, quando viu o rosto inchado e machucado de Dok-go, ofereceu dinheiro ao homem. Para sua surpresa, Dok-go pediu outra coisa. Ele se aproximou dos quatro jovens, que estavam sentados e ainda meio bêbados, e pediu a eles que levantassem as mãos. Eles hesitaram, mas, quando o homem de meia-idade gritou, levantaram os braços na hora, como se fossem alunos do ensino fundamental.

Quando a senhora Yeom e Dok-go saíram da delegacia de Namdaemun, já estava amanhecendo, então foram andando até o mercado tradicional do lugar. Passando pelos comerciantes que começavam a expor suas mercadorias, eles se dirigiram a um restaurante de sopa Hae-jang-guk, que ficava numa ruazinha apertada. Com os curativos no rosto, Dok-go comia com ferocidade a sopa de carne com sangue coagulado de boi, enquanto a senhora Yeom, triste e frustrada, quase não tocava na comida.

— Você não tem ideia de como as crianças de hoje em dia são perigosas, né? Por que as abordou daquele jeito?

— Eu... disse que consigo lidar com até duas pessoas... Lembra?

Ele mexeu na bandagem como se fosse uma medalha e deu um sorriso sem graça. A senhora Yeom ia responder algo, mas se deu conta de que foi ela que provocou aqueles jovens. Ela deu um sorriso de canto de boca e olhou para Dok-go.

— Obrigada.

— S-Será que eu... Fiz valer as marmitas?

— Claro que fez. Mas como que você chegou lá bem na hora?

— É que... eu fiquei sabendo que a senhora... estava trabalhando à noite. Estava sem sono também... e fiquei preocupado... e fui vê-la.

— Aff. Eu é que estou preocupada com você.

Dok-go coçou a cabeça, envergonhado, e voltou a comer.

— Como você os enfrentou sem medo, achei que tinha aprendido a lutar quando era mais novo. Nem passou pela minha cabeça que apanharia. Se a polícia não tivesse chegado naquela hora, você teria se machucado muito mais.

— Eu chamei... a polícia.

— Oi?

— T-Tinha uma... cabine telefônica... por perto. Vi os jovens perturbando a senhora... liguei para denunciar e fui até lá... Aí... apanhei um pouco... Mas a polícia ia socorrer...

A senhora Yeom ficou boquiaberta. Além de ter princípios, ele também era inteligente. E ainda por cima foi ver se estava tudo bem na loja e apanhou por ela. Um misto de admiração e emoção tomou conta da senhora Yeom. Ela olhou com mais atenção para Dok-go, que tomava a sopa e coçava a cabeça casualmente.

— Quer que eu peça uma garrafa de soju?

Dok-go arregalou os olhos pequenos.

— Sério?

— Mas será a sua última bebida alcoólica. Depois desta refeição, você vai parar de beber de vez e ajudar a cuidar da minha loja. Com uma condição.

Dok-go inclinou a cabeça grande.

— E-Eu...?

— Você é capaz, Dok-go. Logo mais vai esfriar e você vai poder ficar na loja de conveniência quentinha. E ainda vai receber por isso. Olha só que maravilha.

A senhora Yeom olhou para Dok-go e esperou por uma resposta. Evitando o olhar dela, ele franziu os lábios, apreensivo, então se virou para ela com seus olhos pequenos.

— Por que... está sendo boa para mim?

— Eu só estou sendo para você o que você está sendo para mim. Além disso, é muito difícil e assustador ficar sozinha na loja à noite. Eu queria que você ficasse no meu lugar.

— Mas a senhora... não me conhece.

— Claro que eu conheço. Você é uma pessoa que me ajuda.

— Nem eu me conheço... Como pode confiar em mim?

— Conheci dezenas de milhares de alunos até me aposentar como professora do ensino médio. Eu sei ler as pessoas. Se você parar de beber, creio que ficará bem.

Dok-go coçou a barba e lambeu os lábios por um tempo. Embora fosse uma oferta repentina, ela sentiu que ficaria desconfortável caso ele rejeitasse. O desejo de pedir a Dok-go que parasse de mexer na barba e falasse com ela a dominou.

Naquele momento, Dok-go olhou para a senhora Yeom, decidido.

— Então... quero mais uma garrafa... É meio injusto... parar de beber com apenas uma garrafa...

— Ok. Quando acabar de comer, vou te dar um dinheiro adiantado para que você tome um banho, faça a barba e compre umas roupas, está bem? Depois, apareça na loja de conveniência à noite.

— Obrigado.

A senhora Yeom pediu duas garrafas de soju. A bebida chegou rápido, e ela mesma abriu e serviu Dok-go. Depois, se serviu de soju também.

Os dois brindaram à contratação.

O jinsang mais chato do mundo

Depois de ter passado por uma infinidade de empregos de meio período, era natural que Shi-hyeon fosse parar na loja de conveniência. Embora ela fosse uma cliente assídua de lojas de conveniência, era sua experiência profissional que fazia dela uma funcionária tão boa. O *know-how* de atendimento ao cliente e caixa que aprimorou na loja de cosméticos e a experiência com classificação de mercadorias que adquiriu na empresa de entrega foram muito úteis na loja de conveniência. Na franquia de café, ela desenvolveu estratégias para lidar com os JS — o código que usavam para se referir a clientes abusados e desagradáveis, também conhecidos como jinsang —, e no restaurante de galbi precisou colocar todas essas estratégias em prática para lidar com os clientes que culpavam os funcionários por queimar as carnes que eles mesmos grelhavam.

A loja de conveniência era um lugar onde ela passava por todas essas situações. No dia em que Shi-hyeon foi contratada, há um ano, ela pegou todo o trabalho em algumas horas e, desde então, trabalhou oito horas todos os dias, das 14h às 22h, enquanto também estudava para o concurso público. Para funcionários de meio período, o chefe é um divisor de águas, e foi só por causa da sua chefe, a professora de história aposentada, que ela durou um ano lá. A senhora Yeom era um exemplo de ser humano para Shi-hyeon. Hoje em dia, é muito raro os donos das lojas de conveniência terem um contrato de cinco dias por semana com os funcionários de meio período, pois é melhor para eles evitar o descanso semanal remunerado. Como fazem contratos de só dois ou três dias, é impossível para o funcionário trabalhar em um lugar só. Mas na loja da senhora Yeom todos os funcionários de meio período trabalhavam cinco dias por semana. Além disso, a chefe estabelecia claramente o que era responsabilidade dela e o que os supervisores precisavam fazer, assumia a liderança e, acima de tudo, tratava os funcionários com respeito.

Se você não trata bem seus funcionários, seus funcionários não vão tratar bem seus clientes. Shi-hyeon cresceu ouvindo esse mantra dos pais, que trabalhavam no ramo de restaurantes. As pessoas são o coração do comércio. Uma loja que não trata seus clientes com respeito, assim como uma chefe que não trata seus funcionários com dignidade irão ambas ruir. Se dependesse só disso, a loja de conveniência em Cheongpa-dong não iria à falência. Durante o tempo em que estava lá, duas outras lojas foram abertas, e a vizinhança, que é formada em grande parte por idosos, prefere mercados locais às lojas de conveniência. A localização da loja também não ajudava, pois não era na rua principal. Apesar de haver as estudantes da Universidade Feminina Sookmyung, elas precisavam desviar do seu trajeto para ir até a loja, então só quem morava por ali frequentava o lugar.

A falta de clientela, porém, fazia o trabalho de Shi-hyeon ser moleza. Como ela ia sair desta loja de conveniência, que oferecia tantos benefícios? Não dá, ela vai ficar. Por se sentir mal pela chefe, Shi-hyeon fazia o possível para tratar os clientes com a maior gentileza. Afinal, a loja precisava ter no mínimo alguns clientes para continuar aberta.

Mas, mesmo com toda a sua experiência, havia um cliente JS que andava tirando Shi-hyeon do sério. Ele parecia ter acabado de se mudar para Cheongpa-dong. O homem devia ter uns quarenta anos, era magro e seus olhos esbugalhados lhe davam a impressão de ser mal-humorado. Desde a primeira vez que foi lá, sempre tratou Shi-hyeon como se ela fosse um robô à disposição dele, jogando o dinheiro no balcão de qualquer jeito. Ela não podia nem reclamar, porque ele sempre jogava na cara dela quando ela errava, então Shi-hyeon só passava raiva calada. Certa vez, ele pegou dois biscoitos na promoção leve dois, pague um que tinha acabado no dia anterior e, quando a promoção não foi aplicada no caixa, começou a interrogá-la como um policial.

— Por que não aplicou a promoção?

— Senhor, essa promoção era válida só até ontem.

— Então, por que ainda consta no quadro de informações? Eu perdi meu tempo escolhendo o biscoito para nada? Quero o desconto.

— Não posso fazer isso. O prazo está escrito no quadro de informações. Se tivesse lido com atenção...

— Como você quer que eu leia essas letras minúsculas com problema de vista? Depois dos quarenta, todo mundo tem problema de vista. Deveriam ter colocado a letra maior.

Isso é preconceito contra gente da minha idade? Aplique a promoção como um pedido de desculpas.

— Sinto muito, senhor... Não será possível.

— Deixa pra lá essa porcaria de biscoito então. Me dá um cigarro.

— Qual cigarro o senhor gostaria?

— O de sempre. Eu compro cigarro todo dia, e você ainda não decorou? É por isso que a loja anda mal das pernas! Tsc.

O primeiro erro foi não ter tirado a promoção do quadro, e o segundo foi perguntar a marca do cigarro, mesmo sabendo qual o desgraçado fumava, por se distrair com as implicâncias dele. Tecnicamente, se não fosse pela vista de velho dele, seria fácil ler o aviso e não comprar os biscoitos na promoção. E o outro não foi um erro. No entanto, esse JS só queria encher o saco e descontar sua raiva nela.

Depois de pegar o cigarro e jogar o dinheiro de qualquer jeito, ele pegou o troco e saiu para fumar na mesa externa. Tinha um aviso dizendo que era proibido fumar, mas ele não se importava e ainda jogou a bituca do cigarro no chão. O homem insuportável que pegava no pé das pessoas pelos seus deslizes ganhou o prêmio do JS mais chato de todos.

A pior hora do dia para Shi-hyeon era entre oito e nove horas, que era quando o JS aparecia. Quando ele entrava com aquela cara de peixe dourado e o sino pendurado na porta tilintava, seu coração disparava e só voltava ao normal depois que ele pagava e ia embora. Ela se perguntava qual seria o abuso do dia. Ficava ansiosa e desconfortável, mas era só nesses momentos. Ela se consolava dizendo a si mesma que ele era tipo um vizinho ruim que ela tinha de aturar de vez em quando.

◉◉◉

Em uma noite no fim do outono, quando a chefe entrou na loja de conveniência com um homem, Shi-hyeon ficou em choque. Pela primeira vez, ela se deu conta de que a barba desempenhava um papel muito importante na aparência de um homem. Ela sabia que o cabelo fazia diferença, tanto nos homens quanto nas mulheres, mas no momento em que viu o rosto de Dok-go sem aquele bigode desgrenhado e aquela barba que crescia como ervas daninhas seu primeiro pensamento foi que ele era um parente da senhora Yeom, e não o homem em situação de rua de quem ela sempre quis distância. Ele também tinha cortado o cabelo e trocado as roupas sujas por um camisetão e uma calça jeans. Parecia uma pessoa totalmente diferente. Embora seus olhos fossem pequenos e seu nariz, pontudo, os lábios e o maxilar marcado, sem a barba, chegaram até a realçar sua beleza. A camisa acentuou seus ombros largos, fazendo-o parecer imponente. E, em vez de curvado, ele estava com a postura ereta, parecendo mais alto.

A chefe estava com um sorriso estampado no rosto, como se estivesse apresentando um robô que ela havia reformado, e anunciou a Shi-hyeon que ele assumiria o cargo de supervisor do turno da noite. O quê? A surpresa de Shi-hyeon foi substituída por uma expressão anuviada. Ela ainda sugeriu — quer dizer, instruiu — que Shi-hyeon treinasse Dok-go. Ai, meu Deus!

Shi-hyeon tentou sair dessa dizendo que a chefe, com sua experiência em educação, se sairia melhor nisso, mas foi prontamente ignorada. Ela explicou que era melhor Shi-hyeon porque ela estava mais acostumada com o sistema do caixa e tinha mais noção de atendimento ao cliente. Já o recebimento de mercadorias à noite e a organização dos produtos na loja, a chefe ensinaria a ele. Sem muita escolha, Shi-hyeon concordou. Elas precisariam trabalhar juntas para preparar Dok-go, até porque a chefe não podia trabalhar de madrugada para sempre.

Acontece que Shi-hyeon não era lá muito leal ou atenciosa. Sempre meio excluída, ela era mais na dela e tinha poucos amigos. Seus anos de faculdade foram bem normais, e ela só decidiu fazer o concurso público porque o trabalho maçante parecia adequado para sua personalidade e falta de qualificações. O problema era que agora todo mundo queria ser funcionário público. Seus amigos, com currículos melhores que o dela e especialização, se inscreviam por causa da estabilidade, por isso era tão concorrido. Vocês não se especializaram, não estudaram no exterior? Vocês têm contatos e networking! Vão correr atrás de carreiras mais estelares. Para que competir por um trabalho tão comum e rotineiro? Deixem esse trabalho chato de funcionário público para pessoas comuns e mundanas como eu! Ela pensava nisso o dia inteiro.

Ela teve um gostinho da vida de funcionária pública antes de trabalhar na loja de conveniência da senhora Yeom. Depois que se formou, começou a estudar para concurso e passou por vários empregos de meio período até arranjar um decente como o que tinha agora. De manhã, ela ia para o cursinho em Noryangjin, de lá pegava o trem na Estação Namyeong e descia em Cheongpa-dong para trabalhar até às 22h, depois voltava para casa em Sadang-dong. Sua mãe lhe perguntou por que não foi procurar emprego nas lojas de conveniência perto de casa, mas para Shi-hyeon não havia nada mais assustador do que servir familiares e vizinhos. Além disso, Cheongpa-dong era um bairro especial para ela. Alguns anos atrás, ela gostava de um cara que morava lá e ela foi vê-lo umas duas vezes. Era um lugar que lhe trazia boas lembranças, incluindo um encontro, se é que se pode chamar assim, num café chamado Waffle House, onde eles dividiram um bingsu de morango delicioso. Mas um dia ele foi tirar férias na Austrália e nunca mais voltou. Vai saber o que aconteceu... pode ter se apaixonado por uma australiana esbelta ou até por um filhote de canguru.

Escondida num beco de Cheongpa-dong, a loja de conveniência se tornou seu refúgio. Até passar no concurso, ela não tinha a menor intenção de sair de lá. Depois que seus planos de viajar para o Japão deram errado, ela se apegou ainda mais ao lugar Shi-hyeon tinha decidido fazer uma viagem para o Japão quando o cara de quem ela gostava foi para a Austrália e não mandou mais notícias. Era o destino mais óbvio, já que se formou em letras com habilitação em japonês e era fã de animes. Mas ela vivia procrastinando... e aff! O sonho ficou ainda mais distante com a piora da guerra comercial entre Japão e Coreia no meio do ano. Ela sonhava em conhecer várias cidadezinhas no Japão em todas as estações do ano depois que virasse funcionária pública, mas esse também era um sonho distante.

Ter seus sonhos frustrados por uma disputa diplomática era a lembrança perfeita de que ela vivia em sociedade. Shi-hyeon se achava totalmente diferente de quem ia protestar com velas ou torcia por times de futebol. Sua vida estava dentro da tela do computador na sua casa, conectada ao restante do mundo por meio da internet e da Netflix. Na sua pequena estufa — a loja de conveniência — se sentia segura. Às vezes ela se perguntava se, no fundo, não queria continuar ali para sempre. E se ela passasse no concurso? Será que não era meio parecido com o trabalho na loja de conveniência, só que numa escala maior? Uma vida onde lidaria com outros JS enquanto provia conveniência aos cidadãos.

Shi-hyeon decidiu então que precisava proteger seu pequeno espaço, mesmo que isso significasse colaborar com a transformação de Dok-go. Ela se sentia feliz com a boa ação de separar as marmitas para ele, mas ser responsável pelo seu treinamento era completamente diferente. Primeiro, ela deveria se acostumar com a sua fala lenta e desajeitada. Depois, com a sua inépcia. Sobretudo, teria de tolerar o cheiro característico dele, que permanecia mesmo após o banho.

Dok-go se esforçava para absorver tudo que Shi-hyeon lhe ensinava. Pegou um caderno velho que ela não sabia de onde ele havia tirado, lambeu a ponta da caneta e anotou todo o processo de atendimento ao cliente. Até desenhou como deveria ficar a disposição das prateleiras. Seu interesse louvável trouxe paciência a Shi-hyeon para lhe ensinar tudo, tim-tim por tim-tim. Então, quando uns clientes entraram, ela cutucou Dok-go com o cotovelo para que ele os cumprimentasse também. Dok-go soltou um: "B-Bem... É...", mas os clientes acharam que ele estava respondendo a Shi-hyeon, e não os cumprimentando Ela suspirou e o levou até o caixa. Dok-go observou atentamente Shi-hyeon repetir com calma o processo de pagamento. No entanto, ela percebeu que ele ainda não estava pronto para ficar no caixa sozinho.

— A chefe está aqui hoje, mas a partir de amanhã você vai ficar sozinho.

— E-Entendi. Mas... posso mesmo passar essas duas coisas juntas...

— Confie no computador. Está tudo no programa. Quando chega um produto novo, a gente atualiza. É só apontar o leitor de código de barras e escanear o código no produto.

— Só apontar e escanear.

— Escanear o quê?

— P-Produto.

— Qual parte do produto?

— O negócio... com várias linhas... Código de barbas?

— Código de barras. É só escanear o código de barras. Ok?

— O-Ok.

Shi-hyeon sentiu uma pontada de irritação, mas ficou orgulhosa de poder instruir e ensinar várias coisas a um homem que era uns vinte anos mais velho que ela. Sobretudo, ficou feliz com o olhar da chefe, que conversava com as amigas na mesa dentro da loja e constantemente dava uma olhada em Shi-hyeon. Ela gostava da chefe. Se ela tivesse tido uma professora como ela, poderia ter se tornado uma nerd em história em vez de em animes.

De qualquer forma, ela tinha de fazer com que esse homem desajeitado cuidasse do caixa sozinho. Shi-hyeon lançou um olhar cortante para Dok-go, que estava desenhando códigos de barras no seu caderno.

◉◉◉

No dia seguinte, depois do cursinho, Shi-hyeon foi recebida com a imagem da senhora Oh vindo até ela ao entrar na loja.

— Shi-hyeon, qual é o problema daquele gomtaengi?

Shi-hyeon riu pelo nariz, pois "gomtaengi" significava tolo. A senhora Oh questionou Shi-hyeon como se tivesse sido ela quem havia trazido Dok-go até ali. Na verdade, o tom dela era sempre questionador. Talvez por causa da sua personalidade, ou por causa do seu filho levado, ela questionava todo mundo com um tom agressivo. Até os clientes!

— Pare de rir e me responda. Foi você que o indicou? Ele trabalhava com quê? Não entende nada direito e ainda gagueja...

— Não fui eu. Foi a chefe que o selecionou.

Shi-hyeon não queria dizer mais nada, então manteve a indiferença e foi até o depósito.

O único momento em que a senhora Oh falava de maneira educada e mansa era quando falava com a chefe. Elas eram vizinhas, frequentavam a mesma igreja, e a senhora Oh a chamava de irmã. Dava para entender por que a senhora Oh era tão leal à chefe. A senhora Oh pensa que tem a personalidade forte, mas, na verdade, ela é temperamental e grossa, e além da chefe nenhuma outra pessoa a contrataria para trabalhar com público.

Depois de vestir o colete do uniforme, Shi-hyeon encontrou a senhora Oh ainda querendo falar sobre o assunto.

— Em que buraco a chefe achou essa criatura? Ela não me falou nada... Se você souber de alguma coisa, me fala, hein.

— Eu sei tanto quanto você.

Shi-hyeon decidiu que o silêncio seria o mais ético. No momento em que descobrisse que Dok-go morava na rua, a senhora Oh não a deixaria em paz, ficaria atrás dela dizendo como o país havia falhado. Ela soltou um suspiro. Será que chegaria o dia em que não receberia uma chuva de perguntas dessa senhora quando chegasse? Ela só queria começar a trabalhar.

— A chefe provavelmente ficou exausta de trabalhar de madrugada e contratou a primeira pessoa que viu pela frente. Escute o que eu estou te dizendo, ele ainda vai dar dor de cabeça para a gente. Vai brigar com um cliente bêbado, dar o troco errado, ou então roubar algo... Você não acha que a gente devia falar isso para a chefe?

— Ele não parece ser uma pessoa ruim.

— E quem garante que ele não se tornará uma pessoa ruim? Você é muito inocente e pouco vivida, Shi-hyeon. Mas gente boazinha e atrapalhada assim é exatamente o tipo de pessoa que passa a perna nos outros. A chefe também passou a vida toda na escola e não sabe quão assustador é o mundo real.

— Não foi fácil ensinar como funciona o sistema para ele. Mas o que a gente pode fazer? Não tem mais ninguém para trabalhar no turno da noite.

— Não tem nenhum amigo seu procurando trabalho?

Um erro. Ela deu margem para a senhora Oh fazer mais perguntas.

— Não tenho muitos amigos.

— Como uma jovem que nem você não tem amigos? É a melhor fase da vida.

O quê? Ela estava querendo comprar uma briga? Shi-hyeon reprimiu a raiva, abriu um sorrisão e lhe perguntou:

— E o seu filho, senhora Oh? Você comentou uma vez que era frustrante vê-lo jogar videogame o dia todo.

— Ah, meu filho não leva jeito para esse tipo de trabalho. Ele disse que ia prestar concurso público, não sei para quê... Eu falei para ele entrar para o Ministério das Relações Exteriores e virar diplomata. Pode não parecer, mas ele é inteligente.

Game over. Ela não tinha como refutar os argumentos da senhora Oh.

— Sabia que diplomatas também são funcionários públicos? — resmunga Shi-hyeon baixinho, fingindo mexer em algo no sistema.

Enquanto isso, a senhora Oh continuava reclamando, dizendo que ela poderia tomar as rédeas, sim. Ela deveria reclamar direto com a senhora Yeom. De que adiantava ficar reclamando com ela? Talvez estivesse tentando prejudicá-la de alguma forma depois de ter visto que a chefe tem tratado Shi-hyeon muito bem. Shi-hyeon não entendia por que isso a incomodava tanto, se elas não são nem do mesmo turno.

Shi-hyeon decidiu naquele instante passar no concurso público e sair da loja de conveniência, a qualquer custo. Jurou também que importunaria o filho da senhora Oh quando ele falhasse. Ela ia rir por último.

A senhora Oh finalmente se despediu e foi embora. Ótimo. Justo quando ela estava sozinha, dando uma descansada, o sino da porta tilintou. Três universitárias entraram conversando e alegraram o ambiente. Ah, elas estavam vivendo bons tempos, mas tudo que é bom dura pouco. Assim que vocês se formarem, ficarão iguais a mim — recebendo um salário mínimo enquanto estudam para algum concurso ou para alguma especialização. Pensar nisso a lembrou de que ela estava ficando velha, o que a deprimiu. O inverno estava quase acabando e ela ainda não tinha nenhum talento, nenhum namorado e nenhum dinheiro. Daqui a uns dois anos já ia fazer trinta. Ela terá de aceitar que os melhores anos da sua vida já passaram.

— Vamos levar estes aqui.

Saindo de seu devaneio, Shi-hyeon se viu diante de três moças a encarando e de uma variedade de coisas no balcão. Ela afastou a ideia de calcular sua idade e se concentrou em calcular a conta.

⦿⦿⦿

O urso gomtaengi apareceu para o mel. Agora no inverno ele devia se considerar muito sortudo por passar a noite numa loja de conveniência quentinha. Comia de graça e ainda ganhava dinheiro. Se isso não era se dar bem, o que mais seria? Dok-go provavelmente também tinha noção disso, pois chegou cinco para as oito naquele dia, vestido da maneira mais impecável possível.

Era o segundo dia que Dok-go chegava às oito, duas horas antes do fim do turno de Shi-hyeon, para aprender mais sobre o caixa e o atendimento ao cliente. À noite, a chefe lhe ensinaria o que ele precisaria fazer no turno da madrugada. Sério, quanto tempo ele precisaria para aprender tudo? Por ser a favorita da chefe, Shi-hyeon ajudava no treinamento, mas isso não significava que ela não se irritaria com o homem-urso. Era seu segundo dia, e ele ainda estava sem jeito com as saudações e indo direto para o depósito. Um tempo depois, ele apareceu com uma xícara de café, parou de frente para a rua e deu um gole. O quê? Não era nem o café Maxim, e sim o Kanu Black, que a chefe tomava. Nem Shi-hyeon nem a senhora Oh tomavam porque ficava meio chato. Esse urso gomtaengi por um acaso achava que ele era o Gong Yoo e estava na propaganda do Kanu? Tomando o café todo elegante... Shi-hyeon se encolheu de vergonha alheia.

— À noite... com sono... eu tomava café mesmo assim. Esse... é o melhor.

Shi-hyeon bufa. Esse comentário foi demais.

— Só a chefe toma Kanu Black porque é diabética!

Dok-go assentiu e resmungou algo. Pensando que ele tinha xingado, Shi-hyeon perguntou, irritada:

— O que você disse?

— A chefe... Foi por isso que ela recomendou que eu tomasse Kanu?

— Quê?

— Diabetes... é bem comum entre os moradores de rua...

— Como assim?

— Quem mora na rua... não come direito... Faz mal para os rins...

— Quem te disse isso?

— O jornal...... O jornal da manhã... recebeu um especialista... eu vejo TV todo dia na Estação Seul... por isso eu sei.

— Entendi. Tome mais e tenha uma vida longa e saudável então.

Pela segunda vez no dia, Shi-hyeon se lembrou de poupar sua saliva. A senhora Oh falava muito, e o Dok-go gagueja; ambos deixavam a comunicação difícil. Ela queria muito trabalhar com pessoas mais afinadas com ela. Não entendia por que a chefe era tão compreensiva. Porque foi professora? Porque era da igreja? Ou foi a idade que a tornou uma pessoa sábia?

Tlim. Clientes. Shi-hyeon olha para Dok-go, fazendo um sinal para que ele os cumprimente.

— B-Bem... É...

Ele perdeu o timing de novo! Terminando o café, ele se aproximou do caixa. Shi-hyeon se posicionou estrategicamente para observá-lo fazer a conta, seus olhos de águia prontos para detectar qualquer erro, mas... Não! Era o JS mais chato de todos. Ela estava tão aliviada que ele havia sumido nos últimos dias. Por que ele tinha de voltar justamente no treinamento de Dok-go? Shi-hyeon se aproximou de Dok-go e sussurrou no seu ouvido:

— É o JS. Preste atenção.

— O que é um?... J...

— Um jinsang. Eu te disse que JS significa cliente abusado.

— Ah, sim. Abusado... Cadê ele?

— Shh! Fale baixo. Ah...

O JS se aproximou calmamente do caixa, como se estivesse a par da conversa deles. Antes que Shi-hyeon pudesse avisar Dok-go de mais alguma coisa, o JS jogou os lanches no balcão. Como um chimpanzé segurando um smartphone, Dok-go pegou o leitor de código de barras com todo o cuidado e franziu o cenho, superconcentrado, procurando o código de barras nas embalagens coloridas. Etapa errada. Ele deveria ter perguntado primeiro se o cliente ia querer uma sacola. Mas Shi-hyeon deixou para lá, não podia fazer nada. Quando Dok-go, enfim, encontrou o código de barras e passou o leitor em todos os produtos, se enrolou na hora de falar o preço.

O JS olhou para Shi-hyeon e deu um sorriso de canto de boca, percebendo que Dok-go estava em treinamento.

— Cigarro.

Dok-go olhou para o JS e inclinou a cabeça.

— Eu não... fumo.

— *Eu* quero um cigarro.

— Ah. Qual cigarro?

— Isso é jeito de falar com os clientes? Quantos anos você tem, para estar falando comigo com tanta informalidade?

— E-Eu não sei.

— Está tentando ser engraçadinho, é? É burro, ou o quê?

— Não sou... Qual cigarro? — perguntou Dok-go, sem mudar o jeito de falar.

O JS pigarreou, riu pelo nariz e olhou para Shi-hyeon, que estendeu o braço para pegar o cigarro. Porém, ele ergueu a mão, para que ela parasse, olhou para Dok-go e disse:

— Vamos ver se você é burro ou não. Eu quero um maço do ESSE Change 4mg. Agora!

A marca ESSE vem em vários tamanhos e tipos — Change, Change Up, Change Linn, Change Bing, Change Himalaya, entre outros —, por isso era preciso procurar com atenção. Para quem fumava, era fácil pedir, mas para os não fumantes, como Shi-hyeon, era desafiador. O JS geralmente pedia o Dunhill 6mg, mas ele estava pedindo algo difícil para Dok-go de propósito.

Peraí, Dok-go acabou de pegar o ESSE Change 4mg sem o menor problema e escanear o código de barras? Isso só aumentou o despeito do JS, que jogou o cartão no balcão de qualquer jeito. Dok-go pegou o cartão todo acuado, processou o pagamento e o devolveu ao cliente.

— E a minha sacola? — perguntou o JS, como se o estivesse testando.

Shi-hyeon resistiu à vontade de intervir. Dok-go olhou para o produto, depois para o JS, e sorriu.

— Só... pegue e vá embora. A sacola... é de plástico... não faz bem para o meio ambiente.

O JS fechou a cara e se inclinou para a frente, comprando a briga.

— Eu moro longe. Como vou carregar isso sem uma sacola?

— E-Então... compre uma...

— Você deveria ter me dito isso antes. Não vai passar meu cartão de novo só por causa de uma sacola, né? Me dê uma logo.

— Não... vai ser possível.

— O quê? Se você causa inconveniência a um cliente, você deveria resolver. Isso aqui não é uma loja de conveniência? Sim ou não?

O tom sarcástico e ameaçador aumentou a tensão. Isso está saindo do controle. Quando Shi-hyeon estava prestes a intervir, Dok-go bateu palmas.

Deixando o JS e Shi-hyeon perplexos, Dok-go foi até o depósito e voltou com a própria bolsa reciclável. No balcão, ele tirou tudo que tinha na bolsa suja — caneta, caderno e um sanduíche vencido — e começou a guardar nela as compras do JS. O homem olhava incrédulo para Dok-go, como se estivesse vendo um alienígena.

— O que você está fazendo?

— Guardando as compras... para você... levar para casa.

— Como ousa guardar as minhas coisas nessa coisa suja?

— Não tem problema... é só lavar... e usar.

Shi-hyeon não aguentou mais ver aquilo.

— Desculpe, senhor. Ele é novo aqui. Vou colocar tudo numa sacola plástica para você.

Shi-hyeon tentou pegar a bolsa reciclável, mas Dok-go não a soltou. Ignorando Shi-hyeon, Dok-go segurou a bolsa perto do rosto do homem. O JS ficou encarando feio Dok-go por um instante, e Shi-hyeon olhava, constrangida, para Dok-go.

Dok-go estava com os olhos semicerrados, quase fechados, o que o fazia parecer mais ameaçador. Seus lábios estavam franzidos, e sua mandíbula, cerrada, imponente. Dok-go permaneceu naquela posição, em silêncio. Sem saber o que fazer, Shi-hyeon deu uma olhada no cliente. Os olhos do JS estavam esbugalhados como sempre, mas ele estava claramente abalado. Então, com uma expressão aborrecida, ele arrancou a bolsa da mão de Dok-go. Cambaleou um pouco para o lado com o movimento brusco e saiu da loja.

Shi-hyeon se sentiu um camarão encurvado no meio de uma briga entre duas baleias. Como se nada tivesse acontecido, Dok-go escreveu no seu caderno: "perguntar primeiro se o cliente vai querer sacola..." Shi-hyeon pigarreou, tentando esquecer o clima tenso e o olhar intimidador que estava havia pouco no rosto de Dok-go.

— Dok-go, seja como for, estou feliz que você não deu uma sacola para ele.

— M-Me desculpe. Eu... esqueci. Foi você que me ensinou...

— Não precisa pedir desculpas, só não se esqueça na próxima vez. E um JS ainda é um cliente, então não arrume briga.

Dok-go sorriu.

— Até duas pessoas... eu aguento.

Ele quis dizer que conseguia atender dois clientes ao mesmo tempo, ou brigar com duas pessoas ao mesmo tempo? De qualquer maneira, o olhar intimidador dele já não estava mais lá. Shi-hyeon soltou um suspiro e mudou de assunto.

— Como você encontrou o cigarro que ele queria tão rápido?

— Ontem à noite... atendi muitos fumantes... então gravei tudo. Na marca ESSE, tem o ESSE One, o ESSE Special Gold, o ESSE Special Gold 1mg, o ESSE Special Gold 0.5, o ESSE Classic, o ESSE SOO 0.5mg, o ESSE SOO 0.1mg, o ESSE Golden Leaf, o ESSE Golden Leaf 1mg...

Dok-go recitou o nome dos cigarros como se fosse a tabuada. Surpresa, Shi-hyeon levou um tempo para reagir.

— Peraí, você gravou tudo em um dia?

— Não tinha mais nada para fazer... E estava com sono...

— Você fumava?

— E-Eu não sei.

— Como assim, não sabe? Você não lembra se fumava?

— Eu não sei... se eu fumava ou não.

— Você teve amnésia?

— O álcool... estragou... minha memória.

— O que você se lembra do seu passado?

— E-Eu não sei.

Urgh. Mais uma vez, foi culpa de Shi-hyeon por não ter ficado em silêncio. Mas foi gratificante ver o JS ser contrariado, então Shi-hyeon decidiu não pegar mais no pé de Dok-go, mesmo se ele tomasse o café Kanu.

Seu turno estava chegando ao fim, mas, como a senhora Yeom ainda não havia aparecido, ela mandou uma mensagem para a chefe.

Onde você está, chefe?

Fui à missa de quarta e agora estou em casa.
A partir de hoje, Dok-go vai ficar sozinho na loja.

Será que vai ficar tudo bem?

O que você acha?

Humm. Shi-hyeon fez uma pausa e olhou para Dok-go. Na prateleira de noodles, ele organizava os produtos enquanto falava sozinho, memorizando os sabores do buldak-bokkeum-myeon, o noodle muito picante:

— Buldak duplo picante, buldak de queijo, buldak carbo... nara...

Vendo Dok-go se agachar com seu traseiro grande para ajeitar com cuidado os noodles lá embaixo, Shi-hyeon mandou uma mensagem afirmativa para a chefe.

◉◉◉

Uma semana se passou assim. Dok-go chegou todos os dias às oito horas, com as mesmas roupas e o andar arrastado. A única diferença foi que ele estava menos atrapalhado. Seus movimentos ainda eram lentos, mas sua gagueira melhorou muito, e isso por si só já era um grande progresso. Além disso, estava pegando o jeito dos seus afazeres. Nesses dias, limpou tanto as mesas externas quanto as internas, repôs as prateleiras vazias, descartou os produtos que passaram da validade e até limpou o vidro dos refrigeradores sem que ninguém mandasse.

Parecia que não havia mais necessidade de treinamento. Ele segurava as pontas sem precisar tirar dúvidas com Shi-hyeon. Agora era Shi-hyeon que fazia perguntas a Dok-go.

Certa noite, a loja estava vazia, apesar de ser hora do rush, e Shi-hyeon e Dok-go estavam atrás do balcão, comendo gimbap com leite.

— Onde você fica durante o dia? — perguntou Shi-hyeon a Dok-go, sugando a última gota do seu leite de morango.

Dok-go terminou rapidamente de mastigar o gimbap e olhou para ela.

— A chefe... me deu um dinheiro adiantado... Com isso... aluguei um quartinho... do outro lado da Estação Seul... em Dongja-dong.

— Então você dorme lá durante o dia e vem trabalhar à noite? Você cozinha lá também?

— Esse quartinho... parece um caixão... Só tem espaço para deitar... Depois do trabalho... vou para casa e como um sanduíche vencido... Depois durmo... acordo... vejo TV na Estação Seul... e venho para cá.

— Você precisa ir à estação? E se outros moradores de rua te arrastarem para algum lugar?

— Não, está tudo bem... Eu preciso da TV de lá... e observo as pessoas...

— Você está falando bem melhor. Será que sua memória também não está voltando? Ainda não se lembra da sua casa, sua família, seu emprego?...

Dok-go fez uma pausa, olhando para baixo. Enfiou os dois últimos rolos de gimbap na boca e terminou de comer com o resto do leite. Por que parecia que Dok-go estava se esforçando para relembrar suas memórias, com o mesmo empenho que sugava aquele canudo? Shi-hyeon observou Dok-go lamber os lábios.

— Está gostando de trabalhar na loja de conveniência?

— Estou, tudo é bom... menos eu não poder beber.

— Ei! Você tem um emprego agora, um teto e comida de graça! Não devia reclamar por não poder beber.

— Se eu for para um abrigo, posso dormir... e comer... Tenho trabalho, mas não posso beber... Me dá dor de cabeça.

— Beber e ter dor de cabeça se tornou um hábito, então você se sente mal quando não bebe. Mas, se continuar assim, uma hora vai parar de sentir dor. Entendeu?

Ele deu um sorrisinho. Naquele instante, Shi-hyeon sentiu que já havia ensinado àquele homem, que por ironia do destino foi seu seonbae na loja de conveniência, tudo que sabia.

— Acho que seu treinamento acabou. A chefe me disse que você poderia chegar às dez quando tivesse aprendido o trabalho. Então, a partir de amanhã, não precisa chegar duas horas mais cedo.

— Muito obrigado. Aprendi muito com você.

— Imagina.

— Sério... Shi-hyeon, você tem talento... para ensinar... De alguma forma, as informações grudaram na minha cabeça.

— Uau! Estou vendo que também sabe as práticas de boa vizinhança. Devia saber se virar bem antes de ir morar na rua... Seja sincero, não achou ridículo quando eu falava as coisas?

— Não, não... Minha cabeça... era oca. Você a encheu. Se não quiser acreditar em mim... poste na internet... Como usar o sistema POS... Você é uma ótima professora.

— Quer que eu poste na internet?

— No Y-Yuktube...

— Yuktube? Quer dizer YouTube? Por que eu postaria algo assim?

— Pessoas... precisam.

— Você está falando melhor, mas está repetitivo. Está me dizendo para postar no YouTube um vídeo sobre como usar o sistema POS?

— Vai ser útil... Existem muitas lojas de conveniência... e muitos trabalhadores de meio período... Se você ensinar a eles... como me ensinou...

— Eu tenho muita coisa para fazer, Dok-go. Por que me daria mais trabalho fazendo vídeo para ajudar os outros? Quando chego em casa, ainda tenho que estudar e dormir.

— Você me ajudou.

— Porque... a chefe mandou.

— Sim, a chefe mandou... mas mesmo assim. Você me ensinou muito bem.

Naquele instante, Shi-hyeon sentiu como se algo tivesse feito um *click* dentro dela. Ela realmente ajudou esse homem e talvez devesse se orgulhar disso.

— Essa coisa de Yuktube... dizem que dá dinheiro. Deu na TV — disse Dok-go, olhando para Shi-hyeon, esperançoso.

Normalmente, Shi-hyeon teria ignorado a sugestão, mas dessa vez as palavras de Dok-go a fizeram pensar. Ela tentou se lembrar de seu login no YouTube, que ela não acessava havia muito tempo.

◉◉◉

— Olá. Esse é o segundo episódio de "como usar o sistema POS da loja de conveniência Always".

Shi-hyeon narrava com uma voz calma e ótima dicção no microfone de 26.500 wons que comprou na internet, enquanto focava a câmera do smartphone na tela da caixa registradora.

— Na semana passada, vimos por cima como funciona o sistema POS e suas funções básicas. Hoje, vamos ver as funções mais complexas, como processar pagamentos divididos, devoluções e reembolsos, e recarregar cartões de transporte e o cartão de pontos da Always. Vamos começar com o pagamento dividido. Suponhamos que o cliente se aproxime do caixa com seus itens e peça para pagar metade no cartão e metade no dinheiro. Não precisa entrar em pânico, só faça o seguinte.

Shi-hyeon apontou a câmera para a barra de chocolate, que já tinha deixado no balcão para isso.

— Primeiro, escaneie o código de barras do produto e verifique o preço. São 3.200 wons. Mas o cliente diz que quer pagar três mil no dinheiro e duzentos no cartão. Alguns clientes preferem fazer assim para evitar ficar andando com trocado. Então, primeiro digite o valor a ser pago no cartão, que é 200 wons. Depois, insira o cartão e clique em "pagar". Agora vai aparecer na tela que estão faltando 3.000 wons. Depois que receber o dinheiro do cliente, clique em "pagar" de novo, e pronto. Muito fácil, não é mesmo?

Shi-hyeon parou de gravar para respirar um pouco. Ela assistiu ao vídeo, no qual só aparecia sua mão, o sistema, o produto e sua voz calma explicando o processo. Estava exatamente igual a como ela ensinou a Dok-go, passo a passo, tim-tim por tim-tim. Até quem não tem afinidade com tecnologia vai achar fácil. Ela mesma não tinha, e foi difícil no início, mas agora era moleza, tão simples quanto tirar as marmitas vencidas das prateleiras.

Shi-hyeon pigarreou e voltou a gravar.

— Agora vamos falar sobre devoluções e reembolsos. Para devoluções, é só clicar no botão de notas...

Os vídeos tiveram mais repercussão do que ela esperava, considerando que já tinha vários falando sobre isso. Em alguns, os YouTubers alternavam entre mostrar os rostinhos bonitos e o sistema, e pareciam que estavam mais interessados em exibir sua aparência do que fazer um tutorial. Havia também aqueles vídeos chamativos com legendas e música, editados para parecerem um game show de televisão. Os vídeos de Shi-hyeon seguiam mais uma linha minimalista. Eram simples, mas populares entre aqueles que realmente desejavam aprender. Além disso, ela respondia a todos os comentários e perguntas de quem estava começando a trabalhar com isso.

Muitos comentários elogiavam o vídeo por ser devagar, alguns dizendo que o passo a passo ensinado com calma ficava fácil até para um aluno do ensino fundamental aprender. Outros elogiavam sua voz calma, dizendo que ela deixava à vontade quem estava assistindo, em vez de sentirem que estavam vendo uma palestra. Sempre que lia esses comentários, Shi-hyeon parava para se ouvir falando, mas, não importava o que diziam, era apenas uma indução ao sono para ela. Achava incrível as pessoas se sentirem à vontade ouvindo-a.

◉◉◉

Dok-go continuava aparecendo na loja mais cedo, agora uma hora antes do seu turno. Ele varria o chão e limpava as mesas externas antes de render Shi-hyeon. Já havia se adaptado tão bem ao trabalho que ninguém dizia que um mês atrás ele morava na Estação Seul. Com seu primeiro salário, ele comprou um suéter marfim grosso que o fazia parecer menos um urso marrom perigoso e mais um urso-polar do comercial da Coca-Cola. Também ganhou a confiança de Shi-hyeon e da chefe. No dia anterior, se não fosse por Dok-go, elas não teriam conseguido montar e enfeitar a árvore de Natal tão rápido. E o melhor de tudo era que o JS insuportável nunca mais deu as caras depois daquele episódio com a bolsa reciclável. Que jinsang patético... Ficava implicando com os mais fracos, mas foi só alguém enfrentá-lo que ele fugiu com o rabo entre as pernas.

No entanto, a senhora Oh ainda olhava feio para Dok-go. Falava mal dele todo dia para Shi-hyeon quando ela chegava. Ele era o saco de pancadas dela, no qual descontava suas frustrações reprimidas. Mas Dok-go nem ligava. Certa vez Shi-hyeon perguntou se ele estava estressado com ela, mas ele balançou a cabeça, dando um sorrisinho fraco.

— Estresse... é aquilo ali.

— O quê?

— A geladeira das bebidas alcoólicas... fica tão perto...

— Você não pode beber! É sério!

Ela acabou elevando o tom de voz sem querer. Percebendo o constrangimento dela, Dok-go assentiu, lhe dando razão.

— Sim. Estou bolando. . um plano — disse ele, sorrindo, e Shi-hyeon suspirou, aliviada.

Shi-hyeon agora repunha o Kanu Black no depósito para que Dok-go também pudesse tomar. Ela gostou de ajudá--lo e se deu conta de que queria continuar fazendo isso. Enquanto gravava no dia anterior, ela pensou em Dok-go ao explicar cada passo com calma, mexendo devagar no sistema também. Talvez a maneira de ajudar pessoas como ele seja simplesmente não ter pressa e ser atencioso? Shi-hyeon, que sempre escolheu ser mais reclusa, nunca pensou que um dia ia querer contribuir para a sociedade de alguma forma. E, pensando bem, era Dok-go que estava fazendo a diferença na vida dela.

◉◉◉

Um dia antes da véspera de Natal, Shi-hyeon recebeu um e-mail na conta que usava no YouTube. Nele, a mulher que se identificou como dona de duas lojas de conveniência Always deixou seu número dizendo que queria trabalhar com ela.

— O quê? Uma oferta de emprego?

Faz sentido uma trabalhadora de meio período de uma loja de conveniência estar sendo recrutada? E, se sim, o que estavam oferecendo exatamente? Vão me dar mil wons a mais por hora? Ou seria para trabalhar em dois empregos? A fim de silenciar as inúmeras perguntas que não paravam de pipocar na sua cabeça, ela discou o número com uma pitada de ansiedade e uma grande dose de curiosidade.

Uma voz calma e feminina, que parecia ser de uma mulher mais velha, atendeu. Primeiro, ela disse que viu o tutorial de Shi-hyeon no YouTube sobre o sistema POS, depois comentou que era dona de duas lojas de conveniência em Dongjak-gu e que estava querendo abrir uma terceira, mas precisava de alguém para gerenciar a loja e ela estava oferecendo esse cargo para Shi-hyeon. Ela hesitou, atordoada, sem saber o que responder. Então, a mulher disse que ela podia passar na sua loja para elas baterem um papo e, se Shi-hyeon quisesse, podiam começar a movimentação. Para sua surpresa, a loja ficava muito perto da casa de Shi-hyeon, e ela disse que passaria lá no dia seguinte, depois do trabalho.

A loja ficava a uma estação de trem da casa dela. A mulher tinha quase cinquenta anos, assim como a senhora Oh, mas felizmente sua personalidade era o total oposto. Com um tom calmo e um sorriso gentil, ela explicou que já administrava as duas lojas e enfatizou a necessidade de encontrar uma pessoa de confiança para gerenciar a terceira.

— Por que você confia em mim? — perguntou Shi-hyeon, desconfiada.

Em toda a sua vida, Shi-hyeon nunca foi reconhecida a ponto de receber uma oportunidade como essa.

— Foram seus vídeos no YouTube. Seu tom de voz e a forma como você faz os tutoriais me fizeram perceber que seu foco é ajudar as pessoas, e não se gabar do que você já sabe.

— É mesmo?

— Mês passado mesmo eu indiquei seus vídeos para um funcionário, então você já foi de grande ajuda. Mas não seria melhor se você me ajudasse a treiná-los pessoalmente? E, enquanto estivesse gerenciando a loja nova, eu ficaria muito grata se você também fosse às outras duas lojas para treinar os novatos. É claro que eu me encarregaria das despesas.

Shi-hyeon se deu conta de que estava mordendo o lábio esse tempo todo para controlar o nervosismo. Gerente da loja e funcionária em tempo integral! Quando ouviu o salário, ficou em choque. E a loja nova ficava a apenas cinco minutos da sua casa. Ela não tinha coragem de trabalhar meio período em uma loja de conveniência tão perto de casa, mas, num cargo de gerência, sentiria orgulho de esbarrar com familiares e vizinhos.

Ela decidiu aceitar a proposta, mudar de emprego e continuar no mesmo ramo.

Shi-hyeon voltou andando para casa toda feliz, dominada pelo espírito natalino. As ruas estavam decoradas de vermelho e branco. Esse seria mais um Natal que ela estaria passando sem ninguém, mas não estava se sentindo nem um pouco sozinha.

◉◉◉

A nova chefe lhe pediu que ficasse disponível logo porque a terceira loja abriria em dez dias. Ano novo, trabalho novo. Shi-hyeon esperou a senhora Yeom chegar, se sentindo um pouco preocupada e meio mal. Em breve, outra pessoa contaria à chefe como foi o dia quando ela chegasse de noite para dar uma conferida na loja. Shi-hyeon começou a se sentir mais culpada. Bem nessa hora, a chefe entrou, segurando um saco de papel branco.

— Comprei bungeoppang para a gente comer.

Shi-hyeon pegou um bungeoppang em formato de peixe com recheio de feijão-azuqui. O calor em seus dedos lhe lembrava quão calorosa a senhora Yeom era. Shi-hyeon, então, contou tudo à chefe. A chefe abaixou seu bungeoppang e prestou atenção às palavras dela. Depois de ouvir tudo, ela olhou para Shi-hyeon e voltou a comer.

— Que legal.

— Desculpe sair assim tão rápido...

— Imagina. Está aqui há tanto tempo, já estava preocupada achando que seria responsável por você para sempre. São ótimas notícias. Mesmo.

— Eu sei que está falando isso só para eu me sentir melhor.

— É isso que está parecendo?

— É.

— Então vou ser sincera com você. Eu ia te demitir. Como você sabe, as vendas estão muito ruins. E tanto a senhora Oh quanto Dok-go demonstraram estar dispostos a trabalhar mais. Então eu estava pensando em estender o horário deles para que conseguissem cobrir o seu, e, assim, reduzir os custos.

— O quê?

— Com o declínio das vendas, preciso fazer corte de funcionários também, e esse é o único lugar onde a senhora Oh e o Dok-go conseguiriam trabalhar. Não posso demiti-los. Mas você, Shi-hyeon, tem quem te alimente em casa e falta pouco para o concurso. Eu te deixaria ir com o pretexto de que você deveria focar nos estudos.

— Você está brincando, né?

— Não, estou falando sério.

— Por favor, me diga que isso é uma piada, senão vou ficar muito magoada.

— Você precisa ficar magoada e decepcionada para que vá sem olhar para trás. Precisa sair daqui para sentir saudade. E, quando sentir, vai se sentir mais grata também. Não acha?

— Eu já sou muito grata.

Shi-hyeon sentiu os olhos se encherem de lágrimas. Sábia como sempre, a chefe simplesmente sorriu e continuou comendo. Afastando as lágrimas, Shi-hyeon mastigou seu bungeoppang. A doçura do recheio fez cócegas na sua língua.

As mil e uma utilidades do gimbap triangular

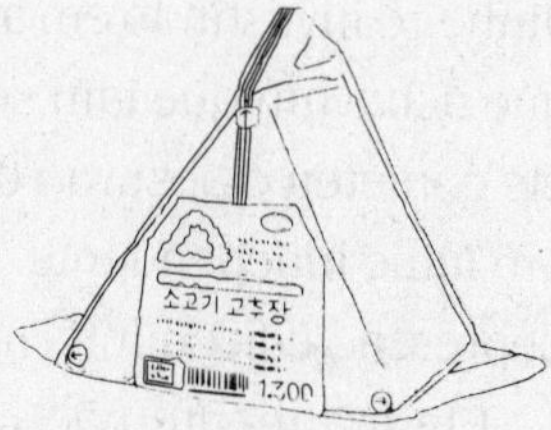

Existiam três tipos de homem que Seon-suk Oh não conseguia entender de jeito nenhum.

O primeiro era o seu marido. Mesmo depois de trinta anos juntos, não conseguia prever as reações dele. Foi assim quando se demitiu do cargo de gerente da empresa onde trabalhava e quando sumiu após alguns anos administrando a loja que abriu com muito custo. Sempre foi teimoso e não se comunicava direito. Quando chegou doente em casa uns anos atrás, ela perguntou por que ele era tão imprudente, mas ele não respondeu. Brava, Seon-suk perguntava todos os dias, como uma punição. Por fim, talvez por cansaço, ele sumiu de novo. Ela nunca obteve uma resposta. Agora ela não precisava se preocupar nem entender seu marido, não sabia se estava vivo ou morto.

O segundo era o seu filho. Ela o criou com todo o carinho do mundo, e era seu único filho. Mas, conforme crescia, ia se revelando uma figura tão incompreensível quanto o seu marido. Quando seu filho se formou na faculdade e arranjou um emprego logo depois numa grande empresa, ela se sentiu recompensada pelo trabalho árduo que foi criá-lo.

Porém, no dia em que ele pediu demissão do lugar que todos invejavam, após um ano e dois meses apenas, ela teve um mau pressentimento. Ele perdeu muito rápido todo o dinheiro investindo em ações e começou a andar com idiotas que achavam que iam se tornar diretores de cinema. Então, ele cometeu o absurdo de fazer um empréstimo para gravar um filme independente. O projeto deu errado, ele entrou em depressão e ficou internado por um tempo.

Ela realmente não conseguia entender por que o filho se envolveu com isso, um trabalho tão incerto, se já tinha uma vida confortável, que todos queriam ter. No fim, por um pedido sincero de Seon-suk, o filho desistiu e agora estava estudando para o concurso do Ministério das Relações Exteriores. O único problema era que ele andava triste e frustrado, e sua mãe ficou com medo de a depressão voltar. Toda vez que isso acontecia, Seon-suk gritava mentalmente: "Vai trabalhar carregando saco de cimento nesse sol, que eu quero ver se você vai ter tempo para ficar deprimido."

A vida de Seon-suk já era difícil o suficiente com dois homens incompreensíveis, e ainda havia outra pessoa problemática enchendo sua paciência: Dok-go, o homem burro que parecia um urso e começou a trabalhar na loja de conveniência no turno da noite fazia um mês. Ficou horrorizada quando descobriu que ele era um morador de rua, mas, como a chefe não estava conseguindo trabalhar até de madrugada e como também não podia ajudá-la, ela estava de mãos atadas. Se quisessem que a loja continuasse aberta, precisavam de toda ajuda disponível.

Felizmente, o homem-urso ainda não tinha trazido problema para elas. Seu cheiro não era tão ruim quanto ela temia e não usava mais aquelas roupas sujas. A chefe dizia cheia de orgulho como ele havia mudado e que agora tinha seu quartinho, roupas novas e o cabelo cortado, pagos com o dinheiro que ela lhe havia adiantado. Era bonito de ver. Mas, ao contrário da chefe, que sempre educou com a maior positividade até os alunos mais inconsequentes, Seon-suk vivia sob um único lema: as pessoas nunca mudam. E, honestamente, um trapo continuava sendo um trapo, mesmo depois de lavado.

No passado, quando gerenciava um bar, teve o desprazer de conhecer muitos jinsangs. Assim como os jovens que tentaram roubar o dinheiro do caixa da loja de conveniência e os fizeram ir parar na delegacia, uma vez um cliente de sessenta anos ficou bêbado, começou a destruir o bar todo e, mesmo após Seon-suk ter lhe perdoado, ele a xingou. Então, ela preferia confiar em cães a confiar em pessoas. Só seus cachorrinhos Yepi e Kami é que eram leais e cuidavam dela.

Era por isso que ela não acreditava que o homem-urso mudaria só porque ele estava há 28 noites comendo alho em conserva e tomando chá de artemísia na loja de conveniência. Nunca lhe ocorreu que um desajeitado sem traquejo social, lento, com os olhos sempre semicerrados, incapaz de cumprimentar as pessoas mudaria da água para o vinho.

Mas, então, outra coisa inacreditável aconteceu. Em apenas uma semana, o homem-urso tomou jeito. Ele aprendeu todas as tarefas da loja de conveniência nos três primeiros dias, e no restante da semana tornou-se rápido e ágil, e cumprimentava tanto os colegas de trabalho quanto os clientes, sem hesitar. Ela não fazia ideia de como alguém que tinha dificuldade até de fazer um contato visual se adaptou tão rápido.

Dok-go era o terceiro homem que Seon-suk não conseguia entender, mas diferente do marido e do filho, que lhe traziam decepções permanentes, no caso dele ela viu uma mudança acontecer. Será que alguém podia mesmo mudar assim, só com uma ajudinha da chefe? Como será que era o passado de Dok-go, para ter se tornado prestativo assim tão rápido? Estava morrendo de curiosidade, mas nem a chefe nem Shi-hyeon conseguiram descobrir nada sobre seu passado. Nem o nome sabiam se era dele mesmo, poderia ser até um sobrenome.

— Tente se lembrar de novo, agora que não está mais bebendo.

— E-Eu não sei. Se eu penso muito... minha cabeça dói.

Sempre que Seon-suk perguntava, ele passava a mão no rosto e dava a mesma resposta, e isso a frustrava. O fato de o próprio Dok-go não fazer questão de saber do seu passado também era questionável. Já que estava sóbrio, não seria normal ele querer saber do seu passado, se tinha uma família, quem ele era?

Nesse aspecto, achava que Dok-go ainda não tinha evoluído, ainda era um homem-urso. E claro, como um urso não era um cachorro, ele continuava sendo um ser indigno de sua confiança.

Como não conseguia entendê-lo nem confiar nele, Seon-suk tratava Dok-go de maneira indiferente. A chefe, porém, tratava Dok-go como se fosse o seu irmão mais novo, e Shi-hyeon tinha certa intimidade com ele. Na troca de turno, quando perguntava a Shi-hyeon sobre ele, ela só dizia que ele era normal. E, mesmo não sabendo também como era a vida dele antes, Shi-hyeon achava que ele devia ser uma pessoa desenrolada.

— Duvido que aquele urso burro era desenrolado! Só de tocar nesse assunto já me sinto frustrada.

— A gagueira dele melhorou muito. Li em algum lugar esses dias que, se você não fala, suas cordas vocais ficam secas e você pode desenvolver gagueira. E eu ensinei Dok-go a trabalhar, lembra? No começo parecia impossível, mas ele aprendeu tudo muito rápido. Quando cheguei, levei quatro dias para entender tudo, mas em dois dias ele já tinha assimilado algumas coisas. Conseguiu memorizar todos os cigarros em um dia... Ele sem dúvida aprende rápido.

— Pastores-alemães também.

— Ah, é diferente... Olha, se você prestar atenção, vai ver que ele é carismático. Ele assusta os clientes abusivos com o olhar, parece até que lidou com isso outras vezes, que já foi dono de bar.

— Aff, ele devia ser dono de uma gangue, isso, sim.

— Eu até cheguei a pensar nisso, mas ele não me parece um criminoso.

— Hmm. Talvez ele devesse estar era na prisão, e não na Estação Seul.

— Por um acaso é crime estar em situação de rua, senhora Oh? Você devia tratar as pessoas com menos preconceito.

— Shi-hyeon, ter preconceitos nem sempre é ruim. No mundo em que vivemos cuidado nunca é demais.

Shi-hyeon lhe lançou um olhar frustrado, e Seon-suk, por fim, disse:

— Você é muito nova para entender.

Tanto a chefe quanto a jovem funcionária eram muito boazinhas, e Seon-suk jurou a si mesma que protegeria aquela loja.

◉◉◉

Quando Seon-suk chegou à loja de conveniência às oito da manhã, depois de ter preparado o café da manhã do filho, Dok-go estava cochilando atrás do balcão. Ao sentir uma presença, ele arregalou os olhos e a cumprimentou. Seon-suk o ignorou e foi até os fundos colocar o colete do uniforme. Dok-go ainda estava no caixa quando ela voltou. Só depois de fazer um gesto para ele, como se estivesse espantando mosca, foi que ele saiu de trás do caixa, bocejando. De pé, verificando o caixa no sistema, ela perguntou:

— Tem alguma observação para fazer antes de ir?

— Nada de mais...

— Certeza?

Dok-go coçou a cabeça e pensou um pouco antes de responder.

— Nessa vida... não dá para ter certeza de nada.

"O quê? Não quero entrar numa conversa existencial", pensou ela.

Seon-suk bufou e terminou de verificar o caixa. Depois de um tempo, Dok-go começou com as esquisitices dele. Seu expediente tinha acabado, mas ele ficou para lá e para cá, organizando as prateleiras. Sabe-se lá que obsessão era essa, mas ele se abaixava para ficar na altura da fileira e passava uns trinta minutos alinhando os produtos milimetricamente, com as gotas de suor se formando em sua testa. Não seria melhor organizá-los de madrugada, quando não havia clientes, em vez de continuar trabalhando após o expediente? Ele sempre fazia isso, e não parava por aí. Depois das prateleiras, ele ia lá para fora e começava a fazer faxina. Passava um pano nas mesas externas e varria ao redor da porta. Só então se sentava no banco, tomava o leite e comia o pão que seriam descartados, enquanto observava as pessoas irem trabalhar.

Seon-suk presumiu que Dok-go fazia isso porque ainda tinha o instinto de quem morava na rua e não queria voltar para seu quartinho. Em algum momento, enquanto trabalhava, ele desaparecia, e o dia começava a passar de forma tediosa.

◉◉◉

O cliente que entra numa loja de conveniência nunca acha que o caixa fica de olho nele, e, por isso, rouba mais que o esperado, seja de caso pensado ou porque a ocasião faz o ladrão. Ainda mais quando havia uma mulher gorda que parecia devagar, como Seon-suk, o cliente tendia a baixar mais a guarda. Devido à sua extensa experiência, Seon-suk era muito boa em detectar suspeitos e acabou de reparar no menino todo confiante que entrara para roubar dois gimbap triangulares. Como era época de férias, os alunos do ensino fundamental e médio iam à loja na parte da manhã, mas o menino não parecia um estudante. Devia ter uns quinze anos, era alto, tinha uma expressão anuviada e roupas surradas, e a fez se lembrar de um grupo de adolescentes delinquentes que rodeavam as lojas de eletrônicos em Wonhyo-ro.

O menino observou Seon-suk sorrateiramente entre as prateleiras e enfiou dois gimbap triangulares por baixo do casaco enquanto ela fingia estar distraída. Então, depois de fazer hora nos corredores, se aproximou do caixa. Muitos pensamentos lhe passaram pela cabeça nesse instante, mas o primeiro deles foi se valia a pena enfrentar um inconsequente que poderia estar com uma faca debaixo do casaco, além dos dois gimbaps. Mas sua personalidade e sua aversão por ser vista como fraca falaram mais alto.

— Tia, tem jjamong aqui?

— O que é jjamong? Não temos isso, não.

Seon-suk agarrou na hora certa o braço do menino enquanto ele se virava para ir embora. Surpreso, olhou para trás, como se tivesse levado uma pancada na nuca e puxou o braço.

— Devolva o que você roubou.

Seon-suk arregalou os olhos e encarou o menino. Ele estava paralisado, sem saber o que fazer.

— Você sabe quem eu sou? Anda logo!

— Droga...

O menino suspirou e colocou a mão livre dentro do casaco. Ela se perguntou se era naquele momento que ele puxaria a faca e apertou seu braço com mais força. O menino depositou um gimbap no balcão, mas estava faltando o outro. Seon-suk acenou com o queixo.

— Devolva tudo, antes que eu te arraste até a delegacia. Anda! — ordenou Seon-suk, baixo e com ar de superioridade, assim como fazia quando repreendia Kami.

Foi então que... Bum! O menino enfiou a mão no casaco e jogou o gimbap na cara dela, atingindo sua testa. No susto, ela acabou soltando o braço do menino.

— Se fodeu! — gritou ele.

Porém, enquanto corria em direção à saída, uma silhueta de urso do lado de fora bloqueou a porta de vidro que o menino empurrava. Era Dok-go.

— Ei, jjamong.

Dok-go entrou sem deixar o menino sair e sorriu para ele. O menino deu um passo para trás, sem saber o que fazer, e Dok-go o pegou pelo braço e o arrastou até Seon-suk. Ela se recompôs e saiu de trás do balcão.

— Ele... esqueceu de pagar... né? — disse Dok-go.

— Esqueceu, nada! Leve ele para a delegacia agora! — Seon-suk gritou para o menino, que estava de cabeça baixa.

No entanto, Dok-go apenas inclinou a cabeça enquanto continuava segurando firme o menino. Seon-suk, perdendo a paciência, perguntou:

— O que foi? Você conhece esse menino?

— Ele se chama Jjamong... sempre procura jjamong... que nem sempre está à venda... Costuma vir quando eu estou aqui... Acho que você se atrasou um pouco hoje, Jjamong... Seu relógio biológico... quebrou? Dormiu demais? — perguntou Dok-go como se estivesse conversando com um amigo. Ele não respondeu, em vez disso franziu os lábios e fingiu estar distraído.

Mas o que era aquilo? Quer dizer então que ele roubava gimbap todo dia, no turno de Dok-go? A admiração que nascia em Seon-suk por Dok-go ter capturado o menino foi substituída pela raiva.

— Ele já roubou aqui, né? Fale a verdade!

— Não.

— Não pode ser. Ele ia fugir sem pagar. E ainda jogou o gimbap em mim!

Dok-go ficou de frente para o menino, segurando-o com os dois braços. Em seguida, olhou para o gimbap no chão, ao lado de Seon-suk, e se inclinou para pegá-lo.

— Você... fez isso?

— E daí se eu fiz?

— Não pode... fazer isso.

— Eu sei.

Seon-suk ficou ainda mais zangada ao ver a serenidade com que conversavam. Quem foi atingida foi ela. Por que os dois estavam se resolvendo entre si? Dok-go se virou para Seon-suk, que fez um barulho de insatisfação, e ergueu o gimbap. O que ele queria?

— Passe isso.

Seon-suk bufou, mas Dok-go, decidido, não abaixou o braço. Ela hesitou e escaneou o código de barras dos gimbaps. Dok-go enfiou a mão no bolso, tirou uma nota amassada de cinco wons e entregou a ela. Seon-suk a pegou devagar e desconfiada, como se fosse um inseto, guardou na caixa registradora e lhe deu o troco.

Mesmo assim, Dok-go continuou com o braço erguido, segurando o gimbap.

— Tira isso daqui.

— A conta... ainda não fechou... Jogue isso nele.

Dok-go apontou para o menino com o queixo. Estava dizendo para fazer a mesma coisa com ele? Seon-suk ficou pasma. Dok-go estava sério, e ela olhava, sem palavras, para o menino atrás dele, como um prisioneiro no corredor da morte, esperando para ser executado.

— Anda — apressou-a Dok-go.

Seon-suk decidiu acabar logo com isso.

— Tira isso da minha frente! Acha que vou jogar o gimbap nele como se eu fosse uma criança? Pegue esse gimbap e coma com ele, ou jogue fora, é contigo mesmo! — gritou Seon-suk, e Dok-go riu.

Por que será que ele estava sorrindo? Dok-go viu sua reação de surpresa, segurou o menino pelos ombros e o colocou de frente para ela.

— Ela... te perdoou. Peça desculpas... mesmo que seja tarde.

O menino abaixou ainda mais a cabeça, e Seon-suk viu o topo dela, com dois redemoinhos no cabelo.

— Desculpa — sussurrou ele, levantando a cabeça.

Seon-suk o mandou ir embora com um gesto, como se não quisesse mais vê-lo. Dok-go saiu da loja de conveniência com o braço no ombro do menino, como um pai acompanhando o filho. Os dois foram para uma mesa ao ar livre e começaram a abrir o gimbap, como dois amigos.

Seon-suk observou os dois rindo e comendo o gimbap. O que havia acabado de acontecer? Um menino tentou roubar a loja, e, ao tentar impedi-lo, ela foi atingida com o gimbap na testa. Dok-go, que chegou bem na hora da fuga dele, pagou pelos produtos roubados e fez com que o garoto pedisse desculpas.

Ela tinha sido a vítima, assaltada e atingida no rosto. No entanto, nem teve tempo de ficar com raiva direito, pois Dok-go resolveu as coisas num instante. Se isso tivesse acontecido uns meses atrás, Seon-suk teria ficado com raiva e esbravejado o dia todo, mas por algum motivo sua raiva diminuiu e ela não conseguiu pensar em nada para dizer.

Ficou apenas assistindo a Dok-go e "Jjamong" tomarem seu café da manhã como pai e filho pobres. Sentia um misto de alívio, perdão e empolgação. Também achou curioso ter sido o terceiro elemento dessa situação inusitada e se perguntou se deveria abrir um gimbap triangular e se sentar para comer com eles.

Dok-go devia cuidar de Jjamong, foi por isso que obedeceu a ele sem pensar duas vezes. Apesar da dor na testa, o que Seon-suk, que nunca cuidou de alguém assim, sentia naquele momento era revigorante.

Em outras palavras, ela não se sentia mais a mesma pessoa.

◉◉◉

Por incrível que pareça, após o ocorrido, o que Seon-suk sentia quando encontrava Dok-go era um estranho alívio, e não incompreensão. E Seon-suk não era a única se sentindo assim, o clima da loja de conveniência estava mudando aos poucos, assim como a direção da luz do sol.

As idosas do bairro que costumavam ir só às mercearias ou ao mercado, alegando que as lojas de conveniência eram caras, abriram a porta de vidro e começaram a perambular por lá, como se tivessem ido passear.

Enquanto Dok-go limpava a loja de conveniência, as idosas davam tapinhas de consolo nas suas costas, perguntavam como ele estava, e ele as guiava pelas prateleiras, mostrando os produtos na promoção pague um, leve três e pague um, leve dois.

— Este aqui e este... Se levar os dois... você vai levar muito barato.

— Quer dizer que vai sair mais barato que no supermercado?

— As lojas de conveniência não são tão caras. Que bom que tem alguém para nos contar essas coisas!

— Nós não enxergamos bem, então não conseguimos ler essas informações. Como vou confiar que, se eu comprar um, ganharei outro?

Dok-go pegou a cesta com os produtos que as senhorinhas escolheram e a colocou na frente de Seon-suk, sorrindo. Ele a lembrou de um golden retriever pedindo petisco por ter trazido a bola de volta. Depois que Seon-suk passou a compra, Dok-go as acompanhou até lá fora. Ele voltou depois de um tempo, e ela perguntou onde ele estava. Ele respondeu que as compras pareciam muito pesadas para elas, e por isso levou as bolsas até a casa delas.

Que sistema avançado de entrega era esse? Seon-suk não soube o que dizer, mas, graças a esse serviço de entrega de Dok-go, as senhorinhas subiram o número de vendas no período da manhã. Nas férias, elas levaram os netos lá para serem seus carrinhos de compras, e era incrível como aquelas crianças as deixavam mais mão-aberta.

— O número de vendas da manhã aumentou. O que houve? — perguntou a chefe um dia.

Seon-suk deu uma resposta se vangloriando de quanto ela estava trabalhando no turno da manhã. Ela omitiu o fato de que Dok-go estava fazendo um sucesso com as vovós e levou todo o crédito, mas, quando via Dok-go, dava uma de espertinha e o tratava com a maior gentileza.

— Você ainda compra gimbap para aquele menino? Ele não dá as caras quando estou aqui.

— Ele... não vem mais. Disse que ia voltar para casa.

— E você acredita nisso? Ouvi dizer que hoje em dia as crianças que saem de casa vão morar juntas em banjihas.

— Eu estive lá... Mas não o vi.

— Lá onde?

— No banjiha... Eu morava com Jjamong e as crianças.

— Oi? Mas o que você foi fazer lá?

— Fiquei preocupado... Ouvi dizer que todos saíram de lá e... sumiram.

— Dok-go, é muito legal da sua parte pensar nessas crianças, mas não devia encontrar uma casa decente para você?

— Eu... não preciso de uma casa. Por isso... sou chamado de morador de rua.

— Você não é mais uma pessoa em situação de rua. É um trabalhador.

— Ainda... falta muito.

— Como assim, falta muito?

— Tudo... falta muito...

— Está sendo modesto. Você sabe que eu sinto muito por ter te julgado errado esse tempo todo, né?

— Eu... Não, eu é que... sinto muito por... ter causado confusão.

— Enfim, se organize e procure uma kitnet, onde quer que seja, porque você merece dormir direito.

— Obrigado... pelo conselho.

Ele assentiu, como se fosse um cachorro obedecendo à dona, e foi embora após ter passado do seu horário. Onde já se viu um funcionário de meio período trabalhar quatro horas a mais? Seon-suk passou a confiar em Dok-go por ele ter aumentado as vendas e tornado seu trabalho mais fácil. Foi provavelmente nessa época que ela começou a enxergá-lo como um cachorro, e não mais um urso.

◉◉◉

Na véspera de fim de ano, a chefe comunicou a todos que Shi-hyeon foi recrutada por uma loja da conveniência de outra rede e sugeriu um ajuste em seus horários. Como assim, recrutada? Dok-go fazia entregas de graça, e Shi-hyeon foi recrutada. É cada uma... Seon-suk aceitou prontamente a sugestão da chefe de aumentar sua jornada de trabalho, pensando que deveria ser dura na queda. Assim, as horas de Shi-hyeon foram divididas entre Dok-go e ela.

Com a chegada do novo ano e o aumento da carga horária, ela tentou dar um gás, mas logo se sentiu cansada, talvez por ter ficado um ano mais velha. A casa também ficava mais desorganizada a cada dia que passava. Quando Seon-suk chegava, agora duas horas mais tarde, o filho normalmente já tinha feito um ramyeon só para ele e deixado a louça na pia. O volume do jogo on-line na sala era alto demais para supor que ele estava concentrado nos estudos, o que contribuía para a sua chateação. Resumindo, quanto mais tempo ela passava fora de casa, mais inútil seu filho se tornava.

Seon-suk não esperava que o filho sentisse pena dela ou compartilhasse as tarefas domésticas, ela só queria que ele ajudasse a si mesmo. No entanto, era um novo ano e, embora estivesse exausta de tanto trabalhar, o filho ainda agia como uma criança, mesmo tendo seus trinta anos. Queria viver como um adolescente delinquente, já que achava injusto ter perdido os anos de escola tendo de ser um exemplo para os outros alunos. Era realmente frustrante ver um homem de trinta anos agindo como um adolescente gamer, atirando o dia todo em bonecos no computador.

Ela não aguentou e bateu à porta do quarto do filho, mas ele não ouviu por causa do barulho do jogo. Tentou abrir a porta, mas estava trancada. Por um instante, a maçaneta pareceu a mão fria do filho, que só procurava a mãe quando precisava. Enfurecida, ela bateu na porta com força.

— Filho! Abra a porta! Vamos conversar!

Foi só quando as batidas e os gritos na porta atingiram um decibel mais alto que o barulho do jogo que o filho abriu a porta e olhou para ela com uma expressão anuviada.

— Eu sei o que a senhora quer dizer, então não diga. — O tom de voz dele era cortante como o som do tiro do jogo que ela ouvira há pouco.

O rosto estava oleoso e sujo de alguma comida, e a barriga saliente, por cima do short. Usando short em pleno inverno... Dava até pena de ver, vivia trancado em casa, com o aquecedor no máximo. Nem parecia aquele homem que vestiu um terno azul-escuro e cortou o cabelo para seu primeiro dia no emprego novo. Havia se tornado um marmanjo preguiçoso que não saía do quarto.

Ignorando seu olhar de lamento, o filho tentou passar por ela, mas Seon-suk agarrou seu braço por reflexo, cravando as unhas nele. Deve ter doído, pois o filho olhou espantado para Seon-suk, e ela o apertou com mais força, determinada a dar um fim nisso.

— Me solta. Preciso estudar.

— Que mentira! O que você pensa que está fazendo?

— A senhora não mandou eu prestar o concurso de Relações Exteriores?! Estou dando uma pausa nos estudos e jogando para descansar. Qual é o problema? Eu sou uma criança? Estudei numa universidade de prestígio, trabalhei numa grande empresa e tudo mais. Não adianta se estressar porque eu sei como estudar!

— Seu desgraçado! Então vai ser assim? Vai ficar trancado no quarto, comendo ramyeon e jogando todos os dias? Vá ver a luz do dia ou fazer um cursinho!

— Mas que chatice! Estou cansado de você enchendo meu saco! — gritou ele, puxando o braço com toda a força e voltando para o quarto.

Bam! Ele bateu a porta e a trancou. A raiva tomou conta de Seon-suk de novo, e ela voltou a socar loucamente a porta, como se fosse uma resposta ao filho. Ele devolveu na mesma moeda, aumentando o volume do computador. Os tiros do jogo pareciam que estavam atingindo a ela. Quando a sua mão começou a doer, ela bateu na porta com a testa. Tum, tum, tum... E, quando a testa começou a formigar, ela desistiu e se virou.

Lágrimas escorriam pelo seu rosto e o coração doía, mas não tinha nem um marido com quem compartilhar sua dor. Sempre se gabou tanto do filho para os amigos e não podia nem desabafar com eles sobre como ele havia se tornado um homem tão patético. Quando o filho passou na vaga tão desejada, ela conseguiu sentir de longe a inveja dos colegas de classe.

Exausta e depois de tanto chorar, ela caiu no sono e acordou às sete da manhã. Para seu desgosto, o barulho do jogo ainda irrompia do quarto do filho. Colocou só um casaco por cima e saiu de casa, como numa fuga, sem nem deixar o café da manhã pronto como de costume. Queria sumir, mas o único lugar aonde pensou em ir foi seu trabalho.

Ela entrou na loja de conveniência, mas Dok-go não estava no caixa. Quando olhou para trás, o viu concentrado, alinhando os macarrões que tinha acabado de repor. Mesmo dizendo que não precisava fazer isso, ele organizou um a um obsessivamente. Uma postura totalmente diferente da do filho, e pela primeira vez o seguinte pensamento lhe ocorreu: a situação de seu filho era pior que a de um homem que um tempo atrás morava na rua. Isso a deixou mais infeliz ainda.

— Ah, você está aqui — disse ele, ainda organizando a prateleira.

Seon-suk não lhe respondeu, pois desatou a chorar. Saiu correndo até o depósito e colocou o colete do uniforme, mas as lágrimas não paravam de cair. Seu filho estava pior que quem morava na rua... Quer dizer, Dok-go tinha um trabalho digno agora, a gagueira havia diminuído... E do outro lado existia seu filho, que vivia no quarto jogando e não tinha a menor ideia do que ia fazer do seu futuro. Se Seon-suk morresse amanhã, ele poderia ter o mesmo destino que Dok-go, antes de ele ir parar na loja. Não conseguia afastar esses pensamentos, então se sentou e chorou mais um pouco.

Quando se deu conta, Dok-go estava parado na porta olhando-a. Ele se aproximou em silêncio e lhe estendeu o braço. Ela segurou sua mão e se levantou. Com a outra mão, ele ofereceu um rolo de papel higiênico a ela. Seon-suk aceitou e enxugou as lágrimas, o nariz escorrendo até à boca. Ainda havia uma montanha-russa de emoções dentro dela, e respirou fundo para se acalmar. Quando saíram, a claridade do sol da manhã iluminava a loja. Dok-go foi até o cantinho das bebidas e trouxe um chá de cabelo de milho.

— Quando estou chateado, gosto de tomar chá de cabelo de milho.

Enquanto se perguntava o que era aquilo, Dok-go lhe serviu o chá e entregou a ela. Seon-suk olhou por um instante para o gesto de gentileza à sua frente e, enfim, deu um gole. Precisava aliviar o aperto no peito. Ela bebeu o chá numa golada só, como se estivesse tomando um chope num dia de verão. Então, Seon-suk não conseguiu se controlar e desandou a falar. Dok-go a ouviu, como se já soubesse que ela ia desabafar. De pé ao lado do caixa, Seon-suk secava as lágrimas enquanto falava do filho, e Dok-go assentia enquanto ouvia o misto de lamentação e ressentimento.

— Eu não consigo entender. Por que ele largou um emprego estável e jogou todo seu tempo no lixo, com ações, produção de filmes... É a mesma coisa que jogos de azar! Onde foi que ele errou?

— É porque... ele ainda é jovem.

— Ele tem trinta anos. Trinta! E não faz nada!

— Você já tentou... conversar com ele?

— Ele não me ouve! Fica me evitando. Já falei várias vezes com ele, mas sou ignorada. Pareço até uma estranha para ele.

— Tente primeiro... ouvir o que o seu filho tem a dizer. Você disse que ele não ouve... e parece que você também não o está ouvindo.

— Como assim?

— Ouça seu filho também... assim como está me ouvindo. Por que... ele saiu da empresa? Por que comprou ações? Por que fez filmes? Coisas assim.

— Para quê? Ele fez o que quis e ficou sem um tostão. Já disse que ele não fala comigo!

— Ainda assim, já conversaram alguma vez... né?

— Nossa... Já se passaram três anos. Fiquei furiosa quando ele disse que ia sair da empresa. Perguntei o porquê daquilo, depois de ter se esforçado tanto para entrar.

— Sabe por que... ele desistiu?

— Já disse que não.

— Pergunte de novo. Por que... ele desistiu. O que... foi difícil. Só seu filho sabe. E só perguntando... você vai saber.

— Eu fiquei com medo de ouvi-lo e ele se sentir à vontade para desistir. Depois, cheguei a perguntar o que estava acontecendo, mas ele não soube explicar, então eu só disse a ele que aguentasse firme. Mas aí ele acabou saindo mesmo. Igual ao pai, que fugiu de repente.

Seon-suk contou rapidamente sua história. Apesar de tentar conter o choro, pois achava que ia parecer ridícula, seus olhos ficaram marejados de lágrimas. Dok-go franziu o cenho e hesitou, então de repente sorriu para Seon-suk.

— Você está com medo... de que ele fique igual ao pai.

Seon-suk parou de chorar na hora. Então, inconscientemente, assentiu.

— É isso... Achei que meu filho se tornaria um homem melhor... Devo tê-lo criado errado... Fiz o melhor que pude, mas ele não me dá valor... Só fica enfurnado no quarto, jogando.

Dok-go lhe estendeu outra vez o rolo de papel higiênico. Enquanto ela enxugava as lágrimas, um cliente entrou. Dok-go se retirou para o depósito, e Seon-suk se recompôs e assumiu o caixa. O cliente, porém, foi embora, e Dok-go voltou para o seu lado. Ela estava mais calma e esboçou um sorrisinho.

— Falei muito, né? É tão difícil... Não tenho com quem desabafar. Falar com você me ajudou a me acalmar. Obrigada.

— Mas é isso.

— O quê?

— Quando a gente ouve, as coisas se resolvem.

Seon-suk hesitou por um instante e assimilou aquelas palavras.

— Ouça seu filho também e... se sentirá melhor. Nem que seja só um pouquinho.

Só então Seon-suk se deu conta de que nunca tivera a boa vontade de ouvir seu filho. Sempre quis que o filho levasse a vida que ela queria, mas não lhe dava ouvidos quando ele estava com algum problema e nem reparou o momento em que seu aluno exemplar desviou da trajetória traçada por ela.

— Isso.

Dok-go depositou algo no balcão. Eram dois gimbaps triangulares. Seon-suk olhou para ele, confusa, e Dok-go sorriu.

— Leve para o seu filho.

— Para o meu filho? Por quê?

— Jjamong diz... que gosta de comer gimbap... durante os jogos. Quando seu filho estiver jogando... dê para ele.

Seon-suk olhou para o gimbap sem dizer uma palavra. Seu filho sempre gostou de gimbap e costumava pedir a ela que levasse para casa os que estivessem perto de vencer. No entanto, em algum momento, Seon-suk parou de levá-los, porque ela não queria ver seu filho preso em seu quarto jogando e comendo.

— Mas você não pode dar só o gimbap... não vai adiantar de nada. Coloque... uma carta junto — murmurou ele.

Seon-suk e Dok-go se entreolharam. Ele realmente parecia um golden retriever.

— Escreva na carta para o seu filho... que não podia ouvi--lo até agora, mas que agora vai ouvir... Peça para te contar... e... coloque o gimbap por cima.

Seon-suk mordeu o lábio enquanto encarava o gimbap. Dok-go tirou três notas amassadas de mil wons do bolso da calça.

— É por minha conta. Vá... passe..

Como se estivesse obedecendo a um chefe, Seon-suk escaneou o código de barras do gimbap. Depois de ouvir o bipe e o som robótico dizendo "pagamento concluído", sentiu-se menos ansiosa. Seon-suk, que acreditava mais em cães que em pessoas, assentiu mais uma vez para Dok-go, que a seu ver agora parecia um cachorro de grande porte. Dok-go sorriu, então se virou e saiu da loja de conveniência.

Tlim. Com o barulhinho do sino, Seon-suk teve um estalo sobre o que gostaria de escrever na carta.

Pague um, leve dois

Gyeong-man Lee costumava chamar mentalmente a loja de conveniência de "moinho de pardais". Sim, estava indo para o moinho de novo, e ele era o pardal. Quando era jovem, havia uma música muito famosa chamada "O dia a dia do pardal". Song Chang-sik a cantava com uma voz ressoante, comparando a classe trabalhadora a pardais, trazendo certo conforto perante as dificuldades da vida. "O dia está clareando. Como sempre, tenho que ir lá longe para catar os grãos de hoje. O dia está clareando." Naquela época, quando era criança em um novo país e frequentava a "kookmin school", ele cantarolava a música e simpatizava com ela. Suas notas, porém, viviam baixas. Então, para ele, a vida era uma série de dias difíceis.

Por mais que beber sozinho estivesse sendo cada dia mais romantizado, para Gyeong-man, não era nada mais nada menos que virar uma garrafa de soju, sentado à mesa externa de uma loja de conveniência, sentindo a brisa, antes de ir para casa depois do trabalho. Romântico, que nada. O máximo que poderia acontecer era dar a sorte de não receber olhares de julgamento.

Ele não lembrava exatamente em que momento a mesa externa da loja de conveniência passou a ser o lugar aonde ia para beber sozinho. Quando o tempo esfriava, ele passava lá e jantava um ramyeon antes de ir para casa. Eventualmente, o gimbap triangular e a sopa de kimchi frito foram somados ao ramyeon, e, por fim, uma garrafa de soju do rótulo vermelho, e então ele tinha um banquete. Gyeong-man se tornara um pardal que não conseguia deixar de passar pelo moinho, por volta da meia-noite, sem gastar cinco mil wons para encher a barriga. O soju frio descia quente pela sua garganta, assim como a sopa quente era refrescante, e ele nunca se cansava dessa refeição, pois, com as inúmeras opções de ramyeons e gimbaps, podia fazer novas combinações de sabor todo dia.

Naquela noite escolheu o Cham Cham Cham. Nos últimos meses, estava viciado na combinação ramyeon de gergelim com gimbap de atum e soju Chamisul, e o custo-benefício nunca o deixava se arrepender. No entanto, um estranho estava no caixa hoje. Seu corpo grande e olhos intimidadores eram definitivamente diferentes dos do funcionário anterior. Meio sem graça, Gyeong-man depositou os itens no balcão, e o homem escaneou os códigos de barras, parecendo bem relaxado, e prosseguiu com o cálculo.

— Deu... cinco mil... e duzentos wons — disse o homem, com o tom de voz imponente.

Depois de pagar às pressas, pegou os palitinhos de madeira ao lado do balcão e se dirigiu até a mesa externa. Colocou a comida na mesa e tirou da mochila o copo de papel que sempre carregava consigo. Agora era só preparar. Abriu a tampa do ramyeon de gergelim e olhou para o interior da loja. Seus olhos se cruzaram com os do homem que parecia um urso no balcão. Ele desviou o olhar rapidamente e abriu o sachê da sopa. Ao voltar à loja para pegar água, Gyeong-man pensou no funcionário que trabalhava lá até semana passada.

O antigo funcionário, que parecia ter idade de um aposentado, tinha um rosto redondo e o cabelo curto, e chegar lá à noite e olhar para ele era como um sopro de ar fresco. O homem o tratava muito bem e, quando se aproximava do caixa com o ramyeon, ele já lhe oferecia os palitinhos de madeira e dizia: "Bom apetite." Gyeong-man se lembrou também do seu olhar gentil quando ele lhe deu um sanduíche de presunto que tinha acabado de vencer. Não disseram nada um ao outro, mas foi um momento de camaradagem, como soldados nas trincheiras da vida.

Então quem era aquele homem que assumira as noites tranquilas da loja de conveniência? Enquanto esperava o ramyeon cozinhar, Gyeong-man refletiu. Atitude ríspida, pouca afinidade com os processos, olhar arrogante e meio sonolento que vigiava Gyeong-man beber... Características dignas de um patrão — ele devia ser o dono da loja —, muito parecidas com as do dele, que fazia do seu dia um inferno. Então, era isso. Aquele homem demitiu o funcionário anterior quando viu que a loja não estava indo bem, contratou aquela idosa temporariamente por falta de alternativa, mas pelo visto não deu certo e decidiu pôr a mão na massa. Talvez o contrato do antigo funcionário fosse de um ano, e ele o demitiu quando dera a hora para não ter de indenizá-lo. Era a mesma lógica que a empresa na qual Gyeong-man trabalhava seguia para demitir os estagiários após onze meses, independentemente se eles faziam um bom trabalho ou não.

O sabor do álcool pareceu ter ficado mais forte quando o homem-urso passou a parecer o dono da loja. Ele engoliu o ramyeon picante de gergelim e se serviu de mais soju. Desde Dangun, a economia nunca melhorou e a empresa onde trabalha sempre esteve num momento difícil. O chefe dele trocara de carro após avisar a todos que naquele ano não teria o bônus de Chuseok devido a atribulações gerenciais. Era um carro importado e caro que ele evitaria se passasse ao seu lado na rua. Seu salário, congelado há quatro anos, em vez de estar aberto a negociações, só servia para ser motivo de piada entre os funcionários novos. Apesar de tudo isso, ele não podia se demitir, e seu chefe continuaria o infernizando.

Porém, não era como se desconectasse totalmente do inferno quando ia para casa. As gêmeas, que iriam para o ensino médio no próximo ano, não eram as únicas que precisavam do dinheiro. Além de cuidar da casa, sua esposa tinha dois empregos e acabava ficando com pouco tempo para dar atenção a ele. Fazia muito tempo que a sensação de conforto e estabilidade tinha sumido, e o soju durante a janta foi banido havia tempos, sob a justificativa de que não era um bom exemplo para dar às filhas. Também era impossível assistir aos destaques de beisebol, sua única paixão, depois que o pacote de canais foi retirado. Devido ao excesso de trabalho, ele não conseguia ser tão presente em casa quanto gostaria e, mesmo trabalhando tanto, não ganhava o suficiente para proporcionar uma vida melhor à sua família. Estava destinado a envelhecer sem providenciar nenhuma mudança na vida da esposa, tornando-se um marido invisível e um pai sem graça para os filhos. Se fosse demitido, poderia nunca mais ser recolocado no mercado de trabalho. Mas será que isso seria um final triste ou feliz?

Onde foi que ele errou? Viveu uma vida honesta por quarenta e quatro anos. Após se formar em uma faculdade medíocre, fez carreira em vendas, começando com produtos farmacêuticos, depois seguros, automóveis, papel e dispositivos médicos. Sempre soube que era de origem humilde e sem qualquer talento especial, então usou as armas que tinha: sinceridade e gentileza. Na época em que a sua esposa, quatro anos mais nova, apareceu na vida dele numa conferência, se casou com ele e deu à luz as gêmeas, ele achava a vida uma maravilha e via beleza em tudo. Em outras palavras, houve um tempo em que ele achava que a sua vida era mais valiosa que a daqueles que nasceram em berço de ouro.

O tempo dirá, pensava, e disse. A vida daqueles que estavam à frente desde a largada ficou cada vez mais confortável, e eles acumularam mais habilidades e dinheiro. Por outro lado, Gyeong-man agora se sentia como um soldado na trincheira, sem munição, que, em breve, precisaria correr descalço. Por mais que ganhasse dinheiro, ele sentia que as despesas só aumentavam enquanto sua força física só diminuía. A base da sinceridade e gentileza, que eram seus únicos pontos fortes, era a força física, e essa força extenuante transformara essas qualidades em incompetência e subserviência. Enquanto enfrentava o descaso do chefe e dos colegas, seu psicológico também ficava cada dia mais abalado, o que resultava em mais dias de esgotamento mental.

Enquanto tomava o soju, perdido em pensamentos amargurados, se deu conta de que só tinha mais meio copo. Ainda não terminara de comer o ramyeon de gergelim com ovo, e o fato de a bebida estar no fim o pegou de surpresa. Se tomasse mais uma garrafa, não poderia garantir que conseguiria trabalhar no dia seguinte. Quando era mais jovem, ele ia trabalhar sem se preocupar com ressaca, mesmo depois de ter bebido três ou quatro garrafas na noite anterior, mas agora, se tomasse mais de uma garrafa, se bobear até vomitaria no vagão infernal do trem a caminho do trabalho. Quando era jovem, tinha mais vigor para corrigir os erros cometidos, conseguia escapar de uma ressaca com um banho quente. Mas agora essa resiliência estava se esvaindo cada vez mais rápido, assim como o boneco em um jogo com o medidor de energia lá embaixo. Ele terminou de comer o gimbap de atum, o ramyeon de gergelim, e tomou o restante de soju. Depois de se desconectar da sua única liberdade do dia, limpou seu assento.

Na noite seguinte, o homem-urso passou outra vez os itens de Gyeong-man no caixa e dessa vez lhe entregou os palitinhos de madeira imediatamente. Gyeong-man pensou que ele devia aprender rápido e que talvez por isso ele havia se tornado dono de uma loja de conveniência, embora tivesse mais ou menos a mesma idade que o ex-funcionário. Como já tinha adquirido um bem numa idade em que outras pessoas ainda estavam batalhando, o homem-urso levava uma vida descontraída, trabalhando de vez em quando para ocupar a mente.

Esse pensamento lhe despertou inveja e impotência e acabou com o único prazer que tinha no dia. O homem ainda o observava. O que será que ele achava de Gyeong-man? Será que era visto como um perdedor, uma vítima da sociedade? De qualquer maneira, ele era um cliente — um cliente exemplar por sinal —, que consumia cinco mil wons por dia e limpava a mesa depois de comer. Apesar de se sentir incomodado com o olhar do dono da loja, jurou a si mesmo que nunca deixaria aquele lugar à mesa ser tirado dele.

◉◉◉

Cerca de um mês se passou, e 2019 estava chegando ao fim. Merda... Mas até que não foi um ano tão ruim; não recebeu uma promoção, mas pelo menos não teve redução salarial. Só de pensar nas gêmeas indo para o ensino médio no próximo ano já ficava ansioso. Sua esposa comentou, preocupada, que, quando as crianças entrassem no ensino médio, elas precisariam de mais aulas particulares. Apesar de concordar com ela, Gyeong-man se sentia muito nervoso; estava bem apertado de dinheiro e prestes a enlouquecer. Naquela noite de inverno, tomar um soju a uma mesa ao ar livre era a única coisa que o desestressaria.

Ele não reparou no dono da loja saindo de trás do balcão e vindo em sua direção. O cansaço, a embriaguez e o frio o fizeram pegar no sono? Enfim, ao despertar, o homem estava sentado à sua frente parecendo um urso-polar, com seu suéter branco, suspirando.

— Senhor, se dormir aqui fora... vai acabar morrendo congelado.

Ele estava sendo tratado como um morador de rua e ficou furioso, mas apenas serviu o restante do soju no copo e não disse nada, pois achava o homem muito imponente.

— Mesmo bebendo... o frio... não vai embora.

O dono falava de forma pausada, talvez porque o achasse burro ou só porque era um rico folgado; de qualquer forma, ele não gostava. Gyeong-man, sentindo um vazio por dentro, esvaziou seu copo de novo.

— Não estou com frio. Vou terminar essa garrafa e ir embora, então pode ficar tranquilo — disse Gyeong-man, como um pequeno ato de resistência.

Ele pegou o soju, mas a garrafa estava vazia! Não havia mais bebida! Ficou extremamente irritado e envergonhado, e não queria que ele o visse daquele jeito. Foi então que o dono se levantou e disse:

— Peraí.

E entrou na loja. O que estava acontecendo? Depois de um tempo, voltou com dois grandes copos de papel de café Americano. Ele depositou um na frente de Gyeong-man e o encarou com os olhos bem abertos. Analisando o conteúdo, viu dois cubos de gelo e um líquido amarelado, que parecia uísque. Na verdade, era uísque. Mas por quê? Será que estava envenenado? Gyeong-man olhou para o dono, desconfiado. O dono gesticulou com o queixo para que ele bebesse, depois levou seu copo à boca e deu um gole. Ele se lembrou da sua época de farmacêutico, quando levava os clientes a bares luxuosos e tomava vários drinques.

Ao ver que Gyeong-man não se moveu, o homem ergueu o copo novamente e virou o conteúdo, deixando apenas o gelo. A expressão de satisfação dele ao lamber os lábios o motivou. Então, pegou o copo e tomou tudo de uma vez. O líquido frio se espalhou pelo esôfago e pelo peito de Gyeong-man. Se fosse uma bebida importada, teria efeito contrário. O que era aquilo então?

— É bom, né?

— O que é isso?

— É chá de... cabelo de milho. É bom quando... se está chateado...

Chá de cabelo de milho com gelo. Ele hesitou, perplexo, sem saber como reagir.

— Chá de cabelo de milho... parece álcool... por causa da cor.

Qual era a desse cara? Gyeong-man pensou que ou ele era esquisito mesmo ou estava tirando sarro dele. No entanto, não podia ficar chateado porque a bebida oferecida não tinha álcool. Gyeong-man forçou um sorriso, assentiu e ameaçou levantar para arrumar a mesa.

— Eu também... bebia todo dia — confessou o dono, baixinho, e Gyeong-man parou, voltando a se sentar.

— Quando eu bebia todo dia... eu me estraguei todo. Tanto o corpo quanto a cabeça. Por isso...

Ele tinha um olhar distante enquanto falava, então pausou e olhou no fundo dos olhos de Gyeong-man. Foi desconcertante. Embora fosse ele que estivesse bebendo, parecia que quem estava bêbado era o dono da loja. Gyeong-man quis encerrar o assunto e disse:

— Está me dizendo para não vir mais aqui?

O homem deu um sorrisinho e colocou a mão no bolso. O que estava acontecendo? Ele estava sacando uma faca ou algo assim? Gyeong-man ficou tenso, mas então o homem mostrou uma garrafa de chá de cabelo de milho e ofereceu a ele.

— Tome o chá de cabelo de milho... Mais um gole... Tome.

O homem lhes serviu como se estivesse bebendo com um velho amigo e ergueu o copo para um brinde. Gyeong-man ainda tentava entender o que estava acontecendo, mas agiu como costumava agir no trabalho e só seguiu a deixa. Tomou tudo num gole só. Uau, estava gelado.

— Acho que também... já tomei muito álcool dessa cor... antigamente — disse o homem abaixando o copo.

Gyeong-man apostava que sim. Um chefe como você deve ter tomado muita bebida alcoólica importada, com o dinheiro que tem. E agora cuida da saúde e aproveita a meia-idade.

— Mas... agora só bebo isso. Eu... realmente consigo viver sem beber.

— Está me dizendo para parar de beber?

O homem assentiu, impassível, e Gyeong-man ficou furioso.

— É melhor me proibir de vir aqui. Quem você pensa que é para me mandar parar de beber?

— Eu só quero ajudar... vou fazer chá de cabelo de milho... com gelo... todo dia. Coma ramyeon e gimbap... e tome isso. Então, a vontade de beber vai embora...

— Eu atrapalhei seu negócio vindo aqui beber? Deixei lixo na mesa? Eu sempre limpo tudo. Por que você está tentando me ajudar? Por que não me diz apenas para não vir?!

Gyeong-man se levantou e saiu andando sem olhar para trás. O dono falador de besteira que limpasse a mesa. Não havia mais por que se preocupar em manter uma boa relação, pois nunca mais voltaria lá. Estava confuso, não sabia se sentia frio porque ficou sóbrio ou se o frio o deixou sóbrio. No entanto, Gyeong-man reprimiu a tristeza por ter perdido seu "moinho de pardais" pessoal e continuou andando, determinado.

Naquela época do ano, devido aos jantares frequentes da empresa, Gyeong-man voltava para casa bêbado de dois em dois dias. Não sentia falta de beber sozinho na loja de conveniência e, quando passava por ela na volta para casa no trem, só lançava um olhar embriagado e de relance para as mesas externas, agora desertas.

◉◉◉

O novo ano chegou. As pessoas lavavam as roupas que tinham usado no ano anterior e agiam como se estivessem de roupas novas. A família de Gyeong-man comemorou muito a virada de ano. As gêmeas agora batiam no ombro dele, então estava prestes a se tornar o homem mais baixo da família (sua esposa sempre teve os mesmos 1,68 m, e ele recentemente descobriu que caiu para 1,66 m no último exame que fez, provavelmente por causa da má postura).

O problema era que não foi apenas a sua altura que diminuiu. À medida que envelhecia, sua autoestima ia sumindo. Tudo por causa da humilhação no trabalho e da alienação em casa. Ele achava que talvez os danos causados pela empresa pudessem ser sanados se saísse do trabalho, mas não sabia o que fazer com a ausência em casa. E se pedisse demissão e fugisse de casa? Iria morar na rua, isso, sim. O objetivo de Gyeong-man naquele ano era arranjar um emprego novo de qualquer jeito. Sua esposa ficaria preocupada, mas ele queria um trabalho que o tratasse como um ser humano, ainda que fosse para ganhar menos. No entanto, com menos dinheiro, não seria tratado como um ser humano em casa. Para Gyeong-man, o frio continuava o mesmo. Dezembro de

2019 e janeiro de 2020 são igualmente frios. Ele sentiu pena das pessoas que estavam animadas com o ano-novo e fez cara feia para todo marketing feliz sobre isso que via na rua.

Ele estava com vontade de beber. No entanto, na véspera de ano-novo, dois dos seus três amigos de bebedeira declararam estar sóbrios e o outro voltou para sua cidade natal. A festa da virada também correu fria como o clima. Era como se o mundo o estivesse condenando ao ostracismo. Em casa, sofria um bullying sutil; no trabalho e na vida, um bullying descarado... Era por isso que Gyeong-man bebia.

Porém, para ficar bebendo no bar, era preciso dinheiro e um bom emocional, então ele teve de encontrar uma loja de conveniência onde pudesse beber sozinho na volta para casa e a única loja do bairro que não recolhia as mesas externas, nem no inverno, era aquela. O lugar onde um estranho urso-branco tomava chá de cabelo de milho como se fosse álcool. Talvez por ser um estranho urso-branco, o dono não procurou um funcionário para o turno da noite e continuou ocupando o cargo. Aquele dono devia era estar criando empregos. Era por isso que os pobres não conseguiam nada. Então, Gyeong-man, que estava prestes a passar resmungando pela loja de conveniência, parou por um instante.

Por algum motivo, havia um ramyeon de gergelim na mesa externa.

Cham Cham Cham.

Ele estava com saudade de Cham Cham Cham. Parecia que só aquilo o consolaria naquele novo ano sombrio e imutável. Ele não conseguiu se conter. Gyeong-man precisava comer o ramyeon de gergelim, mesmo que estivesse mordendo a isca do urso-branco. Se o urso viesse encher seu saco, ele encontraria forças para arrancar seus cabelos e fazer um chá.

— Há... quanto tempo.

Ele estava calmo, como sempre. Depois de cumprimentar o urso branco no caixa só com o olhar, Gyeong-man saiu às pressas. Apesar do frio, ele derramou água no ramyeon, pegou um gimbap triangular e abriu uma garrafa de soju.

Mas poxa... não tinha copo. Não andava mais com um copo para beber e não queria comprar um nem pedir emprestado, pois se sentiria vulnerável diante do urso-branco. "Ok, só beba direto no gargalo", pensou ele.

Nesse momento, o dono da loja saiu. Gyeong-man, que tentava manter a calma, se virou e o viu segurando um ventilador. Prestou mais atenção e reparou que não era um ventilador, e sim um aquecedor. O urso-branco conectou o cabo do aquecedor a uma tomada da qual não tinha certeza de onde vinha, o posicionou perto de Gyeong-man e o ligou.

O dono estendeu o braço na direção dele para sentir o calor e olhou para a mesa. Então, entrou na loja de novo. Ainda não entendendo nada direito, o vento quentinho do aquecedor começou a suavizar o rosto gelado de Gyeong--man. Não sabia se estava endurecido por causa do frio ou pela vergonha que não sentia havia tempo, mas sua expressão logo se suavizou.

— Copo... só tem este — disse o urso-branco, segurando o mesmo copo no qual tomaram o chá de cabelo de milho no outro dia.

Gyeong-man aceitou em silêncio e o pousou na mesa, refletindo. Ele precisava dizer algo.

— Obrigado.

— P-Pelo quê?

— Pelo copo... e pelo aquecedor.

— Como você ficou sem vir... quase não usei.

— O quê? O aquecedor?

— Você costumava vir muito aqui... aí ficou frio e não veio mais... aí comprei e deixei aqui... Enfim, estou feliz que voltou — disse ele sem rodeios, com palavras que aqueceram seu coração mais que o próprio aquecedor, e saiu.

Gyeong-man ficou ali só tomando seu soju, sem perceber que o ramyeon estava passando do ponto. Era aconchegante. O soju que o dono havia preparado especialmente para ele aquecendo seu corpo. Gyeong-man sempre foi meio excluído, mas não ali. Num piscar de olhos, aquela inconveniente loja de conveniência voltou a ser o seu espaço. A sensação era que estava voltando como uma presença VIP.

Ele comeu o Cham Cham Cham em um minuto. Queria continuar ali quentinho, mas sabia que precisava se levantar. No entanto, o dono voltou, e ele pensou que fosse cobrá-lo. Com uma das mãos, porém, ele segurava um copo de papel com gelo e, com a outra, chá de cabelo de milho. Ai, meu Deus.

Não seria melhor só aceitar tomar o chá logo com ele, já que o dono era dez anos mais velho e uma pessoa superior? Gyeong-man, então, ergueu o copo com as duas mãos, e o chá de cabelo de milho foi servido.

— Está passando por uma situação difícil? — O dono da loja fez uma pergunta bem óbvia, e Gyeong-man apenas assentiu.

O homem coçou o queixo com a mão grande algumas vezes antes de fazer outra pergunta:

— O que você faz? Você sempre... trabalha até tarde?

"Oi? Agora ele queria saber da minha vida só porque demonstrei um pingo de empatia?", pensou ele.

— Trabalho com vendas.

— Vendas... O que... você vende?

"Não te interessa o que eu vendo, não é algo que você possa comprar", pensou.

— Nós vendemos dispositivos médicos.

— Dispositivos médicos... você fornece para hospitais?

"Por quê, vai me dizer que é dono de um hospital também?", perguntou-se.

— Forneço.

— Se é para os hospitais... deve estar trabalhando muito... Você é um pai de família, né? Dá pra ver só de olhar... o peso que um chefe de família carrega.

"Que enxerido... Esse cara está passando dos limites. O peso que um chefe de família carrega? Quero saber é quanto você pesa", pensou ele.

— Suponho que o senhor também seja um chefe de família. A vida é assim mesmo.

— Já que volta para casa tão tarde... quase não deve ver as crianças. Você tem uma filha?

"Ele era o quê, um vidente? Enfim, são poucas as opções também", pensou.

— Eu tenho duas filhas.

— Que legal! Filhas são... as melhores.

O homem passou no rosto as mãos grossas como patas de urso. Por algum motivo, ele parecia solitário e Gyeong-man começou a amolecer. Ele sacou a carteira no automático. Na foto da carteira, as gêmeas, que estavam prestes a entrar no ensino médio, sorriam de forma doce, com os dentes branquíssimos. Era de seis anos atrás, quando via as filhas com mais frequência.

Quando Gyeong-man estendeu a carteira e lhe mostrou a foto, o homem olhou para suas filhas como se tivesse encontrado um tesouro.

— As duas são lindas... muito parecidas...

— Elas são gêmeas.

— A-Ah sim... Está trabalhando tanto assim por essas filhas lindas.

— Não são todos os pais assim?

— Ser pai... não é difícil?

— Sim, é difícil.

O dono fazia uma pergunta atrás da outra, e Gyeong-man sabia que tinha caído no papo dele. Mas, mesmo assim, como se tivesse um motor na língua, Gyeong-man começou a falar sem parar. Das filhas que estavam indo para o ensino médio, mas que não falavam muito com ele; de como ficava chateado com a esposa, mesmo ela não tendo a intenção de maltratá-lo; do desrespeito que sofria na empresa pelos colegas; do desprezo que sentia pelos parceiros de negócios... Ele despejou todas as suas indignações no homem, como se estivesse fazendo uma confissão.

O homem lhe serviu mais chá de cabelo de milho, e Gyeong-man tomou tudo, com sede. A princípio, sentiu-se aliviado, mas depois, como numa ressaca, teve vergonha.

— Não é fácil... sair da empresa... e deve faltar o tempo... para ficar com a família.

— E não posso afogar as mágoas em casa.

— É por isso que... você bebe aqui, na volta para casa...

— É.

— Então... tome o chá de cabelo de milho.

— Oi?

— Pare de beber e tome chá de cabelo de milho. Acabou de dizer que não pode beber... em casa. Se tomar chá de cabelo de milho... pode fazer um lanchinho à noite em casa sem tremer de frio. C-Com sua família.

— Como assim?

— Também estou sóbrio... F-Faz só dois meses... e o chá... foi o que tornou isso possível.

O homem agia como se tivesse inventado o chá e tentou lhe servir de novo. Gyeong-man se levantou rapidamente e pegou sua mochila.

— Obrigado pelo chá.

Enquanto Gyeong-man assentia e se levantava, o homem fez um último comentário:

— Se não beber, no dia seguinte... vai começar o dia revigorado... e sua produtividade no trabalho vai melhorar.

"Claro, a produtividade sobe, o salário sobe, o status sobe, e tudo fica uma maravilha. Quem é que não sabe disso? Vai tomar banho com o chá então e dormir", pensou ele.

◉◉◉

Depois da conversa inusitada com o homem, Gyeong-man passou a fazer um caminho mais longo na volta para casa e a evitar a loja de conveniência. Tinha de pegar as dez escadas do beco escuro onde a neve derreteu menos, mas era suportável porque não via a cara do velho sabichão que lhe dava sermão. Ele achou tudo tão inconveniente e desprezível que jurou nunca mais beber naquela loja de conveniência.

A ironia era que, como não podia ir mais à loja, não tinha onde beber sozinho. Procurou bares baratos, mas não serviu de nada, e as outras lojas de conveniência do bairro só colocariam as mesas do lado de fora quando a primavera chegasse.

Merda... Já que não tinha outro jeito, Gyeong-man decidiu não beber e ir direto para casa. Quando Gyeong-man chegou em casa antes das onze da noite sem cheirar a álcool, sua esposa e suas filhas estranharam, mas disseram que apoiavam a resolução de ano-novo do pai de parar de beber. Resolução? Como tinham acabado de virar o ano, elas entenderam errado, mas foi bom ter seu apoio depois de muito tempo. Então decidiu aproveitar e parar de beber mesmo. Com o tempo, sua vontade de voltar para casa mais cedo foi aumentando e o pensamento de beber sozinho desapareceu.

Quando chegava em casa, via, com a esposa e as filhas, os programas de TV de que elas gostavam, em vez de beisebol, e percebeu que existiam muitos programas interessantes. Às quartas-feiras, ele chegava cedo para assistir a "Let's Eat Dinner Together" com as filhas. A mais velha perguntou por que o "Let's Eat Dinner Together" não fazia episódios em Cheongpa-dong e disse que, se fizessem, gostaria de que Kang Ho-dong viesse à casa deles vestido de Papai Noel.

A filha mais nova, que nasceu cinco minutos depois, disse que gostava mais de Lee Kyung-gyu e mostrou um panfleto do Don Chicken que tinha Lee Kyung-gyu vestido de Dom Quixote. Em dias como esse, a esposa fazia vista grossa e os deixava pedir frango, e as filhas ficavam superfelizes ao saber que podiam comer frango se papai chegasse cedo.

O que as deixava felizes? O frango? O pai? Não interessava. O importante era que comiam frango juntos, em família.

◉◉◉

Quando foi para a casa dos pais no feriado do ano-novo, Gyeong-man também não ingeriu bebida alcoólica. O pai e os irmãos, que sempre enchiam a cara e batiam uns nos outros durante o carteado, provocaram Gyeong-man por sua sobriedade, mas a esposa e a mãe olharam para ele, felizes.

Voltando para casa do trabalho tarde da noite, poucos dias após o feriado prolongado, Gyeong-man se distraiu e voltou pela rua da loja de conveniência sem querer. Agora, quando passava pela loja, não ficava com vontade de beber sozinho. Mesmo assim, não pôde deixar de olhar para lá porque se perguntava se o urso-branco já tinha conseguido um funcionário para o turno da noite.

Não havia ninguém no caixa. No entanto, o chá de cabelo de milho colocado na mesa externa fez com que ele sentisse a presença do urso-branco. Que cara engraçado... Assim como ele foi atraído pelo ramyeon de gergelim um mês atrás, Gyeong-man teve de entrar na loja naquele dia também, daquela vez atraído pelo chá.

Ele ficou ali em silêncio olhando por um momento para o chá na mesa externa, pegou o copo e entrou na loja de conveniência.

Tlim.

Não havia ninguém dentro da loja, e estava tão silenciosa que parecia ter sido embalada a vácuo. Gyeong-man sentiu uma vontade enlouquecedora de beber chá de cabelo de milho. No entanto, não havia nem o urso-branco nem um funcionário no caixa. "Essa loja de conveniência não podia ser mais inconveniente...", pensou ele.

Então, como se saísse de uma caverna após a hibernação, o urso-branco surgiu dos fundos, revelando seu corpo enorme. Ele sorriu para Gyeong-man e se aproximou do caixa. Gyeong-man o cumprimentou com um sorriso envergonhado, pensando que tinha de dizer alguma coisa.

— Tudo bem?

— Hã... Tudo. E com o senhor?...

— Tudo bem também.

Um silêncio constrangedor se instaurou. Só então Gyeong-man pôs o chá de cabelo de milho no balcão.

— Quanto custa?

— É de graça.

— Por quê?

— Porque eu deixei para você...

— Mas por quê?

— Hã... Como eu disse... chá de cabelo de milho é tão viciante quanto álcool... Se você tomar dois ou três todos os dias... faz bem para as vendas da nossa loja. Então... é-é como uma isca — explicou ele, gaguejando um pouco.

Era inacreditável, mas Gyeong-man decidiu acreditar.

— Obrigado.

Gyeong-man curvou a cabeça, em saudação.

— Em vez disso... que tal comprar aquilo ali?

Gyeong-man olhou para a direção que o homem apontava. Bem na frente do caixa, havia um chocolate Loacker exposto.

— Sim, esse aí. Pague um, leve dois.

Havia uma etiqueta de "1 + 1" ao lado do produto. Gyeong-man pegou duas barras de chocolate e as depositou no balcão.

— A menina mais bonita de Cheongpa-dong... ou melhor... as duas meninas mais bonitas... vão gostar — disse o homem, educado e impassível, enquanto computava os itens.

O coração de Gyeong-man palpitou. Ele lhe estendeu o cartão e engoliu em seco.

— Elas amam esse chocolate ao leite e sempre aproveitavam a promoção do pague um, leve dois. Mas ultimamente pararam de comprar e um dia eu perguntei a elas por quê.

— E?...

— Não lembro quem foi que respondeu, mas enfim... Uma delas disse que era porque... a promoção tinha acabado.

O homem lhe devolveu o cartão, e Gyeong-man o pegou de volta.

— Então... eu insisti, sabe? "Meninas, quanto custa o chocolate?" Eu falei para a mãe delas que podia comprar... e aí sabe o que elas me disseram?

Gyeong-man estava falando tão devagar que o homem ficou sem fôlego de tanta ansiedade.

— O que elas disseram?

— "Mãe... nosso pai trabalha muito... A gente tem que economizar e só comprar o que está em promoção." Fiquei muito impressionado com a noção de dinheiro delas e pensei que estava no caminho certo na criação das meninas.

— Essa promoção voltou ontem... Então hoje você pode levar, e a partir de amanhã elas podem voltar a comprar.

Vendo as lágrimas escorrerem dos olhos de Gyeong-man, o homem riu e deu uma batidinha no balcão. Gyeong-man enxugou o rosto com a manga do casaco, curvou-se para o homem e guardou o cartão.

Na carteira, a foto das duas filhas sorrindo, como uma promoção pague uma, leve duas.

A inconveniente loja de conveniência

A vida é uma série de resoluções de problemas. In-gyeong arrastou sua mala com dificuldade pelas calçadas muito desgastadas. A mala fazia barulhos de rangido, e ela olhava para todos os lados. A tarefa mais urgente que ela tinha de resolver hoje era encontrar um lugar onde se abrigar para o inverno. Felizmente, isso já estava definido. No entanto, para alguém com um senso de direção tão ruim quanto o dela, encontrar a casa enquanto vagava pelas antigas ruas apertadas de Seul não era uma tarefa fácil. Havia conseguido se locomover com sucesso da Estação Namyeong até a igreja de Cheongpa usando um aplicativo de mapa, mas depois, ao entrar numa viela atrás da igreja, seu celular desligou do nada. O inverno estava chegando! Quando o inverno chegava, o iPhone velho dela parava de funcionar sem aviso prévio. Com isso, a dificuldade de encontrar o caminho que já era difícil ficou maior, e In-gyeong não podia mais recorrer ao último recurso, que era obter informações pelo telefone. Que saco... Segurando a vontade de xingar, teve de procurar por um lugar onde pudesse pedir informações.

Ao encontrar uma loja de conveniência na esquina de um cruzamento de três ruas, In-gyeong reuniu suas últimas forças, arrastou sua mala e entrou. Já que era uma loja de conveniência, talvez fosse conveniente. Deixou a bagagem perto da porta e pegou uma barra de chocolate em uma das primeiras prateleiras. Quando virou, avistou no caixa uma funcionária alta, na casa dos vinte anos, olhando para ela.

Assim que pagou pelo chocolate, In-gyeong abriu a embalagem e deu uma mordida. À medida que o açúcar era reabastecido no seu sangue, seus membros, que tremiam de tanto arrastar aquela mala, relaxavam. In-gyeong comeu a barra inteira, consciente de que a funcionária a observava. Então, como se fosse chiclete, mastigou o finalzinho do chocolate na boca e perguntou gentilmente:

— Posso fazer uma ligação?

A funcionária permitiu a ligação, In-gyeong agradeceu com o olhar e rapidamente foi até sua mala, a deitou e a abriu. Felizmente, havia um número anotado no caderno que tirou da bagagem. Discou o número no telefone fixo da loja e a voz de uma jovem universitária atendeu. In-gyeong se apresentou primeiro e explicou o que havia acontecido, dizendo que estava entrando em contato pelo telefone de uma loja de conveniência porque a bateria de seu celular tinha acabado.

— Loja de conveniência? Por acaso está numa Always?

Quando In-gyeong respondeu que sim, a jovem deu uma risada, dizendo que estava no terceiro andar da casa do outro lado da rua. In-gyeong desligou o telefone e olhou para fora. Logo a janela no terceiro andar da casa se abriu, e ela viu um rosto com o mesmo sorriso de Hee-soo Saem e a pessoa acenava para ela.

◉◉◉

In-gyeong passou o último outono no Centro Cultural Terra Gyeong-ri Park, em Wonju. Construído para escritores novatos pelo falecido professor Gyeong-ri Park, autor de *Terra*, o lugar fornecia uma sala de escrita criativa e três refeições por dia gratuitas para escritores e artistas. Ela foi lá pela primeira vez quando se tornou escritora. No Centro Cultural Terra, para onde se mudou com grande entusiasmo, ela planejava aposentar sua vida de artista.

Saiu da casa alugada de perto da faculdade, mandou todas as suas coisas para a casa dos pais e foi com apenas uma mala. O Centro Cultural Terra se localizava numa vila pacata e no meio do mato, nos arredores de Wonju, como uma fortaleza oculta para artistas. Era um bom lugar para passar um tempo sozinha sem ser incomodada por ninguém. Lá ela alinhava seus pensamentos como se estendesse um tecido e aproveitava as trilhas bem organizadas para passear todos os dias, enquanto desfrutava de refeições saudáveis e balanceadas. A vida cotidiana dos artistas era fascinante; cada um era como um planeta que orbitava cuidadosamente ao redor do outro, e todos compartilhavam suas visões. Alguns escritores gostavam de jogar tênis de mesa após o almoço, enquanto outros se reuniam em um riacho próximo depois do jantar para beber makgeolli, um vinho de arroz.

Como In-gyeong era bem animada, normalmente teria se juntado a eles, mas tinha decidido que ia se concentrar em passar um tempo sozinha. Isso porque havia se mudado para aquele lugar com o pensamento de que, se não pudesse escrever lá, desistiria da escrita. No entanto, ficar sozinha não a ajudara a escrever bem. Não que ela tivesse ficado nervosa, mas escrever sempre fora difícil e, mesmo que conseguisse, não sabia quando suas peças seriam encenadas novamente. Precisou superar essa fase duvidosa, em que vivia se questionando se conseguiria continuar vivendo como dramaturga. A reflexão se intensificou com a chegada do outono e suas folhas coloridas.

Cerca de três semanas após se mudar, In-gyeong e Hee-soo Saem ficaram próximas. Uma romancista de meia-idade, que a lembrava sua tia mais nova, e professora de literatura em uma universidade em Gwangju. Em seu ano sabático, Hee-soo viajou para locais literários nacionais e internacionais, e seu último destino era o Centro Cultural Terra. In-gyeong, solitária na sala de escrita criativa, numa contagem regressiva para encerrar a sua carreira de escritora, havia chamado a atenção dela.

— Vir até aqui com o intuito de parar de escrever é um tanto audacioso. Se fosse uma peça, seria do teatro do absurdo?

— É só que... não tenho mais saída. Sinto que cheguei ao meu limite. Eu costumava pensar que era forte, mas estou um pouco cansada.

— Descanse. O mestre Gyeong-ri Park costumava dizer isso. Mesmo que os escritores aqui pareçam ociosos e não escrevam, é porque tudo faz parte do processo de escrita, então não os perturbe. O autor Jung também dizia que desopilava e passava um tempo pensando na sua obra. Escrever sem pensar não é escrever, é digitar.

— Obrigada. Nunca estudei formalmente a escrita criativa, então as palavras de uma professora como a senhora são de grande ajuda.

— Me chame de Saem, e não de professora. Me chame de Hee-soo Saem. E, quando for passear, não vá sozinha, vamos juntas.

Na primeira caminhada juntas, Hee-soo Saem havia confortado o coração de In-gyeong. Desde então, elas passaram a passear juntas. Caminhavam pelo lago do campus da Universidade Yonsei, perto do Centro Cultural, e pelas florestas nas proximidades. No fim da estadia lá, escalaram a montanha Chiaksan, e ela sentiu que tinha ganhado uma companheira, o que fez com que lamentasse a separação.

Uma semana antes de deixar o centro, Hee-soo Saem perguntara a In-gyeong para qual lugar ela estava indo. In-gyeong respondera que, embora não tivesse escrito muito ali, tinha recarregado as energias e disse que voltaria para Seul e encontraria outro retiro de escrita criativa. A aposentadoria como artista estava suspensa, e era possível dizer que a estadia havia dado frutos. Hee-soo Saem assentira.

— Onde você vai se isolar para escrever? — perguntara Hee-soo Saem.

Ela estava pensando em alugar um goshiwon, um microapartamento. Como estava com pouco dinheiro e pouca vontade, teria de ir para um desses lugares bem apertados e escrever lá. In-gyeong também dissera que, se não conseguisse produzir uma obra durante o inverno, ia abandonar esses sonhos persistentes e voltar para sua cidade natal, Busan.

Em Busan, existia muita coisa para fazer. Ela podia trabalhar no mercado municipal de Nampo-dong, onde ficava o negócio da família, e visitar as lojas dos amigos. Seus pais insistiriam para que ela fosse aos encontros arranjados para conhecer alguém e, se ela não nadasse contra a corrente, poderia se casar e ter filhos.

— Quando eu for para casa, poderei fazer de tudo, menos escrever — disse In-gyeong, com um sorriso tímido.

Hee-soo Saem retribuíra com um sorriso sem graça. No dia seguinte, Hee-soo Saem perguntara o que ela achava de ficar em um lugar que não fosse um microapartamento. Hee-soo lhe dissera que a casa alugada em frente à Universidade Feminina Sookmyung estaria vazia, já que a filha universitária passaria as férias em sua casa, em Gwangju, e propôs que In-gyeong escrevesse lá. Vendo a expressão surpresa e hesitante no rosto de In-gyeong, Hee-soo Saem comentara que sua filha voltaria em março de qualquer maneira, então seriam uns três meses, e que ela queria que In-gyeong escrevesse de uma forma confortável durante esse período. In-gyeong quase chorou pela consideração que Hee-soo Saem teve ao oferecer a ela aquele espaço de graça, e ainda tinha feito isso dando a impressão de que seria In-gyeong quem faria um favor a ela. Por ser alguém que não costumava chorar na frente dos outros, In-gyeong, comovida, não expressara sua gratidão em palavras, e sim com um sorriso de orelha a orelha.

◉◉◉

Mais uma vez, ela havia conseguido um espaço de escrita criativa que poderia se tornar seu último. Era um apartamento no terceiro andar de um prédio em Cheongpa-dong, Yongsan-gu, Seul.

— Minha mãe me disse para dar uma volta com você pelo bairro quando chegasse, mas é que... eu vou para Gwangju de carro com o meu namorado mais tarde.

— Tudo bem. Eu vou me virar bem sozinha. Prometo que manterei o lugar limpo no inverno.

— Ah, você é legal! Minha mãe é um pouco chata, talvez por ter trabalhado como atriz... Você não parece apenas uma escritora, parece uma pessoa legal.

— Eu me aposentei da vida de atriz. Sou só uma escritora chata mesmo.

Quando In-gyeong franziu o cenho, fazendo cara de teimosa, a filha de Hee-soo deu uma risada estrondosa, como um trovão. Aparentemente, pessoas boas criavam bons filhos.

Ela se lembrou das palavras que ouvira de Hee-soo Saem no último dia que passaram no Centro Cultural Terra.

— Aproveitei bem a estadia graças a você, Hee-soo Saem. A propósito... Por que você está sendo tão legal comigo? — perguntara ela, naquele dia.

Mesmo que fosse uma pergunta inútil, ela sentira a necessidade de expressar seus sentimentos de alguma forma. Hee-soo respondera com um leve sorriso e uma expressão séria:

— A avó de Bob Dylan disse a ele: "A felicidade não está na estrada que leva a algum lugar. A felicidade é a própria estrada. E seja gentil, porque todos que você conhece estão travando uma batalha difícil."

E acrescentara que, ao conhecer In-gyeong na estrada que havia escolhido daquela vez, por algum motivo, ela tinha pensado em Bob Dylan. In-gyeong ficara maravilhada com aquela resposta e dissera que era fã de Bob Dylan também.

Um ano depois de Bob Dylan ganhar o Prêmio Nobel de Literatura, In-gyeong se tornou escritora. Assim como o cantor Bob Dylan tornou-se uma referência no âmbito literário, tornar-se dramaturga foi uma transformação significativa para ela enquanto atriz. Na época em que Bob Dylan recebeu o Prêmio Nobel, In-gyeong foi atacada por criticar a peça de um diretor já estabelecido. Era difícil aceitar críticas de uma atriz que não sabia escrever e não se colocava no seu devido lugar. Então, no fim daquele ano, In-gyeong inscreveu uma peça que estava criando em seu tempo livre no Concurso Literário de Primavera de um jornal e ficou orgulhosa quando ganhou.

O problema foi o que aconteceu em seguida. Depois que se tornou dramaturga, seu trabalho como atriz diminuiu muito. As peças que ela escrevia raramente tinham chance de ir para o palco. Alguns diretores se sentiam incomodados com atores que se tornavam dramaturgos, e havia produtores que não levavam a sério as peças escritas por atores. In-gyeong estava impaciente e sentia que não era respeitada. Então, durante algum tempo, ela estava pronta para explodir sempre que alguém a incomodasse, e ela realmente explodia de raiva com frequência, o que acabou destruindo sua reputação.

A aposentadoria como atriz fora o divisor de águas para ela deixar Daehangno. O papel de protagonista na obra que era encenada em todo verão, por mais de cinco anos, sempre era dela. Aos vinte e sete anos, a personagem de "Bin-na, a Noiva Fugitiva", que fugiu de casa faltando dois dias para o casamento, era a persona de In-gyeong, e aquele papel era como um cartão de visita. No entanto, na primavera do ano retrasado, o produtor tinha ligado para ela e informado que eles não poderiam mais trabalhar juntos. Ele havia dito que In-gyeong estava com trinta e sete anos e que ela estava bem, mas que era hora de passar o papel de Bin-na para as mais jovens. Até aí, tudo bem. Quando In-gyeong assentiu, ele acrescentou que ela deveria fazer um papel de uma personagem mais madura das próximas vezes, ao que ela respondeu com um sorriso de escárnio, e então bateu a porta e saiu. Mesmo depois de voltar para o quarto, o ressentimento não tinha ido embora. Como assim, papel de uma personagem madura? Ele estava falando de um papel que só pessoas mais velhas pegariam? In-gyeong gritou: "Dá essa merda de papel de personagem madura para um cachorro!" Ela jurou que escreveria obras maduras em vez disso.

Dois anos se passaram desde então, mas ela só havia concluído algumas obras. As peças enfiadas nas pastas passaram do ponto e estavam apodrecendo, e In-gyeong, como um fantasma pairando em torno de Daehangno, só participava dos trabalhos dos colegas como membro da equipe ou quando ouvia outros escritores falando coisas sem sentido enquanto bebiam.

Embora ela tenha se tornado uma dramaturga com uma conquista repentina, suas habilidades de escrita não eram afiadas o suficiente para ela se manter como escritora. Com o intuito de melhorar suas habilidades de escrita, ela escrevia bastante, mas suas obras eram frequentemente rejeitadas. Depois de muito trabalho, ela conseguiu estrear na companhia de teatro de um colega mais velho, naquele verão. No entanto, sua primeira peça na companhia só deixou lembranças amargas, pois a peça não foi bem de bilheteria nem de críticas, inclusive da perspectiva dela própria.

Ela acreditava que a vida era uma série de resoluções de problemas, mas parecia que sua habilidade como resolvedora havia se esgotado. Já fazia muito tempo que o depósito que ela tinha feito dez anos atrás — quando decidira se tornar atriz — tinha se transformado em uma garantia de aluguel mensal, e agora não existia mais depósito de segurança com que contar. In-gyeong sentiu que a cortina preta estava prestes a cair no palco de sua longa aspiração teatral. Ela não tinha um palco para atuar, e o palco que ela tentou criar nunca se abriu. Suas ideias haviam secado, e sua criatividade tinha desaparecido rapidamente, como uma bateria de celular antiga e gasta.

In-gyeong desfez a mala no quarto que haviam deixado vazio para ela e sentou-se à mesa para recuperar o fôlego. Não tinha como saber se três meses ali mudariam sua vida. Felizmente, a Estação Seul ficava bem perto. Se ela não conseguisse terminar o trabalho em três meses, decidiu que iria para a Estação Seul e pegaria o trem para Busan de uma vez. Nesse momento, ouviu uma batida na porta. A filha de Hee-soo Saem apareceu sorrindo e disse que o namorado havia chegado.

Depois de se despedir dela, In-gyeong tirou um cochilo no local onde havia sido deixada sozinha. Seus olhos se fecharam rapidamente.

◉◉◉

Quando acordou, era meia-noite. Devia estar muito cansada, porque sua camiseta estava úmida, provavelmente de suor frio, e seu estômago doía de fome. In-gyeong decidiu não tocar na comida da casa, então rapidamente vestiu um suéter e saiu.

Ao entrar na mesma loja de conveniência em que tinha entrado de dia, com seu hálito visível no frio, ela ouviu uma saudação em tom grave. Havia um homem de meia-idade no caixa, que lembrava os atores corpulentos que participavam frequentemente de produções teatrais. Seu rosto também passava a sensação de alguém que confiava mais na atuação do que na beleza. "De qualquer forma, provavelmente não haveria ladrões entrando na loja de conveniência à noite", pensou ela enquanto se dirigia às prateleiras.

Não estava fácil. Não havia biscoitos de que In-gyeong gostasse, e comida fresca era escassa. Havia apenas gimbap e sanduíches que não lhe agradavam muito, além de duas marmitas ruinzinhas.

Resignada, In-gyeong pegou bolinhos congelados e carne-seca. Então, foi até a geladeira buscar uma cerveja. Mas a sua preferida também não estava entre os packs de quatro por dez mil wons, então ela desistiu da promoção e pegou duas latas de Heineken.

— Vocês não costumam ter muitas marmitas?

— É-É porque... não queremos desperdiçá-las... — gaguejou o homem de meia-idade no caixa, surpreso com a pergunta dela.

Ela achou uma pena, porque era difícil cozinhar enquanto escrevia, então tinha o hábito de comprar marmitas de loja de conveniência. Enquanto embalava os bolinhos congelados, se lembrou de que não havia verificado se havia micro-ondas no apartamento. Olhou em volta, procurando algum ali, mas não o encontrou. Quando perguntou ao homem de meia-idade, ele se desculpou muito e explicou que o micro-ondas havia quebrado mais cedo e estava no conserto. Ele tinha um tom educado, apesar da gagueira.

— Não, não precisa se desculpar... É só um pouco inconveniente.

— De alguma forma... sim, somos uma loja de conveniência inconveniente...

Ela riu sem graça, com a confissão honesta do homem. Qual era a dele? Que piada autodepreciativa curiosa. O que aquele homem de meia-idade — que tinha chamado a própria loja de conveniência onde trabalhava de inconveniente — fazia da vida antes de trabalhar aqui? Ela olhou no fundo dos seus olhos. Ele tinha uma aparência robusta, um nariz proeminente e olhos semicerrados, o que lhe lembrava um urso sonolento ou um orangotango cansado. O homem, no entanto, sem saber o que se passava na cabeça dela, sorriu.

— Gosta de... marmita de iguarias de terra e mar?

Os olhos de In-gyeong se arregalaram com a pergunta repentina do homem.

— Porque essa é a mais popular... Esgota rápido... Quer que... eu guarde uma?

— Não. Não precisa.

In-gyeong rapidamente pegou os produtos comprados e saiu da loja de conveniência. O tom tranquilo na voz do homem dizendo "volte sempre" a deixou ligeiramente desconfortável. Mas que coisa, não só a composição precária dos produtos da loja de conveniência era inconveniente, como a existência daquele homem também era muito inconveniente.

Ela decidiu ir àquele lugar apenas quando a funcionária que a havia deixado usar o telefone estivesse ali.

◉◉◉

Quando acordou, era uma hora da manhã. Merda. Estava difícil ter um dia produtivo. Depois de comer carne-seca e cerveja na madrugada do dia anterior, ela havia se dedicado a transformar o quarto em um ambiente de trabalho até de manhã. Então, seguindo na direção oposta das pessoas que estavam indo trabalhar, passou pela faculdade feminina e subiu a colina até o parque Hyo-chang. Após dar cinco voltas no parque, ela se sentiu revigorada. Em seguida, caminhou pela vizinhança, explorando caminhos agradáveis para pedestres, mercados, lojas e restaurantes. Ao chegar em casa, tomou um banho. Na hora do almoço, apesar de sentir uma leve sonolência, resistiu a tirar um cochilo para buscar informações sobre os concursos e pesquisar tendências no mundo do teatro.

Ela precisava de motivação para escrever o manuscrito e tinha que encontrar um negócio que exigisse prazos. No entanto, como não havia nada particularmente iminente, ela lembrou que restava apenas o prazo que ela havia imposto a si mesma. No fim da tarde, comeu um ensopado de tofu macio em um restaurante que tinha visto durante a caminhada da manhã. Ela sentia saudade das refeições gratuitas saudáveis do Centro Cultural Terra, mas estava em Seul agora e tinha decidido comer fora apenas uma vez por dia para economizar.

Quando voltou para casa, viu *Breaking Bad*. In-gyeong costumava assistir a essa série sempre que se sentia desesperada, como se fosse um remédio. Sempre que o título do programa aparecia, ela pensava: "Supere o azar." Mais tarde, ela descobriu que aquele não era o significado original do título, e sim uma tradução malfeita no primeiro arquivo ilegal que ela tinha encontrado — "Acabando com a má sorte" —, e acabou ficando marcado. Assim era a vida do protagonista, Walter. Ele fabricava e vendia drogas para superar todo o tipo de azar que tinha se abatido sobre ele. Talvez fosse por isso que, sempre que In-gyeong se sentia sem rumo e triste sobre seu futuro, ela procurava a série. É claro que era sempre interessante rever *Breaking Bad*, havia muitas coisas para aprender ali. Além disso, como ela já estava familiarizada com a série, era ótimo de assistir antes de dormir.

Ao ouvir um gorjeio à uma hora da manhã, sentiu que outro dia havia começado. Ela precisava organizar suas coisas, ajustar o ciclo de dia e noite, valorizar o tempo que tinha ali... Mas naquele exato momento o que mais precisava era matar sua fome. Enquanto vestia um suéter para ir à loja de conveniência, pensou no homem grande cuja existência a deixava desconfortável. Depois de pensar um pouco sobre procurar outra loja de conveniência, chegou à conclusão de que seria melhor encarar aquela que ficava em frente à sua casa do que vagar pelas ruas no frio da madrugada.

A loja estava silenciosa. O homem não estava em lugar algum, e o micro-ondas quebrado, talvez já consertado, se encontrava no canto, perto da janela. No entanto, as opções ainda eram ruins. Por se tratar de uma loja de conveniência com poucas vendas, não tinha condições de estocar uma grande variedade de produtos, e era evidente que o local estava em um círculo vicioso, com redução de clientes também por causa disso. In-gyeong sentiu um frio na barriga ao pensar que a situação daquele lugar era semelhante à dela. Então ficou ainda com mais fome e foi apressadamente até a seção de alimentos frescos.

De novo, apenas duas marmitas ruins estavam disponíveis. Ela sentiu um gosto desagradável na boca, pensando que pareciam os mesmos produtos do dia anterior, mas, quando olhou de perto, viu outra marmita embaixo.

In-gyeong afastou as marmitas de cima e pegou a de baixo, que parecia bem apetitosa. Tinha doze acompanhamentos com vários tipos de carne, então ficou com água na boca. In-gyeong pegou sua marmita e se dirigiu ao caixa. Talvez o homem tivesse ido ao depósito, por isso não o via. Para onde mais ele teria ido, deixando a loja vazia àquela hora da madrugada? Aquela loja de conveniência continuava sendo bem inconveniente. In-gyeong ficou irritada e, enquanto pensava no que fazer, encontrou uma folha de papel A4 no balcão. Estava escrito em letras grandes com marcador preto:

Tive uma emergência e precisei ir ao banheiro!
Aguarde um instante.

Aff! Uma risada escapou da boca de In-gyeong. Emergência no banheiro... Aquilo podia acontecer mesmo. Mas ele não deveria ter colocado o bilhete na porta e a trancado?

De que adiantava estar ali no balcão? O que ia fazer se uma pessoa percebesse que não tinha ninguém ao caixa e levasse os produtos e o dinheiro? Será que ele achava que não corria o risco de ser assaltado por estar numa área residencial? Ou achava tudo bem ser roubado? Por mais que existissem câmeras de segurança, aquilo não era seguro, porque podia estimular o roubo, mesmo que não fosse premeditado. Como In-gyeong gostava de falar sempre do que era correto a fazer, ela não conseguia simplesmente deixar aquela situação passar.

Sob o som do sino da porta, o homem entrou com a expressão aliviada de quem havia resolvido a emergência, eles se entreolharam. O homem soltou uma exclamação baixa e se aproximou apressadamente do caixa. Ela deu um passo para o lado e lhe lançou um olhar indelicado.

— Isso... é bom.

O homem disse enquanto ela pagava pela marmita. Ao prestar mais atenção, viu que a marmita que ela havia escolhido era a de iguarias de terra e mar, a sugestão dele.

— Que bom que você achou... eu tinha escondido...

— Oi?

— Ontem... pensei que estivesse procurando uma marmita boa... Por isso, coloquei essa embaixo das outras.

"Como devo reagir, devo agradecer-lhe por isso?", pensou In-gyeong, sem saber como lidar com a gentileza incômoda e ambígua do homem. Depois de pagar, In-gyeong pegou a marmita e se dirigiu ao micro-ondas. Não havia micro-ondas no apartamento, então não havia escolha a não ser esquentá-la ali. Ela colocou a marmita desembrulhada no micro-ondas e esperou. Então, se virou para o homem. Ele fez um joinha. Que vergonha... In-gyeong se aproximou do homem a passos largos.

— O senhor acabou de deixar a loja vazia, não pode fazer isso.

— É que, e-eu estava com pressa... E... isto aqui...

O homem não soube o que fazer e levantou o papel.

— Então, não pode deixar esse aviso assim. O senhor deveria ter deixado isso na porta e trancado a loja. O que o senhor ia fazer se um adolescente entrasse na loja vazia e roubasse alguma coisa? Existe algo chamado teoria da janela quebrada. A teoria é a seguinte: se janelas quebradas forem deixadas sem nenhum tipo de vigilância, o roubo e a criminalidade aumentam; então, se a loja for deixada sem vigilância dessa forma, a incidência desses acidentes também aumenta. Além disso, o senhor é funcionário desta loja, e nenhum chefe gostaria que um funcionário seu trabalhasse assim. Deveria cuidar melhor do seu local de trabalho.

No geral, ela era o tipo de pessoa que discutia sempre o que era certo e errado e queria estabelecer um limite para aquele homem que a incomodava desnecessariamente, então In-gyeong fez um longo discurso. Quando agia assim, os homens normalmente detestavam e nunca mais a incomodavam. O homem ouviu em silêncio o que In-gyeong tinha a dizer, então abaixou a cabeça como se estivesse envergonhado.

— Bem... você está certa... Mas será que posso... contar a minha situação?

— Por favor.

— Eu tenho síndrome do intestino irritável... Então... não aguento a vontade repentina... Antes... eu não sabia disso...

Quando me abaixei para encontrar a fita adesiva para fixar na porta... Aí, vazou um... pouquinho... Então... eu não consegui fixar na porta... e deixei aqui... não consegui nem trancar a porta e tive que correr... na hora que cheguei e abaixei minhas calças...

— Chega!

Então ele estava dizendo que não tinha conseguido trancar a porta porque precisava ir rápido ao banheiro para fazer cocô, mas ela não conseguia ouvir mais nada porque estava ficando com nojo. Ao ouvi-lo, parecia que o cheiro de cocô estava exalando do corpo dele, que era muito sujo e inconveniente.

— Tudo bem, já entendi. Tome cuidado da próxima vez.

Ela ignorou o cumprimento de cabeça do homem e foi até o micro-ondas pegar a marmita. Estava prestes a sair rapidamente da loja de conveniência quando o homem abaixou a cabeça novamente e gritou:

— Me desculpe pela... emergência de hoje.

— Mas que saco! Eu ainda vou comer. Pode parar de falar de cocô, por favor?

"Teve uma emergência, é? Pois eu estou com uma emergência e preciso ir embora de tanta raiva!", pensou ela. In-gyeong não conseguiu mais se segurar, então empurrou a porta e olhou para o homem, gritando:

— Sou In-gyeong Jeong, diretora de teatro em Daehangno!

O homem que testemunhou seu comportamento ficou atordoado por um momento, com o olhar assustado, então gaguejou e disse várias vezes: "Sinto muito." Ela não suportava mais aquela conversa com gaguejo. In-gyeong empurrou a porta e saiu da loja de conveniência, dizendo a si mesma: "Nunca mais boto meu pé aqui."

◉◉◉

Depois de uma semana morando na casa de Hee-soo Saem, em Cheongpa-dong, o trabalho de escrita ainda não tinha andado muito. Ela resolveu deixar de lado o texto que havia começado a escrever no Centro Cultural Terra, e várias ideias rondavam sua mente, como se estivesse fazendo malabarismo com elas. Queria escrever uma história sobre a realidade, em vez de uma peça mais abstrata. No entanto, também não queria escrever uma obra conceitual com apelo comercial. Queria criar um drama com personagens interagindo num cenário animado, de modo que envolvesse o público, e não o alienasse. Queria escrever uma peça que gerasse identificação da plateia com os atores no palco, que sentissem constantemente tensão e animação e, no fim, depois que a cortina caísse, que refletissem sobre o significado mais profundo da obra enquanto andassem pelas ruas.

Ficar sentada a uma mesa e se preocupar com isso o dia todo era frustrante. Estava ficando mais frio lá fora, e, para economizar, ela havia passado a comer menos fora e a fazer refeições simples em casa. À noite, costumava sentar perto da janela, com um chá, e observar os moradores indo para casa no fim do dia de trabalho.

Nos últimos tempos, por volta das onze da noite, via sempre um homem de meia-idade sentado a uma mesa externa na loja de conveniência. Por estar vendo de cima, notou os poucos cabelos na cabeça dele, e sua idade não combinava com o terno surrado e a parca que usava. Ele pegava um gimbap, o mergulhava no ramyeon e tomava uma garrafa de soju. Mesmo no frio, parecia saborear a bebida, depois ia para casa. Enquanto In-gyeong o observava, tentava imaginar qual era a sua história. Ficou curiosa com aquele homem de meia-idade, funcionário de um escritório, que bebia sozinho ao ar livre nas noites de inverno e era cheio de histórias e emoções.

Mas naquela noite o cara do caixa estava sentado com o homem. Além disso, ele estava segurando um grande copo de papel em uma das mãos e tomando alguma coisa. Não parecia café, e sim bebida alcoólica. Era sério aquilo? Agora bebia enquanto trabalhava também? Por isso ele gaguejava enquanto falava com ela? Porque estava bêbado? Não que fosse da conta dela, mas aquele funcionário aprontava cada uma... No entanto, quando ele encheu o copo novamente, ela viu que não era álcool. Olhando para o formato da garrafa de plástico, parecia ser o chá Woongjin Barley? Ou o chá Namyang 17? Na verdade, parecia um chá de cajueiro-japonês. O que estava acontecendo ali? In-gyeong começou a olhar mais atentamente.

O funcionário da loja e o funcionário de um escritório então dividiram uma bebida com um tom claro de marrom e conversaram, mas de repente o funcionário de um escritório gritou alguma coisa, se levantou e saiu. O funcionário da loja deu de ombros, limpou a mesa e entrou na loja de conveniência. O que foi aquilo? Uma súbita onda de curiosidade lhe dominou. Coçava como se houvesse uma pulga atrás da orelha, e ela não aguentou. In-gyeong vestiu a parca e saiu.

— Você conhece o homem que estava aqui agora há pouco?

O funcionário inclinou a cabeça para a pergunta repentina de In-gyeong.

— É-É um cliente que sempre vem aqui.

— E o que ele faz?

— Eu não sei bem... Ah, ele gosta de Cham Cham Cham.

— Cham Cham Cham?

— Ramyeon de gergelim... gimbap de atum e soju Chamisul... Ele só come e toma isso.

— Por isso... é Cham Cham Cham?

— Sim, Cham Cham Cham.

— Mas o que ele disse para você agora há pouco, antes de ir embora? Ele parecia irritado...

— Eu... disse para ele parar de beber álcool e beber outra coisa... acho que ele não gostou muito.

— E o que você recomendou?

— Isso aqui.

Como quem não queria nada, ergueu a garrafa de plástico ao lado dele. Era chá de cabelo de milho.

— Por que... isso?

— É melhor beber isso que álcool... Também bebo... me ajudou a parar de beber.

In-gyeong ficou sem palavras. Ele era mais estranho que ela imaginava. Mas, em vez de lhe causar incômodo, agora ele lhe despertava interesse. Distribuir chá de cabelo de milho para um cliente parar de beber... E esse lance de Cham Cham Cham? Achou que seria bom vender como um kit. Estava curiosa sobre aquele homem com uma personalidade tão única.

— O que você fazia, senhor?

— Você... veio aqui para perguntar isso?

Ela sacou. Ele estava perguntando se ela não ia comprar nada, certo? In-gyeong andou pelas prateleiras, pegou um ramyeon de gergelim, um gimbap de atum, um soju Chamisul, o chá de cabelo de milho e os depositou no balcão. Ela perguntou novamente ao homem enquanto ele escaneava os itens. Mas o homem só inclinou a cabeça e não quis responder.

— Senhor, você era um ladrão, ou algo assim?

— N-Não.

— Já foi preso e está sendo ressocializado?

— Não, eu não... fui preso.

— Então tem família no exterior e trabalha para sustentá-la?

— Também não.

— Já sei, você se aposentou cedo! Você é um aposentado. Dizem que hoje em dia muitos optam pela aposentadoria voluntária. É isso, né?

O homem balançou a cabeça, constrangido, e entregou a ela uma sacola com as compras, mas In-gyeong não a pegou. Olhou no fundo dos olhos dele, determinada a descobrir sua identidade.

— Então quem você é? Estou muito curiosa, sabe.

— Eu morava na rua.

— Como assim? Morava na Estação Seul?

— Morava.

— E antes disso?

— Bem, antes disso... eu não sei. Bebi demais e fiquei com demência.

— Demência relacionada ao álcool... Entendi. Por quanto tempo morou na rua?

— Eu também... não sei.

— Mas então como conseguiu um emprego aqui? Como isso aconteceu?

— Porque... A chefe me disse para ficar aqui em vez de passar frio na Estação Seul... E passar o inverno aqui... E foi isso.

— Uau! — exclamou In-gyeong involuntariamente, analisando o ex-morador de rua sob vários ângulos.

Perguntou outra vez ao homem se ele realmente não tinha lembranças do passado, e ele respondeu que ainda não conseguia se lembrar de nada. In-gyeong sugeriu que conversassem todas as madrugadas a partir daquele dia, já que ele precisava falar muito para estimular a memória. O homem inclinou a cabeça e assentiu relutantemente. Ela perguntou seu nome e saiu da loja de conveniência.

— Pode me chamar de Dok-go. Não sei meu nome nem meu sobrenome.

In-gyeong cantarolava enquanto comia Cham Cham Cham. Por ter descoberto um personagem interessante, o álcool ficava doce. A composição de Cham Cham Cham e beber sozinha também era fascinante. Chá de cabelo de milho não combinou bem, mas era significativo que o homem que sofria de demência relacionada ao álcool bebesse aquilo para parar de beber álcool. In-gyeong decidiu observar mais aquele homem.

In-gyeong continuava trocando o dia pela noite. Acordou de madrugada, mas em vez de começar a trabalhar foi para a loja de conveniência conversar com Dok-go enquanto comia marmita de iguarias de terra e mar. Ele era mais esperto e perspicaz do que ela imaginava. Depois de alguns dias, In-gyeong pegou um caderno e começou a anotar as conversas com ele. Uma entrevista inesperada lhe deu coragem para escrever.

Então, Dok-go tinha DRA, Demência Relacionada ao Álcool, o que deletou parte da memória do seu passado, levando ao trauma. In-gyeong leu vários livros de psicologia após se tornar escritora e prestou atenção às feridas emocionais. Um dos seus personagens havia passado por terríveis traumas no passado e queria proteger o seu futuro. Dok-go também fechara os olhos para o seu passado, porém estava se recuperando e, aos poucos, criava coragem e força para remexer esses sentimentos, se comunicando com as pessoas.

O esforço ou o desejo de olhar para trás, para a ferida e superá-la, torna-se a força motriz e mostra o caráter da pessoa. Para mostrar quem é um personagem, basta mostrar qual direção ele escolhe na encruzilhada da vida. Dok-go havia saído da Estação Seul com a ajuda da dona da loja de conveniência e estava lutando para voltar a conviver em sociedade e enfrentar seu trauma.

— Uma coisa é certa... eu nunca vivi assim. Acho que não tinha muito o que compartilhar com as pessoas. Não tenho muitas lembranças boas como essa.

— Como assim, lembranças boas?

— Falar com uma jovem assim, como estou falando com você agora... batendo papo...

— Pensei que você fosse amigo do cliente do Cham Cham Cham.

— Mas então... ao atender clientes na loja... acho que meio que me tornei amigo das pessoas. Só de fingir ser legal me fez sentir como se eu fosse gentil.

— Gostei do que você falou. Posso usar um pouco disso? — perguntou In-gyeong enquanto anotava as palavras dele no seu caderno.

— Você já está anotando... nesse caderninho...

— Digo, para usar no meu trabalho. Eu disse a você que eu era dramaturga.

— É-É mesmo. Disse que estava escrevendo o roteiro de uma peça, né? Aí, eu... vou aparecer também?

— Não sei como ou onde será usado. É apenas um rascunho. Mas sei que você está me ajudando muito. Eu estava quase desistindo de escrever, mas sua história me inspirou.

— Ajudando... Que bom. Então... você vai comprar alguma coisa?

— Acho que você era um vendedor muito bom no passado, hein?

In-gyeong riu e pegou quatro latas de cerveja e um sanduíche. Dok-go passou as compras com o maior sorrisão, como se houvesse vendido um carro. Aquela ajuda mútua entre o entrevistado e a escritora não era nada mal...

◉◉◉

Era fim de ano, e as resoluções falsas de ano-novo chegavam no celular de In-gyeong. Ela ignorou as mensagens do grupo, e, entre as chamadas perdidas, não havia muitos nomes familiares. Quando entrou no Facebook depois de muito tempo, também só apareciam pessoas chatas. In-gyeong teve de admitir que tinha uma parcela de culpa nas suas relações interpessoais precárias. De repente, o celular tocou como se ouvisse os seus pensamentos e o seu coração solitário, mas, quando viu o nome na tela, hesitou por um instante.

Era o CEO do Teatro Q, Kim. Dois anos atrás, o produtor que falou da idade de In-gyeong e perguntou se não seria difícil continuar interpretando alguém de vinte e poucos anos, o ser humano que havia feito In-gyeong se aposentar voluntariamente como atriz. Ele era a pessoa que mais apoiava a carreia de In-gyeong, mas nos últimos dois anos eles não trocaram uma única mensagem.

In-gyeong saiu da mesa e se dirigiu até uma cadeira perto da janela com o celular na mão. Seu coração palpitava com a vibração do toque. Ela tinha certeza de que o relacionamento deles acabaria assim que ela atendesse. ZIIIIN, ZIIIIN. Nesse momento, lembrou-se de si mesma, alguns dias atrás, incentivando Dok-go a enfrentar seus traumas. In-gyeong também precisava enfrentar os dela. ZIIIN, ZIIIIN. Ela deslizou o dedo com força na tela para atender.

O CEO Kim disse que só ligou porque era fim de ano e havia se lembrado dela, e perguntou como estavam as coisas.

Ela lhe devolveu a pergunta:

— E no ano passado, você não se lembrou?

— Imaginei que você estivesse brava e não me atenderia. Agora que já se passaram dois anos, achei que estaria mais calma, por isso te liguei — respondeu ele à alfinetada de forma astuta.

Naquele instante, todo ressentimento que In-gyeong sentia evaporou e ela perguntou, curta e grossa:

— O que você quer? Você não é o tipo de pessoa que liga só para perguntar como estão as coisas.

Após comentar que ela continuava impaciente como sempre, o CEO Kim disse que ligou para propor um trabalho de adaptação. Era uma dramatização de um romance do qual os direitos autorais haviam sido adquiridos. Uma adaptação... Esse poderia ser o seu último trabalho de escrita, e ela não queria se aposentar com uma adaptação. In-gyeong demorou para responder, e ele insistiu:

— Se está indecisa, pelo menos leia o romance. Foi publicado no verão. Não é difícil e é divertido. Tem bastante diálogo e é bem teatral. Estou querendo dizer que não é um trabalho difícil.

— Não. Eu não vou ler. Vai que fico tentada a aceitar.

— Estou fazendo uma proposta depois de muito tempo... Vou ficar magoado se recusar tão prontamente.

— É que estou parando de escrever. Por isso, gostaria que meu último trabalho fosse original.

— Ei, In-gyeong Jeong! Parou de atuar, vai parar de escrever... Quer sumir de Daehangno, é? Por que sempre fica falando que é a última vez?

— Pois fique sabendo que você foi o motivo de eu ter parado de atuar!

— É por isso que estou te dando este trabalho como escritora.

— Estou falando sério. Tenho trabalhado nesse meu último projeto há quatro meses.

— Então você conseguiu escrever algo bom? Não me diga que está perdendo tempo só pensando em baboseiras.

Como assim, baboseiras? Depois de tomar numa golada só o chá de cabelo de milho que estava no parapeito da janela, ela subiu o tom:

— Eu tenho a ideia! Tudo que eu preciso fazer é escrevê-la.

— É mesmo? Então me conta.

— Não sabe que contar antes dá azar? Deixa pra lá.

— Deve estar mesmo com uma ideia boa, hein? Autora Jeong, me conte. Se for boa, vamos fazer isso primeiro, antes da adaptação.

Contou que estava trabalhando nesse projeto, mas ainda não tinha nada certo. Ela só estava entrevistando um homem estranho na loja de conveniência. Enquanto In-gyeong ponderava sobre como enrolar, olhou para a loja de conveniência pela janela.

— Pelo visto, você não tem nada de mais. Então vamos adiar isso e fazer essa adaptação. Já temos o investimento e a produção. Eu te dou um dinheiro adiantado e...

— Loja de conveniência. É uma história sobre uma loja de conveniência.

— Loja de conveniência?

— O palco é uma loja de conveniência. Uma loja de conveniência onde gente de todo tipo entra e sai. O protagonista é um funcionário misterioso do turno da noite.

— Humm...

— Ele é um homem de meia-idade, mas ele não se lembra de nada do seu passado. O álcool lhe causou demência. Os clientes dão palpites entre si sobre a identidade do homem. Ladrão, ex-presidiário, desertor norte-coreano, aposentado voluntário, um alienígena quem sabe?... Mas aí o homem recomenda produtos para os clientes de forma quase aleatória e, por algum motivo, quando as pessoas seguem a sua recomendação, o problema delas se resolve.

— Isso não é... *Midnight Diner*?

— *Midnight Diner*? Não! É uma série boa, mas essa é uma loja de conveniência! E esse homem não cozinha. *Midnight Diner* não aborda o passado do protagonista. O enredo principal da minha história é descobrir a identidade do protagonista, um funcionário de meio período do turno da noite. O passado do homem será contado em cenas de flashback, e o público saberá por que ele tem que trabalhar naquela loja de conveniência. E ele passa todas as noites lá, esperando por algo.

— Esperando a mercadoria chegar, talvez.

— Ei, não se mete! Como em *Esperando Godot*, gostaria de usar o mesmo tom e forma. Como Vladimir e Estragon, esse funcionário do turno da noite e fregueses que vão lá beber conversam todas as noites. Haverá muito diálogo. E vai ter Cham Cham Cham no meio também.

— Cham Cham Cham? Isso é um jogo?

— É tipo um combo. Ramyeon de gergelim, gimbap de atum e soju Chamisul.

— Gostei, hein? Posso obter licença de propaganda indireta. Até poderíamos deixar os espectadores virem comer.

— Sim. Incentive o público a participar, dê a eles pacotes de presentes, poste no Instagram e você poderá obter a licença de propaganda indireta. Mas voltando, é um kit que o funcionário recomenda ao seu cliente, e o cliente come no fim do dia. Esses dois se encarregam do diálogo na peça. Além disso, há uma escritora briguenta no bairro, e ela é uma cliente muito chata. Como é escritora, trabalha à noite. É por isso que ela vê esse funcionário do turno da noite várias vezes, e eles acabam se falando várias vezes...

— Tipo você.

— Não. A escritora odeia a loja de conveniência. Ela acha que o cara é um imprestável e a loja, inconveniente porque a seleção de produtos é horrível. Mas é inverno, está frio, e ela não pode ir longe comprar comida de madrugada, então tem que continuar frequentando esse lugar mesmo que seja inconveniente... É muito inconveniente.

— Escritora Jeong.

— Oi.

— Vamos fazer isso, juntos.

— Sério? Nem escrevi nada ainda.

— Você já escreveu tudo na sua cabeça. Estreamos a peça no próximo ano. Posso garantir que esse não vai ser o seu último trabalho. Se terminar esse trabalho, vai escrever outro.

— Você acha mesmo?

— Acho.

— Mas por quê? Estou tão desmotivada... E estranhei você ter aceitado tão fácil. Quer dizer, eu nem escrevi ainda.

— Escreva apenas o título e traga amanhã. Normalmente, o manuscrito só anda quando o contrato já está assinado.

— CEO Kim.

— Diga.

— Obrigada. De verdade.

— Eu não sou burro. O material está ok. Consigo sentir a seriedade na sua voz também. Acho que vai fazer um bom trabalho.

— Sempre fiz um bom trabalho.

— Não vou te elogiar e cantar vitória. A propósito, qual é o título?

— Título?

— O título da peça.

— Hum... É uma loja de conveniência, é muito inconveniente... Então... a inconveniente loja de conveniência.

Assim que o CEO Kim desligou, In-gyeong abriu o processador de texto no seu laptop e começou a digitar rapidamente. Depois de escrever o título em duas linhas, começou a escrever a peça que poderia ser a última. Ela digitou sem parar. Em algumas linhas ela nem pensava. Agora que já tinha planejado, matutado sobre a ideia por muito tempo e desenvolvido pensamentos que lhe vinham à tona naturalmente, só precisava incorporar uma datilógrafa e digitar com vontade. Quando seus dedos não conseguem acompanhar a velocidade de seus pensamentos, é porque está indo bem. In-gyeong pronunciava as falas como se estivesse atuando e digitando ao mesmo tempo. Suas mãos esquerda e direita pareciam conversar uma com a outra. Como se sua habilidade de escrita, até então selada, tivesse sido libertada, ela continuou escrevendo a história. Tinha começado à noitinha, mas já passava da meia-noite, e a escrita foi ficando mais intensa à medida que o céu noturno de inverno ficava mais escuro.

Naquela madrugada, as únicas luzes acesas no bairro eram a da loja de conveniência de Dok-go e a do seu apartamento.

Quatro latas por dez mil wons

Min-shik refletia sobre o seu azar. Embora sempre tenha sido assim, ele vasculhou a memória, tentando lembrar quando essa maré de azar começara. Talvez tenha sido na época da escola, quando os pais decidiram que ele não entraria no time de beisebol? Por causa do seu tamanho e das suas habilidades esportivas, o treinador o convidara para entrar no time, mas os pais decidiram que ele deveria focar nos estudos, então esse foi o primeiro infortúnio. Se todo mundo tem talentos e interesses diferentes, por que seus pais queriam que ele só estudasse e se tornasse um adulto como todos os outros, e não o deixavam ser quem ele gostaria de ser? Essa era a vida deles, a irmã mais velha se dedicava muito aos estudos, e eles achavam que esse era o caminho que o filho caçula, Min-shik Min, também deveria seguir.

O segundo infortúnio não teria sido o fato de frequentar um campus local? Os pais queriam que Min-shik estudasse na mesma universidade de prestígio em Seul onde eles se formaram, mas infelizmente as notas de Min-shik eram baixas. Sem dinheiro, a alternativa que encontraram foi o campus secundário da universidade, numa zona mais afastada do centro de Seul. Mesmo que em outro campus, os pais provavelmente se gabavam de o filho estar estudando lá, mas tudo o que ele fazia era beber, jogar bilhar e StarCraft e participar do clube de beisebol da cidade. Resumindo, era um ótimo lugar para se divertir. Sabe-se lá como, ele acabou se formando, mas recebeu muitos nãos quando foi procurar emprego perto do campus, o que abalou seu orgulho e sua determinação.

O terceiro infortúnio foi seu sucesso precoce. Enquanto os pais levavam uma vida estável como funcionários públicos e educadores e a irmã tinha uma profissão respeitável de causar inveja, o mundo de Min-shik era uma selva onde ele tinha de lutar pela sua sobrevivência. Não era lá muito inteligente e não tinha uma formação acadêmica de grande destaque, mas, armado de um corpo saudável e de uma oratória impecável, ele decidiu que faria qualquer coisa para ganhar dinheiro, que era a única coisa que sua família valorizava — e a única coisa de que ele precisava. Depois daria um jeito no restante, só o dinheiro o tornaria completo.

Min-shik colocou o plano em prática e entrou num negócio que beirava a ilegalidade, mas não estava nem um pouco arrependido. Fez muita grana e antes dos trinta já tinha um apartamento próprio e dirigia um carro importado. Então, seus pais, sua irmã mais velha e aquele cunhado orgulhoso pararam de se meter na vida dele, o que foi ótimo. O poder que Min-shik conquistou através do dinheiro intimidava até quem já era rico. Ele começou a pensar que, se ganhasse um pouco mais, poderia ajudar financeiramente sua família. O pai recentemente aposentado poderia ter uma mesada generosa, a mãe poderia contribuir mais para a igreja e o cunhado e a irmã poderiam receber uma ajudinha para abrir a própria clínica. Era uma meta possível, e era aí que estava o problema — a ambição logo se tornou uma obsessão, que acabou tendo um preço.

O quarto infortúnio foi excruciante: ter conhecido sua ex-esposa. Eles se conheceram no trabalho, num projeto novo de Min-shik, e ela era uma "empresária" tão ambiciosa quanto ele. Costumava achar que não era facilmente iludido pelas pessoas, mas se apaixonou perdidamente pela mulher e, em apenas seis meses, tudo que era dele era dela. Há quem chame de amor; ele chamava de loucura. No meio daquela loucura, se casaram, e depois de dois anos conturbados o relacionamento só acabou quando ele entregou a ela o único imóvel que lhe restava: seu apartamento.

Pensando bem agora, dois anos depois do divórcio, ela também devia achar que ter conhecido Min-shik foi um infortúnio. Viviam num pé de guerra infinito, como soldados arremessando bombas no inimigo, mas o maior infortúnio de todos, que seria continuarem juntos, eles conseguiram evitar.

No entanto, a má sorte continuou. Bitcoin. Achou que finalmente a sorte estava do seu lado, que essa seria uma grande oportunidade. Sua visão pioneira, porém, foi ofuscada por repetidos fracassos. Foi um erro. Para Min-shik, o Bitcoin era um dinheiro intangível que comia dinheiro.

Depois do quinto infortúnio, Min-shik não aguentou mais e teve de voltar com o rabo entre as pernas para a casa da mãe em Cheongpa-dong. Lá, descobriu que ela havia aberto uma loja de conveniência de franquia com a herança deixada pelo seu pai, que faleceu há alguns anos. Ele devia ter recebido parte dessa herança, mas a mãe e a irmã mais velha investiram todo o dinheiro na loja sem contar nada para Min-shik. Bem, naquela época, Min-shik estava perdido por causa do divórcio e da falência dos negócios, e havia cortado o contato com sua família. Ainda assim, certo dia Min-shik, que se sentia injustiçado, estava bebendo e pediu à mãe sua parte da herança. Depois de uma baita briga, ele saiu correndo de casa e passou a morar de favor na casa de amigos.

Min-shik parou de contar os pequenos infortúnios que o acompanharam até aquele momento. Agora, estava focado apenas em conseguir o capital para um novo projeto, e esse capital estava na loja de conveniência da mãe, que ela havia comprado com sua parte da herança, sem seu consentimento. Ele planejava recuperar sua parte e reinvesti-la nos negócios, confiante de que voltaria a ganhar muito dinheiro. Após isso, abrir algumas lojas de conveniência para a mãe seria moleza, e ainda poderia jogar na cara dos amigos reclamões, que ficavam perguntando quando ele ia voltar para casa.

Naquele dia, Min-shik decidiu conhecer Ki-yong. Mesmo não tendo nada a ver, Ki-yong pedia para ser chamado de K-Dragon, como o cantor. Tanto o seu comportamento quanto seus gostos eram exagerados e estressavam Min-shik, mas ele era um cara com a cabeça boa. Havia alguns anos que Min-shik pedia a opinião de Ki-yong quando precisava tomar decisões importantes, e esse cara tinha o dom de fazer Min-shik pensar fora da caixa. Ouvir Ki-yong poderia não ser garantia de sucesso, mas reduzia o risco de fracasso.

— Se for investir quando dizem por aí que é lucrativo, já é tarde. Você precisa sair dessa antes que perca tudo.

Foi graças ao conselho desse cara que ele conseguiu sair do pântano do Bitcoin do negócio de energia solar. Quando um dos seus veteranos o chamou para trabalharem juntos com geração de energia solar, foi como uma luz no fim do túnel e uma sensação eletrizante percorreu o corpo de Min--shik. O negócio de geração de energia solar atraiu a atenção de muitos investidores ao defender a política do governo de cultivar energia nova e renovável, longe das usinas nucleares. E parecia possível ter um lucro bom antes que a notícia se espalhasse. No entanto, depois de trabalhar por alguns meses com isso, Min-shik teve um mau pressentimento de que poderia estar envolvido num golpe, porque o negócio consistia em nada mais que vender terrenos vazios usando o investimento em energia solar como isca. Com a pulga atrás da orelha, Min-shik conseguiu escapar depois de conversar com Ki-yong.

Aquele cara imundo ficou furioso porque Min-shik havia tirado o corpo fora, e disse a ele para ter cuidado à noite. Quem foi preso à noite foi ele mesmo, e agora comia as refeições da prisão. De qualquer forma, se não fosse por Ki-yong, Min-shik teria uma prisão no histórico da sua arriscada vida empresarial, já cheia de altos e baixos.

Assim, dado o papel fundamental que Ki-yong tinha desempenhado em várias situações, quando propôs discutir uma ideia de negócios, mesmo naquele frio, Min-shik dirigiu até Gyeongnidan-gil só com uma parca de penas de pato de um colega, que pegou sem permissão.

A rua de Gyeongnidan-gil no ano-novo estava bem vazia, quase deserta. Com a abertura do bairro comercial, os donos do prédio se animaram e aumentaram o aluguel de forma exponencial. As lojas não conseguiam pagar e foram fechando as portas uma atrás da outra, e o comércio foi morrendo junto. Parecia que Gyeongnidan-gil estava destinada a sucumbir, deixando apenas as irmãs mais novas, como Mangnidan-gil, Songnidan-gil e Hwangridan-gil. Min-shik se perguntou por que o perspicaz Ki-yong o havia chamado ali.

Quando chegou ao endereço que Ki-yong tinha lhe passado, ele avistou uma pequena cervejaria na rua vazia e parou o carro em frente à loja.

— Ô, cara! Eu falei para não vir de carro.

Assim que Min-shik entrou na cervejaria, Ki-yong o provocou e isso o deixou furioso.

— Como é que vou pegar um ônibus nesse frio?

— Podia ter pegado um táxi, né.

— Porra! Por que eu vou pegar um táxi se tenho um carro?

— Eu disse para não vir de carro por um motivo. Preciso beber um pouco hoje, entendeu?

— O quê? Beber aqui? Você não sabe que eu não bebo cerveja?

Ki-yong se virou e foi até o bar, e Min-shik se sentou em uma cadeira de metal e olhou ao redor com os braços apoiados na mesa estreita. Sob a iluminação fraca, um rock num volume alto quebrava o silêncio, e antiguidades ocidentais que só agradariam soldados americanos estavam espalhadas por toda parte. No fundo da loja, havia um cartaz com a frase "economize água, beba cerveja" pendurado de maneira desleixada, e o aquecedor estava deliberadamente desligado, talvez para encorajar as pessoas a beberem mais.

Dava até para ver a fumaça fria saindo da boca e do nariz quando respiravam.

Min-shik estava irritado. Por que Ki-yong traria ele até ali? Logo ele que pensava que cerveja só servia para misturar com soju ou algum licor importado. Pensou que não acreditaria no que Ki-yong dissesse, não importava qual fosse o negócio de que fossem tratar. Ciente ou não do seu mau humor, Ki-yong se aproximou com algo que recebeu de um barman de cabelo comprido. Havia buracos em uma tábua de madeira, que parecia uma tábua de cortar, e copos ligeiramente maiores que copos de soju estavam encaixados em cada buraco, e dentro dos copos havia líquidos cor de âmbar e preto, respectivamente. O líquido cor de molho de soja parecia cerveja escura, mas o mais claro, cor de âmbar, lhe lembrava mais conhaque do que cerveja.

— Isso é cerveja?

— Prove.

Ki-yong deu um sorrisinho e gesticulou para que ele bebesse. Min-shik ficou aborrecido por ter de beber cerveja num copo de soju, mas, já que não ia pagar pela bebida mesmo, pegou a cerveja cor de âmbar e virou tudo de uma vez.

Era forte. A fragrância era intensa e o sabor amargo, único; não dava para saber se era conhaque, cerveja ou uísque. Tinha um gosto estranho, completamente diferente da cerveja insípida que ele estava acostumado a beber. Talvez fosse esse o resultado de uma mistura muito boa de bebidas importadas.

Min-shik não hesitou em levantar o copo com a bebida de âmbar escuro. Nossa! Essa tinha um sabor mais rico.

O sabor amargo e frio ia e voltava de forma fascinante. Em seguida, pegou um copo amarelo, cheio de espuma, e o esvaziou. Aquela bebida lhe lembrava a Hoegaarden. A diferença era que era muito mais escura e espessa, e se adequava ao seu paladar. Min-shik cheirou a última cerveja escura restante e bebeu. Mas como podia ser tão gostosa? Ele não sabia se tinha bebido cerveja ou água de soja preta misturada com óleo de gergelim.

— Que cerveja é essa?

— Você quer dizer cerveja boa?

— Pegue esses aperitivos e beba uma com bastante espuma.

— Qual delas?

— A de cor mais escura ali.

Um tempo depois de Ki-yong ter levado a tábua de madeira, ele voltou com dois copos longos de cerveja. Após brindar com Ki-yong, Min-shik bebeu outro copo. A bebida era amarga e fresca, e tinha um gosto melhor do que o licor importado de trinta anos de Valentine. Era incrível. Fazia tempo que havia parado de beber cerveja, porque achava que não tinha sabor e só enchia a barriga... De onde havia vindo essa nova cerveja?!

— Chama-se ale e os europeus bebem isso.

— Ale? Então que tipo de cerveja é a Cass que bebemos?

— É uma lager. Está escrito na lata.

— O quê? Isso escrito ao lado de Cass é "lager"? Não é "laser"?

— Nossa... Meu inglês é ruim, mas o seu é muito pior.

— Eu tô brincando! Você acha mesmo que eu não sei disso?

— Dá um tempo! De qualquer forma, nós e os Estados Unidos bebemos muito dessa cerveja lager, e na Europa se bebe cerveja ale. Alguns anos atrás, houve um boom da cerveja ale aqui em Gyeongnidan-gil e Itaewon, e, hoje em dia, os mais descolados só bebem cerveja ale.

— Eu acho que os mais velhos vão gostar disso também, hein? É perfeito para o meu gosto. Tem um sabor ótimo, melhor que conhaque... Ei, acho que isso pode ser distribuído nos bares com espaços privativos.

— Ah, por que falar disso? Os bares com espaços privativos já têm fornecedores estabelecidos e é muita sujeira. Vamos fazer algo fácil e barato.

— Cara, fazer negócios é tirar o que é dos outros, não existe nada fácil.

— Estou falando para reduzirmos o risco. A questão é que o mercado desta cerveja está ficando cada vez maior. Além do mais, as leis mudaram recentemente e é possível construir pequenas fábricas de cerveja ale como pessoa física.

— Sério?

— Se você tem de duzentos a trezentos milhões de wons, pode montar uma fábrica nos arredores de Gyeonggi-do, Gapyeong ou Cheongpyeong, lugares assim. Que tal fazer isso e vender? Cara, lembra que eu te disse uma vez que quero levar uma vida simples como dono de um bar? Mas em vez de ser dono de um bar, seria dono de uma fábrica de bebidas. Se você fabricar cervejas matadoras assim, todos os bares vão pedir isso, e vai dar muito certo!

— Então, esta cerveja também foi feita nessas fábricas pequenas?

— Isso mesmo.

— Quem é o dono?

Então, junto com o cheiro saboroso de óleo, o barman de cabelos compridos se aproximou, junto com asas de frango e batatas. Ki-yong apontou para o barman que estava colocando o prato na mesa como se apresentasse um novo produto para Min-shik. O barman cumprimentou Min-shik e juntou-se a eles.

— O cunhado desse cara é *brew master*. *Brew* é cerveja, *master* é um... *Master*. Enfim... É como um chef fazendo cerveja. Este é Steve, de Portland, que agora gerencia uma pequena fábrica em Paju.

Min-shik olhou para Ki-yong e o barman com olhos confusos. Então, o barman gentilmente continuou sua explicação. De acordo com o que o barman disse, Steve, que era quem fazia a cerveja mais badalada de Portland, a cidade mais badalada dos Estados Unidos, veio para a Coreia experimentar cerveja, depois de começar a namorar a irmã do próprio barman, quatro anos atrás. E, pensando que seria um grande sucesso se uma cerveja artesanal boa fosse lançada na Coreia, ele veio para cá assim que se casou, dois anos atrás. Construiu uma pequena fábrica em Paju e agora distribuía cerveja. Ele acrescentou que Steve e sua irmã mais velha administravam a fábrica e ele fornecia cerveja para esta e outras lojas, apresentando a cerveja artesanal de seu cunhado.

— Mas você diz que a cerveja ale é consumida na Europa. Então, que lance é esse dos Estados Unidos?

— Ah, mano, agora é global. Além disso, você sabe que, quando algo começa na Europa, se expande nos Estados Unidos e o negócio se multiplica. Não sabe? De qualquer forma, agora a fábrica do cunhado desse cara está indo tão bem que eles estão tentando expandir. Ele precisa de mais um empresário. É por isso que está procurando um parceiro, e é aí que você e eu entramos, mano.

— Hum... É meio repentino... Dono de uma fábrica de cerveja... é um pouco estranho ser apresentado a um trabalho decente depois de tanto tempo... Mas muitos topariam fazer, se é bom negócio mesmo, não é? Por que veio essa oferta para você e para mim?

— Cara, mas que pergunta é essa?

— Não, você fez a mesma coisa comigo na última vez que trabalhou com energia solar. Você me questionou por que eu estava perdendo tempo com um negócio que já tinha sido aproveitado até a última gota.

— Ah, é claro que é graças a esse cara aqui. Porque o Steve é muito seletivo com as pessoas. Mas quando o conheci, eu o fiz rir muito com o meu inglês ruim. E, claro, mostrei para ele também o quanto sou uma pessoa confiável. Depois de um tempo, Steve disse o seguinte a esse cara: que os coreanos eram melindrosos, mas esse K-Dragon era muito legal, e que relacionamentos eram importantes para expandir os negócios, e ele confiava no K-Dragon.

Quando Ki-yong deu uma piscadela para o barman, ele fez um sinal de positivo e falou que seu cunhado era muito exigente, mas por algum motivo ele realmente gostava de Ki-yong. Min-shik sabia que Ki-yong era um cara engraçado, mas era fascinante e suspeito ao mesmo tempo que ele tivesse conseguido essa oportunidade só porque fez um americano rir. Até parece que não existiam golpistas nos Estados Unidos.

Como Min-shik não conseguia se decidir, o barman trouxe algo. Era uma lata de cerveja de 500 ml sem adorno algum. O barman abriu, encheu um novo copo e o entregou a Min-shik, que não pôde deixar de se admirar mais uma vez enquanto a bebia.

— Também virá em latas. É por isso que queremos expandir.

Em um instante, a cabeça de Min-shik assentiu.

— Cara, agora a cerveja de Steve será vendida em latas nas lojas de conveniência e supermercados. Dizem que as outras fábricas de cerveja já começaram a vender em lojas de conveniência, então você tem que se apressar. A nossa tem o melhor sabor. Basta que você trate com os distribuidores assim que for lançada, que é o ramo no qual você é experiente.

Min-shik tomou um gole de cerveja mais uma vez e ficou imerso em seus pensamentos. Sentiu a energia do malte doce e do lúpulo amargo se espalhar por toda a sua boca, e não era diferente da sensação de sucesso que já havia experimentado numa outra época da sua vida. As palavras subsequentes de Ki-yong tiveram um papel decisivo para deixar Min-sik ainda mais determinado.

— Você sabe que a cerveja japonesa acabou neste verão, certo? Sua mãe também tem uma loja de conveniência, não tem? Pode ir lá ver. Já não tem mais Asahi, Kirin, Sapporo, quatro latas por dez mil wons. O boicote contra o Japão é uma chance sem igual para nós agora. Pense nisso. O que vai preencher a lacuna da cerveja japonesa? Cass? Hite? A cerveja do Steve vai tomar esse lugar.

— O boicote ao Japão... Será que vai durar muito? — perguntou Min-shik novamente para esclarecer a última dúvida.

Ki-yong esvaziou o copo como se estivesse irritado e o colocou com força sobre a mesa.

— Cara, que nação somos nós? Você não sabe que, apesar de não termos nos envolvido na luta pela independência, estamos engajados no boicote? Aqui é a República da Coreia. Re-pú-bli-ca da Co-rei-a! Isso se chama guerra, uma guerra comercial! Você não sabe dos jogos de beisebol e futebol entre Coreia e Japão? Eles querem nos afundar no Mar Amarelo, com uma crise econômica, saca? Cerveja japonesa? Agora está completamente banida da Coreia! Cara, eu achei que você fosse mais patriota.

— Ei, por que falar de patriotismo? Estou boicotando também. Faz muito tempo que não fumo Mebius.

— Então, está dentro ou não? Ouvi falar que você vem passando por dificuldades ultimamente e estou estendendo a mão. Assim não dá, viu? Lembra que sou exigente? Eu que contrariei tudo o que você achava que ia dar certo. E agora estou te recomendando isso, está entendendo? Nossa, eu nunca vi o Min-shik tão acovardado.

Em vez de responder, Min-shik ergueu o copo. O barman deu um pulo e encheu um novo copo. Min-shik levou o copo à boca novamente e saboreou o gosto âmbar da sorte. Ele abaixou o copo e deu um tapa na nuca de Ki-yong, e olhou sério para ele.

— Não duvide de mim. Quanto preciso colocar?

◉◉◉

Min-shik, que voltou para a casa de sua mãe em Cheongpa-dong depois de ligar para o motorista auxiliar, saiu do carro e tentou entrar na casa, mas hesitou por um momento. Era embaraçoso que ele viesse tão de repente e, mais do que tudo, precisava de algo para convencer sua mãe. Não podia dizer também à mãe, que não bebia, para experimentar um novo produto chamado cerveja ale. Nesse instante, uma ideia bateu forte em seu cérebro e evocou uma exclamação baixa. Min-shik se virou e caminhou para algum lugar.

Loja de conveniência. A loja de conveniência da mãe. Metade da loja é herança do seu pai, que lhe pertence. Ki-yong disse que a cerveja ale já é vendida em latas em lojas de conveniência. Se sim, a cerveja ale que pegar da loja de conveniência de sua mãe não mostraria o potencial de expansão desse negócio?!

Já passava das onze da noite, e a loja de conveniência estava sem um único cliente, e apenas a velha árvore de Natal na entrada saudou Min-shik com um brilho solitário. Ele abriu a porta com uma expressão amarga e entrou.

— Bem-vindo.

Deixando para trás a voz grossa e grave de um homem de meia-idade, Min-shik dirigiu-se à geladeira onde havia cerveja. Ao entrar, à primeira vista, parecia que o funcionário noturno de meio período havia mudado. De um homem redondo para um homem quadrado. Então, ele lembrou que sua mãe havia pedido para ele cuidar da loja de conveniência até encontrar um novo funcionário para o período da noite. Foi uma proposta muito absurda. Também se lembrou de ter ficado com raiva porque sua mãe ainda o considerava como um tapa-buraco de trabalho de meio período de uma loja de conveniência. Na verdade, não é que ele não sentisse pena. Até pensou que talvez fosse uma escolha inteligente ouvir sua mãe e exigir mais participação na loja de conveniência.

No entanto, ele não poderia viver nem por um momento como os homens redondos e quadrados de meia-idade que foram expulsos da sociedade e que tomavam conta da loja de conveniência à noite. Afinal, Min-shik era um jovem bonito que acabara de completar apenas quarenta anos de idade. Neste mundo, um só deslize já era suficiente para ser jogado pelo ralo. Ele queria começar o segundo ato de sua vida conseguindo um cargo como presidente, fosse ele de um bar ou de uma fábrica de bebidas.

Em frente à geladeira, onde as cervejas estavam expostas, Min-shik hesitou por um momento sobre o que comprar. Na ausência de cervejas japonesas, cervejas dos países desconhecidos já haviam tomado seu lugar, e cervejas feitas por pequenas cervejarias domésticas mencionadas por Ki-yong eram difíceis de encontrar. Ele abriu a porta da geladeira, arregalou os olhos e inspecionou as cervejas enfileiradas até encontrar duas latas de cerveja com um rótulo coreano. "Cerveja das montanhas, origem: Monte Sobaek" e "Cerveja das montanhas, origem: Monte Taebaek", cada qual com descrição "Pale Ale" e "Golden Ale", respectivamente. Min-shik pegou duas latas de Qingdao para comparar com uma do Monte Sobaek e outra do Monte Taebaek e se dirigiu ao caixa para pagar.

O homem quadrado no caixa era bem grande quando visto de perto. Min-shik olhou cuidadosamente para o homem que se parecia um pouco com um urso e um pouco com um homem das cavernas indo caçar. Min-shik o observou com admiração, como se achasse aquilo fascinante. Bem, com um funcionário de meio período daqueles, não teriam que se preocupar com ladrões à noite. Min-shik soltou uma risadinha quando viu o sujeito que parecia das cavernas passando o leitor de código de barras nas cervejas.

— Essa cerveja nacional sai bem? — Min-shik ergueu uma lata de cerveja de monte Sobaek.

— ... Não muito.

— Você já experimentou? Qual é o gosto?

O homem, depois de terminar de calcular as cervejas, levantou a cabeça e encarou Min-shik.

— Eu não bebo... Então, não sei...

Olha só, com essa cara, diz que não bebe... Min-shik achou ridícula a pessoa à sua frente, testando seu faro.

— É mesmo? Eu perguntei porque achei que bebia, mas eu entendo.

— São catorze mil... wons.

— Ué, não eram quatro por dez mil wons?

— As... cervejas nacionais... não entram nessa promoção.

— O quê? Então, se fossem quatro latas por dez mil wons, poderia sair ainda mais.

— Hum... Isso, a gente não sabe.

— Bem, você não está em posição de saber disso. Ok, coloque em uma sacola.

Então, o homem olhou para Min-shik e não se mexeu. Por que será?

"Será que ficou ofendido por eu tê-lo rebaixado?", pensou Min-shik. Ele não passava de um funcionário de meio período e devia se colocar no seu devido lugar. Porém, quando o homem manteve a postura, Min-shik ficou um pouco nervoso com o queixo quadrado e os olhos rasgados do homem, mas decidiu adotar um tom mais ofensivo.

— O que você está fazendo? Coloque em uma sacola e me dê!

— Você tem que pagar.

— Ah, sim. Eu sou o filho da dona. Bota na conta.

Foi só então que Min-shik lembrou que não havia revelado que era filho da dona da loja de conveniência.

No entanto, mesmo revelando sua identidade, o homem apenas ficou parado olhando para ele sem se mexer. "Já sei. Está se sentindo desconfortável porque eu sou mais novo?", pensou ele.

— O que foi? Não vai trabalhar?

Nessas horas, era bom falar sem formalidade para sair na dianteira. Mas o homem ainda não se mexia.

— Eu já disse que sou o filho da dona daqui. Não ouviu?

— Prove...

— Como é?

— Prove. Que é o filho... da chefe.

— Como é que você fala assim comigo?

— Eu estou falando no mesmo tom que o seu.

— Escuta aqui. Você nunca viu a chefe? Ela se parece comigo. Olha os meus olhos e o meu nariz. Não é verdade?

— Nada... disso. Vocês não... se parecem.

O homem recusou com um tom lento e sarcástico, e Min-shik foi pego de surpresa. Até se sentiu intimidado pelos olhos ferozes do homem alto, olhando para baixo. Min-shik ficou perplexo com a situação inesperada, mas logo decidiu exteriorizar sua raiva e brigar.

— Foda-se, seu desgraçado! Demitir você vai provar que eu sou o filho da chefe? Eu direi à minha mãe... Aliás, esta loja de conveniência é minha! Eu posso te demitir agora mesmo, sabe disso?

— Você não pode... me demitir.

— Mas que saco. Olha o que você está falando, idiota!

— Se você me demitir agora mesmo... Quem vai fazer... o trabalho noturno de meio período?

— Tem um monte de gente por aí. É só contratar. Isso não é da sua conta.

— Você não pode... me demitir. Trabalhador noturno de meio período... é algo difícil de encontrar. Você não deve querer trabalhar e... a chefe está... doente agora.

— O quê?

— É verdade... A chefe disse isso. Que tem um filho... e que não dá a mínima para ela, mesmo doente.

— Minha mãe disse isso? Mas que absurdo.

— Eu sabia... Você não sabe de nada, não é? A chefe está indo ao hospital há vários dias...

— Como é que é?

— Sua mãe está... doente há vários dias. Em vez de cuidar dela... você está pensando em me demitir... O que vai fazer? Vai mandar... sua mãe trabalhar outra vez? Isso é coisa que... um ser humano faz?

TUM. Algo despencou em algum lugar dentro do corpo de Min-shik. Ele sentiu o peso da dor perfurar suas entranhas e arrastá-lo para o chão. Min-shik não sabia que sua mãe estava doente ou que falava assim com outras pessoas sobre ele. Como se o homem estivesse lendo o veredicto, as palavras que ele falou enquanto respirava pesadamente pareciam arrastar Min-shik para as profundezas escuras do mar.

— Se você é filho... não deveria... ser assim.

— Uuh... Uuuh...

— Enfim, como não foi provado que é filho dela... não posso te dar cerveja e a sacola.

O homem havia dado um golpe duplo no rosto corado de raiva de Min-shik.

— Porra! Eu não preciso disso!!

Min-shik gritou com o homem como se estivesse cuspindo e saiu correndo da loja de conveniência. Não era porque ele tinha medo de um homem maior. Era porque estava com vergonha.

Em um pulo, Min-shik chegou à casa de sua mãe, digitou a senha e entrou. A única luz que iluminava o interior escuro vinha da transmissão de programas relacionados ao trot saindo da televisão de tubo. Sua mãe estava cochilando no sofá, indiferente ao barulhento trot que tocava.

Depois que Min-shik suspirou, ele acendeu as luzes da sala e acordou a mãe. Quando a mão dele apertou seu ombro, ela abriu os olhos e olhou para ele, mal levantando a parte superior do corpo.

— Por que você está aqui?

— Fiquei sabendo que está doente. Então, eu vim correndo.

— Me preocupar com você é mais problemático do que estar doente. Afinal, onde diabos você estava até agora?

— Mas que saco. Já começou com a reclamação... Estava na casa de um amigo. Mas você está doente de quê?

— É só um resfriado.

— Saco. Foi por isso que eu falei que você deveria tomar a vacina contra a gripe. O serviço é de graça para idosos no centro de saúde.

— Ugh.

A senhora Yeom foi para a cozinha sem responder às palavras de Min-shik e começou a preparar chá de cevada na chaleira. Min-shik ficou perto de sua mãe para aliviar o clima desconfortável.

— Mas por que a casa está tão fria? É por isso que você pega resfriado. Ligue o aquecedor de uma vez.

— Eu estou bem. Está menos frio agora que você chegou. Acho que o calor humano faz diferença.

— Olha só como você fala. Só imagino o que os alunos devem ter aprendido com uma professora que usa uma linguagem tão ríspida assim.

— Quer chá de cevada?

— Sim.

Min-shik se sentou à mesa e tirou as meias. A senhora Yeom trouxe duas xícaras de chá de cevada fervida e, vendo seu filho tirando as meias de qualquer maneira, balançou a cabeça antes de se sentar. Os dois beberam o chá em silêncio, sentindo a tranquilidade daquele horário, que se aproximava da meia-noite. Min-shik não sabia por onde começar a falar com sua mãe. Tinha que trazer cerveja da loja de conveniência e começar a explicar o negócio. Mas por causa daquele homem que parecia um bandido fazendo mediação entre ele e sua mãe, o trabalho sofreu atrasos.

Ao pensar no homem que não se sabia de onde havia vindo, mas que era irritante, Mi-shik começou a ficar bravo de novo.

— Por que essa cara?

A senhora Yeom encarou Min-shik, que estava furioso.

— Mãe, acabei de passar na loja de conveniência. Quem é aquele lá que parece um bandido?

— O Dok-go? Ele é funcionário do período noturno, ora.

— Aquele cara é estranho... ele é desrespeitoso e muito arrogante.

— Um funcionário de meio período em uma loja de conveniência não é um funcionário de uma loja de departamentos. O que ele tinha de desrespeitoso?

— Para começar, ele não sabe como atender a um cliente. Quando eu disse que era o filho da chefe e mandei botar na minha conta na hora de pagar, e ele insistiu que precisava se certificar de que era mesmo o seu filho.

Então a senhora Yeom bufou. Min-shik ficou ainda mais irritado e bebeu o chá de cevada na sua frente.

— O Dok-go é bom em checagem. Ele faz isso direitinho.

— E daí? Isso só irrita o seu filho, entende? Mãe, você não pode demiti-lo?

— Será que faço isso?

— Sim. Eu não gosto daquele desgraçado. Tenho certeza de que ele vai causar problemas. Eu aturei porque sou eu. Imagina se fosse com um bêbado, poderia ser bem complicado. Talvez tivesse que pagar indenização por isso.

— Falam que ele é bom em lidar com pessoas bêbadas. Atende bem as avós da vizinhança pela manhã. As vendas estão subindo desde que ele chegou.

— E daí se as vendas de uma loja de conveniência do tamanho de um palmo sobem ou não?! Em vez de falar sobre a demissão, vamos vender a loja agora.

— Não.

— Por que não?

— Se eu fechar a loja de conveniência, a senhora Oh e o Dok-go perderão seus empregos. Ambos precisam disso para se sustentarem.

— Aff. Você acha que é Jesus? Só porque você vai à igreja, todos precisam se apegar ao amor ao próximo?

— Não é necessariamente porque sou cristã, mas isso é a vergonha do mundo. Se você é chefe, tem que pensar no sustento de seus funcionários.

— De que vale ser chefe de uma loja de conveniência daquelas?

— Filho, é por isso que você não é o chefe e sempre faz bicos. Entende?

— Ah, o sermão de novo... De qualquer forma, vamos deixar a questão da venda da loja em segundo plano e vamos demitir aquele cara.

— Não.

— Por que não?

— Um funcionário noturno é precioso demais. Se você topar fazer isso por mim, eu o demito.

— Mãe, por que você fica tentando tornar seu filho insignificante? Você gostaria de ver seu filho trabalhando meio período?

— As profissões não possuem classes hoje em dia, o salário mínimo também aumentou. Então, se você trabalhar no turno da noite de forma consistente, você pode ganhar mais de 200 mil wons por mês.

— Aff, eu não vou falar mais nada. Deixa pra lá.

Min-shik terminou a xícara de chá de cevada. Mesmo assim, a amargura da conversa não diminuiu. Deveria sair de casa assim de novo? Ele se levantou com ímpeto. Ele odiou a ideia de sair de casa de novo como um perdedor, em vez de vender a loja para arrecadar dinheiro para o negócio, depois de ouvir sua mãe lhe importunando. Min-shik decidiu beber um pouco de água gelada e conversar com sua mãe, então foi até a geladeira e abriu a porta.

Ué? Min-shik, que estava prestes a tirar água fria da geladeira, viu um objeto que acreditava nunca existir na casa de sua mãe. Esse item era a mesma cerveja que Min-shik iria trazer da loja de conveniência e apresentar à mãe para fazer uma proposta de negócios.

Ele voltou para a mesa com uma lata de "Cerveja das montanhas – Monte Sobaek". A mãe pareceu ter se assustado com isso, mas rapidamente começou a controlar sua expressão. Min-shik abriu uma lata e derramou a cerveja em um copo vazio. O forte aroma de cerveja ale fez cócegas em seu nariz e ele pensou que deveria aproveitar esta oportunidade de ouro para apresentar a proposta adequadamente para sua mãe.

Min-shik tomou um gole refrescante. Uau. Era um pouco menos intensa do que as cervejas de Steve, que ele havia bebido naquela noite, mas definitivamente tinha um sabor e uma riqueza diferentes das cervejas comuns.

— Ah, é uma delícia. Olha só a cerveja que você trouxe.

— A matriz recomendou como um novo produto... Experimentei uma vez e estava bom.

— Quer dizer que você bebeu cerveja? Pode fazer isso, mãe?

— Não comente em lugar nenhum. Eu só bebi a trabalho. Preciso saber como é o produto que vendo.

— Mas então você precisa saber tudo sobre cigarros também? Mãe, você é tão desligada, não? Haha.

A senhora Yeom franziu a testa com a tagarelice de Min-shik. Então, pegou o resto do chá de cevada, bebeu e colocou a xícara na mesa.

— Pare de falar besteiras e enche o copo.

Opa! Min-shik encheu a xícara da senhora Yeom com cerveja ale cheia de espuma, enquanto cantava de alegria.

◉◉◉

Min-shik passou uma hora bebendo cerveja com sua mãe. Eles beberam todas as quatro latas de cerveja da geladeira. Foi a primeira vez em sua vida que ele se sentou cara a cara com sua mãe e fez isso. O fato de sua mãe beber já era estranho, e a conversa entre eles perdurar também era um mistério. Nos últimos anos, Min-shik sempre exigia algo de sua mãe que ela se recusava a fazer, e a conversa não durava. Mas, agora, Min-shik estava moderadamente bêbado com sua mãe e falava sobre todo tipo de coisa. Ele riu à toa enquanto se lembrava do seu pai teimoso que faleceu, ficou absorto zombando do cunhado e da irmã mais velha desagradável. Min-shik também ouviu sobre as pessoas na igreja da sua mãe, que ele havia frequentado durante uma época, e até mesmo uma história sobre os vizinhos dela, que recentemente tinham chamado a polícia por causa do barulho em outros andares.

Parecendo ávida por falar, ela confidenciou ao filho como se fosse uma bolsa estourada, e Min-shik se sentiu renovado ao ouvir os pensamentos da mãe sobre as pessoas ao seu redor. Quando se tratava de seu pai, da irmã mais velha e do cunhado, ele e sua mãe pensavam exatamente igual, mas existiam muitas diferenças sobre o que pensavam com relação à igreja e às pessoas da vizinhança.

A mãe falou sobre a mulher que se divorciou e voltou a frequentar a igreja recentemente, que havia participado da igreja durante o mesmo ano que ele. Ela enfatizou que a mulher tinha se divorciado sem filhos em dois anos de casamento, e queria que ele fosse com ela à igreja para cumprimentá-la. Min-shik respondeu sem rodeios que não iria à igreja conhecê-la. Então a mãe lambeu os lábios novamente e esvaziou o copo.

— Você sabe por que não bebo há algum tempo?

— Porque a senhora vai à igreja.

— Você acha que eu sou tão tapada assim? A primeira coisa que Jesus fez foi transformar água em vinho, porque não havia suficiente. Beber não é o problema, beber e cometer erros é o problema.

— Pois é. Todos acabam cometendo erros quando bebem.

— Eu sou diferente, porque sou resistente ao álcool. Meus colegas professores tentaram me embebedar muito no dia do casamento, mas eu não fico muito bêbada. Eu não bebia porque não gostava de nenhuma bebida. Soju era só amargura, a cerveja não tinha gosto, o vinho era doce demais..., mas esta cerveja é muito boa. O aroma é bom, é saborosa e gosto muito.

Depois que a senhora Yeom disse isso, ela mastigou o acompanhamento de algas marinhas. Nesse momento, os olhos de Min-shik se abriram. "É agora!", pensou. O momento certo para seduzir alguém. Com seu talento para o timing, ele sentiu que era hora de contar à mãe sobre o negócio da fábrica de cerveja. "Mamãe gosta muito dessa cerveja", pensou. Além disso, ela diz que não fica bêbada, mas é verdade que ela parece bastante bêbada agora. Nesse momento, se ele a persuadir sugerindo outra bebida, ele pode conseguir que a mãe se junte ao seu plano de vender a loja e investir o dinheiro na fábrica de cerveja.

Mas não tinha mais bebida. Min-shik olhou para as latas vazias esmagadas e decidiu voltar para a loja de conveniência. Ele se sentou ao lado de sua mãe, segurando o celular.

◉◉◉

Min-shik correu até a loja de conveniência como se estivesse voando e se dirigiu ao refrigerador. Ele pegou quatro latas de cerveja ale e as trouxe para o balcão, mas não viu o atendente noturno em lugar nenhum. "Onde diabos ele foi agora?", pensou. Aquilo era muito inconveniente. Min-shik pegou uma sacola plástica no balcão e começou a colocar as cervejas dentro. Nesse momento, alguém saiu do depósito segurando várias embalagens de macarrão instantâneo empilhadas até o rosto. Min-shik se virou com irritação quando sentiu a presença da pessoa se aproximando. Ele pegou o celular e, mostrando uma foto, segurou o telefone na direção do intruso, como se ele o estivesse acusando de ser um trapaceiro.

— Está provado? Satisfeito?

Era uma foto tirada com sua mãe cinco minutos antes. O cara olhou para a mãe moderadamente bêbada e Min--shik fazendo um formato de coração com os rostos um de frente para o outro, então acenou com a cabeça. Min-shik, que estava saindo com um sorriso vingativo, parou naquele momento e perguntou:

— Quantas dessa saíram hoje?

— É a primeira... hoje. Eu ia dizer para a chefe... parar de... pedir.

— Que absurdo! É porque você não experimentou isso. A chefe me disse para trazer mais porque achou uma delícia.

— Fazer negócio não é... vender o que... gosta. É vender o que... os outros querem.

— Os outros também gostam, ouviu?

— As vendas... não mentem.

— Hunf. É o que veremos.

Min-shik bufou e saiu empurrando com força a porta da loja de conveniência.

◉◉◉

Quando chegou em casa, sua mãe estava dormindo com o rosto corado, enterrado na mesa da cozinha, roncando baixinho. Por um tempo, Min-shik olhou em silêncio para sua mãe adormecida, uma mulher pequena com cabelos mais brancos do que pretos. Então, ele a pegou e levou para o quarto. O corpo da mãe era leve e o coração do filho, pesado.

Depois de colocar a mãe na cama, Min-shik foi até a mesa e abriu uma cerveja. Virou a cerveja que queria fazer e vender, o primeiro gole que tomou com a mãe e o licor de ouro que o faria se recuperar. Afastou todos os seus pensamentos e remorsos com cerveja.

Tinha sido uma boa noite. Ele havia brindado com a mãe, conversado e tirado fotos com ela. Foi o calor de uma família o que ele sentiu, depois de muito tempo, e isso foi o suficiente. A disposição da venda da loja de conveniência e o investimento podem ser discutidos amanhã. Deve ser possível, já que é a cerveja que até a mãe dele gosta. Dona Oh, com quem a mãe está preocupada, e o tal de Dok-go vão ter que se virar. Se ele amedrontar a dona Oh, ela vai recuar. Quanto ao tal Dok-go, é preciso investigar a sua identidade, já que é desconhecida. Acima de tudo, não pode simplesmente deixar uma pessoa ali contrária à venda da cerveja ale, dizendo que as vendas não mentem. Seria ainda mais difícil convencer sua mãe se ele continuasse falando sobre o pedido. Por isso, é necessário se apressar.

Min-shik decidiu investigar sobre o cara. Quando perguntou como ela o havia contratado, sua mãe apenas riu e não contou direito, o que o deixou ainda mais desconfiado. Era um cara suspeito e ainda havia uma ocultação de informações. Então, era preciso se livrar dele. Para fazer isso, tinha que investigar o passado do sujeito. Se o denunciasse, sua mãe com forte senso de ética certamente o mandaria embora. Min-shik decidiu entrar em contato com o senhor Kwak, de uma agência de detetives com a qual ele mantinha um relacionamento próximo enquanto trabalhava em Yong-san, assim que o dia amanhecesse.

Pensava ainda em sua mãe enquanto terminava a cerveja restante. Ele sentiu que poderia se dar bem com ela novamente. Min-shik pegou o celular e colocou a foto que tirou com a mãe na tela de fundo.

O desajeitado coração que ele fez com os dedos e sua mãe pareciam adoráveis.

É um produto de descarte, mas ainda está bom

Se era para ser assim, teria sido melhor trabalhar meio período em uma loja de conveniência, Kwak disse para si mesmo ao sair da loja e seguir o alvo em direção à Estação Seul. A pessoa vestida com um casaco branco parecia um urso-polar perdido devido ao derretimento das geleiras. O próprio Kwak se sentiu como um esquimó que havia perdido a visão, vagando pelo Polo Norte. Fazia três dias que ele estava perseguindo o alvo, mas não obteve um resultado proporcional ao investimento. Ele preferia ficar dentro de uma loja de conveniência quentinha, mesmo que recebesse apenas o salário mínimo de oito mil quinhentos e noventa wons, em vez de andar pela rua incessantemente seguindo alguém naquele dia frio.

Kwak se arrependeu de ter aceitado a oferta de Kang mais uma vez e, ao mesmo tempo, sentindo-se desconfortável, levantou um pouco a máscara e a abaixou. Aquela máscara, classificada como KF94, era tão desconfortável que ele não usava nem mesmo quando tinha vento de areia, e estava perplexo pensando a que ponto o mundo havia chegado, sendo forçado a usar aquilo.

O velho Kwak suspirou, mas esse mesmo suspiro só voltou como mau hálito dentro da máscara. Enquanto ajeitava o cachecol como se reafirmasse sua força de vontade, Kwak lembrou-se de sua promessa a Kang. "Descubra a verdadeira identidade do alvo e seu passado sujo. Assim que fizer isso, vou pagar os 200 mil." Kang pediu para ele se apressar, dizendo que o alvo que apareceu estava interferindo na venda da loja de conveniência de sua mãe e que isso era um obstáculo para seu novo negócio. Kwak pediu a Kang um depósito de cem mil, mas ele negou. Após novas negociações, chegou-se a um acordo de vinte mil, que era dez por cento dos duzentos mil.

— Anda logo. A qualquer momento posso perder a cabeça, mandar uns parceiros para desmascarar esse cara e expulsá-lo de uma vez.

Mesmo falando desse jeito, não parecia que Kang realmente faria algo, já que o havia contratado. Como ele vinha observando Kang por um bom tempo, estava acostumado a elogiar suas palavras vazias na frente dele e zombar delas pelas costas. O que Kang falou, na verdade, tinha ferido o orgulho de Kwak, mas ele aceitou, porque já se deu muito bem uma vez, quando Kang acertou uma bolada por meio de blefes e muita sorte. Seja qual for o caso dessa vez, para que ficar sem fazer nada? Kwak tinha que ganhar algum dinheiro para arrecadar fundos, não importava quanto fosse. Não eram fundos do movimento de independência nem fundos do crime, mas fundos de aposentadoria por velhice. Somente depois de completar sessenta anos, Kwak tinha começado a se preparar para a velhice. Como agora ele era um velho morando sozinho, a única coisa com que ele poderia contar pelo resto da vida eram os fundos de velhice que ele tinha para coletar a partir de agora.

A informação que havia recebido de Kang era que o alvo estava trabalhando em uma loja de conveniência à noite e se chamava apenas "Dok-go". Dok-go... Mas que merda.

Kwak sentiu-se profundamente irritado, como se estivessem zombando dele por ser um idoso solitário. Achou que seria moleza ir atrás de um folgado desses, já que trabalhava com isso havia trinta anos. Mas o alvo só andava sem parar. Saía da loja de conveniência, passava pela Estação Seobu, por Malli-dong, por Aeo e Chungjeong-ro e voltava para Dongja-dong Jjokbang, ou ia para Huam-dong, passando pelo colégio Yongsan, por Haebangchon e Bogwang-dong, por Ichon-dong e Estação Yongsan, e voltava para Dongja-dong Jjokbang... De qualquer forma, andava em torno da Estação Seul e Namsan como um boneco incansável em uma propaganda de pilhas, que dizia que nunca se cansaria. Ele usava a máscara devido à terrível pandemia que já estava acontecendo, o que tornava tudo mais sufocante, e Kwak estava exausto com essa caminhada que não parecia ter fim. Depois de perseguir o alvo por apenas metade do dia nos últimos três dias, ele finalmente desistiu e voltou para seu estúdio em Wonhyo-ro.

Mas não podia demorar mais do que isso. Após um farto café da manhã, Kwak arregaçou a manga e decidiu perseguir o alvo até o final do dia. Com a postura hesitante típica de um velho, ele seguiu lentamente o alvo com os dois transeuntes entre eles. Embora o estivesse seguindo por quatro dias, o alvo não sabia da existência de Kwak e apenas vagava como um tolo, o que fez Kwak perder sua energia novamente. Será que hoje também não daria em nada? No momento em que ele estava suspirando, o alvo virou e entrou na Estação Seul. Kwak diminuiu a distância com passos rápidos e chegou à beira da escada rolante em que ele estava.

Assim que entrou na Estação Seul, Kwak imediatamente procurou pelo homem de casaco branco, mas, infelizmente, a estação estava cheia de pessoas usando casacos e jaquetas grossas, e o alvo, mesmo grande, estava difícil de ser encontrado. Não havia razão para o alvo ter entrado ali sem um motivo especial. Ele com certeza ainda estava ali dentro. No interior da estação, Kwak olhou ao redor, procurando lugares aonde ele poderia ir. Ele verificou restaurantes de fast-food e lojas de conveniência, até mesmo entrou nos banheiros públicos, mas não conseguiu encontrar o homem. Então, Kwak pensou que talvez o homem estivesse comprando uma passagem de trem, e se dirigiu para a bilheteria.

Nesse momento, uma notícia de última hora foi transmitida na TV localizada no centro da estação: havia várias pessoas infectadas com COVID-19 na área de Dae-gu. Kwak não teve escolha senão parar, sem perceber. Kwak estremeceu ao se lembrar de quantas máscaras ainda tinha. Com a notícia de que essa pandemia que ele havia pensado que desapareceria em pouco tempo havia fugido do controle, as pessoas passaram a estocar máscaras. Sendo um paciente diabético com um sistema imunológico fraco, a notícia de uma nova doença infecciosa que se dizia fatal para os idosos e aqueles com doenças subjacentes era tão importante quanto a tarefa imediata.

A certa altura, Kwak, que estava imerso nas notícias, encontrou seu alvo sentado, atrás da TV, em cima do casaco branco, junto com pessoas em situação de rua. Então era isso! Kwak pegou seu telefone velho e, fingindo fazer uma ligação, filmou seu alvo conversando com eles. O telefone velho tirou foto do alvo silenciosamente, sem emitir som de clique, e seria enviado para Kang como uma das evidências para provar a identidade dele. Além disso, sua suspeita de que o homem estava em situação de rua, baseada na relutância que ele tinha em deixar os arredores da Estação Seul, foi confirmada. Kwak moveu-se lentamente em direção ao alvo e os sem-teto se reuniram atrás da TV. Após uma inspeção mais detalhada, viu que eles estavam almoçando marmitas de uma loja de conveniência e conversando com seu alvo. Embora fosse uma cena típica de um abrigo para população de rua, Kwak sentiu uma certa afeição pela imagem e se viu inexplicavelmente atraído por ela. Foi então que o alvo se levantou, vestiu seu casaco branco novamente, acenou para os colegas e saiu. Parecia que ele estava indo para a praça Seul. Kwak se apressou em direção aos sem-teto e, abaixando-se, sentou-se com eles. As pessoas em situação de rua, inicialmente concentradas em suas refeições, lançaram olhares desconfiados para ele quando se aproximou. Kwak então assumiu a expressão e o olhar intimidador de um ex-detetive, como costumava fazer ao interrogar repórteres, e mostrou sua falsa credencial de oficial de polícia.

— Não façam barulho, apenas respondam às perguntas. Tudo bem?

Kwak bufou, suportando o mau cheiro deles que penetrava em sua máscara. Eles olharam para Kwak com expressões que não demonstravam se estavam com medo ou não, enquanto eles moviam os palitinhos com as mãos.

— Quem é aquele cara de casaco branco? Vocês são amigos?

— N... não é um amigo.

Respondeu o primeiro homem em situação de rua.

— Então quem é?

— É... um colega.

Disse o segundo.

— Ele não é mais um sem-teto agora, é? Está dizendo que ele já foi um sem-teto?

— Não sei. Ele só vem... E compra comida para nós.

Falou o terceiro em situação de rua.

— Vocês não o conhecem? Mas por que ele está comprando comida pra vocês?

— É um cara mau.

Disse o terceiro homem novamente.

— O quê? O cara que comprou comida para vocês é um cara mau?

— Não... Você é...

Explicou o segundo em situação de rua.

— Olha lá como vocês falam comigo, seus desgraçados!

Quando Kwak rosnou baixo, o segundo sem-teto se encolheu.

— A marmita... Está boa — elogiou o primeiro homem enquanto pegava arroz com os palitinhos.

Droga. Conversar com eles era claramente impossível. Ele precisava se apressar. Kwak aceitou que a investigação havia falhado e se levantou. Nesse momento, o terceiro homem em situação de rua, com um sorriso no rosto, abriu alguma coisa. Não era soju, mas outra bebida. Em seguida, o primeiro e o segundo homens em situação de rua também abriram uma bebida. Após uma inspeção mais detalhada, viu que era chá de cabelo de milho. Os três brindaram e viraram o chá de cabelo de milho da garrafa. O que foi aquilo? Deixando a visão bizarra para trás, Kwak correu atrás do alvo apressadamente.

Kwak, que atravessou rapidamente a estação e pegou a escada rolante rumo à praça da Estação Seul, encontrou o casaco branco bem a tempo de entrar na passagem subterrânea. Enquanto Kwak descia as escadas correndo, ele comprou uma passagem na máquina automática e entrou na linha 1 do trem. Kwak também o seguiu apressadamente.

Em pé no lado da porta, o alvo na linha 1 em direção a Cheongnyangni olhava apenas para o breu do outro lado da janela. Kwak se sentou no assento em frente a ele e o observou, pronto para sair a qualquer momento. O interior do vagão estava tranquilo e agradável, exceto pelo cheiro de mofo característico da linha 1, e o vento quente do aquecedor deixava as pessoas sonolentas. A maioria dos passageiros respirava baixinho com máscaras no rosto, e os que não usavam máscara também mantinham a cabeça baixa e a boca fechada. Kwak sentiu que o vagão parecia uma enfermaria de hospital e, depois de suspirar amargamente, teve que sentir o próprio hálito novamente.

Quando o trem parou na estação da Prefeitura, um homem de cinquenta e poucos anos com um casaco grosso entrou, falando ao telefone sem máscara. Ele ostentava uma barriga grande, visível entre a camisa vermelha e o casaco, enquanto se sentava do outro lado do corredor em frente a Kwak, começando uma conversa animada pelo telefone.

— Então, coloque cinco mil em Namyangju e coloque o resto em Hoengseong, em partes... Não, ouça com atenção, são cinco mil em Namyang. E para Hoengseong, vá a cada endereço que enviei ontem e verifique pessoalmente... Isso. Dizem que a mercadoria de lá é boa... Sim, sim...

O homem tinha o dom de fazer do trem seu escritório, falando tão alto ao telefone que parecia um cachorro grande latindo. Kwak até ficou querendo descobrir qual era o item de Hoengseong. Quando todos no vagão já estavam desconfortáveis com a voz alta do homem, a ligação foi encerrada.

Mas aí ele apertou o botão novamente e fez outra ligação para algum outro lugar. O homem soltou um ronco ou uma bufada, mas, quando a ligação foi completada, ele começou a gritar novamente.

— E aí, diretor Oh, como está? ... Sim, sim... Você vai para o campo neste fim de semana? Lake Park? Vamos para New Country. Eu tenho um motivo para ir lá... Sim... Então, vamos para Lake Park na primavera. Desta vez, vamos para o New Country, ok? ...Está bem, eu vou pagar o jantar, sim... Sim...

A conversa do homem não parava e Kwak também estava nervoso com o ruído inevitável da ligação. Kwak desviou o olhar que estava no homem e o direcionou ao alvo. E não é que o alvo também estava encarando a testa daquele homem sentado?

Depois que o homem terminou a conversa rindo e estava prestes a fazer outra ligação, para sua surpresa, o alvo se sentou em uma cadeira vazia ao lado dele. Quando o homem sentiu sua presença e se virou, o alvo olhou diretamente para ele com seus olhinhos ainda mais estreitos.

— Então... para onde você decidiu ir?

Perplexo, o homem arregalou os olhos e encarou o alvo.

— O quê? Como?

— Vai para... Lake Park? Ou vai para New Coun... try? — perguntou o alvo ao homem, fazendo gesto de jogar golfe desta vez.

— O quê? Qual é a sua? Por que está perguntando isso? — acrescentou o homem, aumentando o tom de voz, como se quisesse explodir a pergunta estúpida do outro. — Por que você escuta as ligações dos outros e faz perguntas inúteis? Você é louco?

— Porque deu para ouvir.

O alvo falou na lata, e o homem, impressionado, olhou fixamente para ele por um momento, sem reação. Kwak e todos no trem prestaram atenção nos dois. Todos ficaram em silêncio como se um vácuo tivesse sido criado. O alvo contraiu as maçãs do rosto e continuou falando enquanto olhava para o homem.

— Eu não estava interessado em qual campo de golfe você iria neste fim de semana... mas como você estava falando tão alto... Fiquei curioso. Eu... hum... eu gosto mais de Lake Park... na primavera. Não deixe de ir. E... Ah, sim. Colocar uma parte em Hoengseong... onde fica? Dizem que abriram uma estrada durante as Olimpíadas de Pyeongchang... Você mencionou isso antes, não foi?

Como um aluno que está fazendo o dever de casa para um teste oral, o alvo perguntou baixinho e pausadamente. O rosto do homem estava vermelho e ele cruzou as mãos, sem saber o que fazer. Enquanto o alvo grande continuava pressionando, de modo desconfortável, ele olhava em volta com uma expressão confusa, pedindo ajuda. No entanto,

Kwak, assim como as pessoas ao seu redor, apenas fizeram cara de "bem feito". O homem pareceu perceber que estava sozinho e ficou ainda mais constrangido, balançando a cabeça. Foi então que uma mensagem anunciou a parada na Estação Jongno 3-ga.

— Faz muito tempo desde a última vez que andei de trem, e encontrei um louco.

O homem soltou essa frase, se levantou e se dirigiu para a porta. Mas então o alvo também se levantou e se moveu para seu lado.

— O-o que você quer?

O homem estava cansado daquilo.

— Eu também... vou descer. Então, vamos indo para aquela área de Hoengseong... Me dê dicas. Você me deixou curioso... Acho que vou perder... o sono.

— Fala sério...

— Sim, estou falando sério... Vou descer mesmo junto.

— Mas que droga! Faça como quiser!

— Mas por que... você não está usando máscara? É porque seu hálito... fede?

Nesse momento, o riso das pessoas no trem saiu pelas máscaras. O homem, constrangido, tirou uma máscara amassada do bolso do casaco e olhou em volta com ressentimento.

— Porra! Desculpa pelo barulho! Tá bom?

O homem continuou reclamando e, assim que a porta se abriu, saiu correndo, sendo seguido rapidamente pelo alvo. Kwak também se levantou de seu assento e se dirigiu à porta do vagão. Ignorando o riso baixo das pessoas, Kwak saiu para a estação e seguiu lentamente o alvo, olhando para as suas costas. Ele viu o homem, que estava andando na frente do alvo, se virar para trás e sair correndo em pânico. Foi gratificante ver essa cena. Quem gostaria de ouvir a vida privada de alguém em um local público? O homem se achava, pela idade e pelo tamanho que tinha, mas, assim que alguém ainda maior apareceu, fugiu com o rabo entre as pernas.

◉◉◉

Quando o homem subiu as escadas para sair da estação, o alvo parou de persegui-lo e virou na direção da área de transferência. Parecia que ele estava planejando ir para a linha 3. Kwak esperou que o alvo passasse, então o seguiu novamente e ponderou sobre a situação. O homem tinha chamado o alvo de louco, mas, aos olhos de Kwak, ele parecia ser brilhante e cavalheiresco, diferente das pessoas de hoje em dia. Ele também tinha informações sobre campos de golfe e interesse em imóveis. É claro, as informações sobre o campo de golfe e o interesse nas terras de Hoengseong poderiam ter sido inventadas para questionar o homem. No entanto, de acordo com o faro de Kwak, o tom e o comportamento do alvo pareciam estar familiarizados com campos de golfe e investimentos imobiliários. Embora fosse agora amigo de pessoas em situação de rua e só trabalhasse numa loja de conveniência à noite, era possível deduzir que houvera um tempo no passado em que ele tinha algum dinheiro. Além disso, a linha 3 não é a rota para Gang-nam...? Quando ele chegasse à estação onde o alvo desembarcaria, sua verdadeira identidade ficaria mais clara. Kwak seguiu o alvo sem afrouxar a tensão e se posicionou na direção da O-geum, plataforma de transferência da linha 3.

◉◉◉

O alvo desceu na Estação Apgujeong. Quando o viu caminhando em direção ao colégio Hyundai, o vento frio soprou de repente e Kwak rapidamente agarrou seu cachecol. Ele se perguntou, caso ele pegasse um resfriado e ficasse de cama, se sobraria alguma coisa... Ele resmungou sem nem perceber, mas o alvo parou de andar, como se tivesse reagido a isso. O alvo levantou o rosto, olhou para um prédio e ficou parado, pensativo. Então, abruptamente, virou a cabeça para Kwak, que rapidamente se abaixou e fingiu estar amarrando os cadarços.

Kwak ficou um tempo olhando de cabeça baixa, depois olhou em volta e viu a ponta do casaco branco do cara, que parecia um rabo, entrar no prédio.

Kwak caminhou rapidamente e parou na frente do prédio. O prédio de cinco andares, com sua sofisticada fachada de concreto à mostra, era um hospital de cirurgia plástica, onde as pessoas arrumavam os olhos, narizes, bocas, queixos e outras coisas para ganhar dinheiro. Kwak cantou de alegria. Sem chance de o alvo ter vindo aqui para uma cirurgia plástica. Portanto, se investigasse sobre este hospital, poderia descobrir algo sobre o passado ou o objetivo atual do alvo. Kwak foi capaz de sentir a emoção quando o bom faro de seus dias de detetive foi ativado. No mínimo, o alvo estava procurando por alguém que já havia trabalhado ou trabalhava ainda ali, e agora só precisava de uma coisa.

Depois de se sentar à janela de um café franqueado ao lado do prédio, Kwak começou a se disfarçar, outro ponto forte do seu tempo de detetivc.

Antes que ele pudesse terminar a xícara de café quente, o alvo saiu do prédio. Antes que pudesse mostrar suas habilidades de disfarce, ele caminhou em direção à estação de trem novamente com o rosto inexpressivo. Depois de pensar um pouco, Kwak tomou o café restante e se levantou. Já bastava de perseguição por hoje. Kwak saiu do café e dirigiu-se à clínica de cirurgia plástica, onde o alvo havia ficado por cerca de vinte minutos.

Quando Kwak era jovem, frequentemente dirigia sem carteira. Também se lembrou de um amigo seu que costumava portar carteira de motorista falsa. A razão era simples. Se dirigisse bem, você não causaria acidentes e o risco de ser pego era baixo. Em outras palavras, mesmo que não tivesse habilitação, se tivesse as habilidades e a aparência equivalentes a essa habilitação, em grande medida não teria problemas. Kwak também usava sua identidade de policial falsa seguindo a mesma lógica.

Embora tenha tido que se aposentar por causa de um incidente infeliz, Kwak ainda se considerava um policial até a alma. Não foi tão difícil para ele enganar o recepcionista da clínica.

Kwak ficou um pouco nervoso no saguão, que estava mais colorido e arrumado do que o esperado, mas, logo depois de mostrar sua carteira de identidade no balcão, ele perguntou várias coisas, dizendo que o homem que acabara de vir e sair era essencial para o caso, e que era preciso investigar seu paradeiro. No entanto, a recepcionista respondeu sem abalo algum no rosto, repetindo que não sabia de nada. Diante de uma postura mais rígida do que o esperado, Kwak disse a ela com uma expressão séria que poderia emitir um mandado e voltar. Então, ela franziu a testa e repetiu que a pessoa só se encontrou com o diretor e que ela não sabia de nada. Kwak ponderou por um momento se deveria conhecer o diretor, mas um homem de casaco de cinquenta e poucos anos lançou um olhar agressivo bem na hora que estava saindo. Imediatamente, a recepcionista apontou para Kwak como se estivesse avisando que a polícia havia chegado. O diretor, que era alto e tinha a cabeça grande, aproximou-se com a bochecha direita tremendo. Ele olhou para Kwak de cima a baixo de maneira desagradável. Então, imediatamente se virou e se dirigiu à sua sala, ordenando que ele o seguisse. Muito bem. Kwak o seguiu, determinado a descobrir direito o que havia acontecido.

Ao examinar a elegante e impecável sala do diretor, sentado à mesa de conferências, ele ficou tenso, notando que não havia um único grão de poeira. O diretor deixou Kwak esperando por um tempo, mas, quando a equipe lhe serviu uma bebida, ele se sentou de frente para Kwak e o encarou como se estivesse tentando decifrá-lo.

— De onde você é, mesmo?

— Sou da equipe de inteligência de crimes em Yongsan.

Kwak tirou a carteira e mostrou para o diretor, mas ele sequer olhou, e então ligou para algum lugar. Kwak involuntariamente engoliu a saliva. Logo depois, o diretor falou com alguém ao telefone e pediu novamente o nome de Kwak.

Ei, não era para ser assim... Não teve escolha a não ser pronunciar o pseudônimo em sua carteira de identidade novamente e sentiu um suor frio na testa. O diretor olhou para Kwak com olhos de cobra rasgados e deu o nome falso de Kwak para a pessoa ao telefone.

Depois de um tempo, o diretor desligou o telefone e sorriu.

— Me falaram que não existe essa pessoa na equipe de inteligência de crimes em Yongsan.

— Não pode ser. Ligue de novo e...

— Não é você que está cometendo um crime de falsidade ideológica?

O diretor se recostou e olhou para Kwak com calma. Kwak havia perdido o controle da investigação em um piscar de olhos, e estava sendo interrogado. Havia se deparado com alguém acima do seu nível e estava à beira de sofrer uma humilhação. "E agora?", pensou. Diante da postura do diretor, que parecia esperar para ver o que ele faria, Kwak reuniu o máximo de coragem possível e decidiu mostrar a falta de vergonha que vem naturalmente quando se tem mais ou menos a sua idade.

— Sou um ex-policial. Contei uma pequena mentira porque estava desesperado, espero que entenda.

— Não sei o quanto você está desesperado, mas foi pego se passando por policial. Seja como for, vejamos quão desesperadora é a sua história.

— O homem que você acabou de encontrar, diretor. Esse homem... é meu sobrinho. Estava procurando por ele. Estava desaparecido há um tempo e agora o encontrei... Como ele não fala sobre o passado, estou tentando descobrir o que aconteceu, e cá estamos.

Como se estivesse equipado com um detector de mentiras, o diretor assentiu e pesou as palavras de Kwak. Então ele lambeu os lábios e o encarou.

— Como os pacientes de aconselhamento às vezes mudam seus depoimentos, tudo nesta sala está sendo gravado e registrado. A prova de que você se passou por policial já foi obtida. Então, por que você não para de mentir e começa a ser honesto? Esta é a sua última chance.

Assim que a verdadeira identidade e as mentiras de Kwak foram expostas, o diretor falou baixinho e agiu como se fosse devorá-lo. Ele era um sujeito desagradável e tenaz. Kwak, que ficou como um sapo diante de uma cobra, percebeu que se render rapidamente era a única solução. Então, revelou que dirigia uma agência mercantil e foi contratado para investigar o homem. Ele abaixou a cabeça a ponto de o topo careca aparecer e até acrescentou um pedido de desculpas.

Não saberia dizer em que momento o pedido foi aceito, mas a expressão do diretor ficou calma. Ele falou com Kwak — que ainda estava com uma expressão de lamento — como se fosse um juiz generoso:

— Quer dizer que essas coisas ainda existem. O que você descobriu?

— Bem... Nada ainda. Só o que sei é que ele fez amizade com a população de rua na Estação Seul e que veio para este hospital.

— Você é um incompetente. Achei que você seria útil, tsc.

Kwak sabia que o diretor estava pressionando para obter mais informações, mas Kwak não resistiu:

— Ah, sim. Agora o alvo está trabalhando em uma loja de conveniência em Cheongpa-dong à noite, e anda pela Estação Seul e Yongsan durante o dia. Digamos que ele é meio louco.

— Trabalhar meio período em uma loja de conveniência a noite toda... Haha.

O diretor realmente riu. Kwak se deu conta de que o homem, que parecia completamente envolto em uma armadura, estava revelando sua aparência crua pela primeira vez. Parecia que, se ele cavasse aquela brecha, talvez fosse possível escapar do constrangimento de hoje e encontrar uma oportunidade para um contra-ataque. O diretor, que soltou uma gargalhada, de repente parou de rir e encarou Kwak.

— É engraçado porque é uma loja de conveniência..., mas é muito inconveniente. Ah, por acaso, sua agência lida com essas pessoas?

— O que você quer dizer com lidar...?

— Vejo que não. Então, descubra onde ele mora. Um lugar aonde costuma ir e um lugar onde fica sozinho. Se você descobrir isso, eu vou lhe recompensar.

— De que tipo de recompensa estamos falando?

— Do tipo que não vou questionar seus crimes.

— O-obrigado.

O diretor assentiu e pediu o celular a Kwak. Quando Kwak entregou o celular antigo, o diretor abriu a gaveta e ligou para algum número.

Depois de um tempo, uma vibração foi ouvida em algum lugar da gaveta da escrivaninha, e o diretor pegou um celular que parecia ser o celular secundário e o ergueu.

— Me ligue em três dias. Você terá problemas se tentar se esconder. Pode ser que eu não o deixe em paz, quando for cuidar daquele cara.

Kwak respondeu com os lábios trêmulos que havia entendido. Então, se levantou, o cumprimentou e se virou.

Ele queria deixar aquele lugar o mais rápido possível. Seus dentes tremeram com sua própria tolice de blefar, sem saber que era a cova de um leão.

Enquanto ele se dirigia para a porta, uma voz dizendo "Espere." agarrou-o pelo colarinho e o deteve. Kwak se virou enquanto controlava a expressão.

— Quem pediu para você descobrir a verdadeira identidade dele?

— É... A identidade dos meus clientes é um segredo profissional... vai ser difícil revelar isso.

Kwak lutou para recuperar o fôlego e mostrou sua ética de trabalho. Era a última gota do orgulho que tinha. O diretor mais uma vez deu uma gargalhada e olhou para Kwak com olhos zombeteiros.

— Não sei quem é o cliente, mas, se ele queria que esse cara sumisse, diga para não se preocupar, porque isso se tornará realidade em breve, e que ele faça bom proveito. Quando esse cara sumir, depois de um tempo, diga que você cuidou dele e peça a conta ao cliente.

◉◉◉

Kwak saiu do hospital atordoado e, quando se deu conta, estava sob a ponte Dongho. Ele subiu as escadas e atravessou a ponte.

Uma rajada de vento atingiu seu rosto, e a distância do sul ao norte do rio parecia interminável. Kwak parou por um momento e olhou para o rio. O rio azul-escuro se movia lentamente como o fluxo irresistível do tempo. Kwak de repente teve a ideia de que queria se juntar ao fluxo. "Será que eu pulo?", pensou. O mundo não mudaria mesmo se ele desaparecesse. Ele havia experimentado o desprezo que enfrentaria no futuro, como se tivesse acabado de assistir a um trailer naquele hospital. Foi humilhante. Kwak tirou a identidade falsa de dentro da carteira. A foto era de quando tinha seus 40 anos, durante seus dias de glória na polícia. Mas agora não passava de uma mentira patética.

Ele só conseguiu dar um passo depois de jogar sua identidade no rio Han, em vez de seu corpo.

Depois de chegar a Gangbuk, Kwak se aqueceu em uma grande livraria em Jongno e saiu para o ponto de encontro a tempo de jantar. Kwak encontrou seu velho amigo Hwang em um restaurante perto de Nakwon Arcade e bebeu soju em silêncio. Hwang, que trabalhava como segurança em um prédio de apartamentos, onde trabalhava dia sim, dia não, disse ao sombrio Kwak para largar o emprego na agência e se tornar segurança. Ele falou que às vezes ficava chateado quando apanhava, mas, à medida que envelhecia, não havia nada que valesse mais a pena.

Por pouco, ele não foi persuadido.

No entanto, quando o soju passou de três garrafas, os resmungos de Hwang fizeram o gosto da carne desaparecer.

— Porra, eu tenho que entrar logo. Eu tenho que dormir e ir trabalhar depois... Hoje em dia, demoro mais para ficar sóbrio... Porra... E eu preciso dormir cedo... Trabalhar dia sim, dia não, não é um trabalho para um velho.

— Se você está cansado, por que não faz uma pausa?

— Se eu não trabalhar nisso, não ganho nem cento e cinquenta mil por mês... Se eu não puder ganhar dinheiro, minha esposa vai cozinhar para mim? Quando eu era jovem e ganhava dinheiro rápido, ela me tratava bem... Agora que estou assim, devo valer menos que um cachorro. Teria sido melhor ter me divorciado depois dos filhos já terem crescido, como você fez.

— Então, eu pareço feliz, por estar sozinho?

— Sim, é claro... meu amigo. Nós deveríamos ser tratados assim agora que estamos velhos? Nós é que construímos o país e a vida... Por que somos tratados de forma tão fria? Os filhos não ligam para nós e o mundo nos trata como lixo, hein?

— Sem chance.

— Ei. Você sabe o que os guardas de segurança fazem? Um dos nossos trabalhos é a separação do lixo. Meu nariz está apodrecendo com todo tipo de desperdício de comida... Ainda tenho que limpar aquela lata de lixo com água. É muito sujo. E não é só isso. Você sabe a diferença entre reciclagem e lixo? Você não sabe, não é? Mas há pessoas que insistem que os descartáveis são recicláveis. Quando peço para colocar o adesivo de descartáveis antes de botar para fora, eles falam que um guarda devia se colocar no seu devido lugar e me olham como lixo. Em momentos assim, eu só quero jogá-los no lixo junto, porra.

O volume da voz de Hwang aumentou e ele podia sentir os olhos dos outros clientes sentados ao seu lado. O rangido de Hwang parecia provar que ele próprio era um lixo descartável. Kwak serviu soju para ele como se fosse untá-lo com algum lubrificante. Depois que o copo foi esvaziado, Hwang voltou a falar sobre sua família e o mundo. Nossa, como ele falava alto.

Quando não aguentava mais, Kwak pôs a mão no ombro de Hwang e o apertou com força. Hwang parou de falar e olhou para Kwak.

— Você não disse que sua família te odeia?

— Isso mesmo... Eles me isolam...

— Que pena. Mas acho que eu faria o mesmo se fosse seu filho. Quem é que vai gostar de alguém como você, que fala tão alto?

— Olha só como fala, hein? Não posso usar a minha boca?

Olhando para Hwang com os olhos bem arregalados, Kwak soltou um breve suspiro e respondeu de volta:

— E do que você está falando? Você sabe do que fala? Você estudou muito, como as crianças de hoje em dia? Ou leu muitos livros?

— Ei! Eu tenho muita vivência. O que os estudos têm de tão melhor que isso? Por que você está defendendo só os jovens? Seus filhos falaram algo para você? De que lado você está, afinal?

— Eu? Estou do lado de quem fecha a boca e fica calado. Escuta aqui, velhos como nós, que não têm poder nem dinheiro, não temos direito de falar nada. Sabe por que é bom ter sucesso? Porque você tem o direito de falar. Olhe para os velhos bem-sucedidos. Mesmo depois dos setenta, fazem política e gestão, e sim!, falam qualquer coisa e os jovens abaixo escutam. Até os filhos deles são leais. Mas não é nosso caso. Nós estamos falidos. Então, para que falar?!

— Porra, é isso mesmo! Eu admito. Estou falido, sou um fracassado... Já que é assim, os fracassados podiam se juntar e falar qualquer coisa! Vamos juntos para Gwanghwamun!

Escuta aqui, não fique tão deprimido só porque você é divorciado! Vamos sair para Gwanghwamun neste fim de semana comigo e nos divertir muito! Topa?

Kwak ficou envergonhado. Ele tinha vergonha de seu amigo e vergonha de si mesmo, que não era muito diferente. Ele se levantou, pegou sua máscara e a colocou à força sobre a boca de Hwang, que estava sentado. Ele disse para o amigo ficar quieto e não pegar COVID-19 quando fosse a Gwanghwamun.

Enquanto Kwak pagava a conta e ia embora, ainda ouvia os palavrões de Hwang. Estava perdendo mais um dos poucos amigos que sobravam.

◉◉◉

Fosse por causa da bebedeira com Hwang, ou por causa da desgraça que sofrera durante o dia com o diretor da clínica de cirurgia plástica, Kwak não estava com vontade de ir para casa. A casa, que era mais um estúdio frio, gelado e escuro, e não um lugar com luz entrando pela janela, inspirando calor e conversa só de bater o olho. Era apenas um aposento para quem vivia sozinho, não muito diferente de um futuro caixão. Ele não queria voltar para aquele lugar. Mas também não havia outro lugar para ir com o frio que estava fazendo. Kwak continuou a caminhar, se perguntando a partir de que ponto a sua vida tinha começado a desandar.

Depois que a filha começou a fazer educação física e o filho quis ir para uma escola de artes, ele estava precisando de muito dinheiro. A tentação veio na hora certa. Ele aceitou a propina para fechar os olhos, oferecida sob pretexto de recompensa, comprou o instrumento musical para o filho e pagou as aulas dele. O preço que pagou foi horrível. Aceitou um suborno pela sua família, mas acabou perdendo o emprego e enfrentou uma vida de desonra. Quando montou uma agência que transitava entre a legalidade e a ilegalidade, ele sentiu que sua esposa e filhos não ficavam à vontade perto dele e se distanciaram. Droga, quem faz isso porque quer? Ele só fez isso porque precisava de dinheiro. Ainda assim, apesar da humilhação de fazer um trabalho sujo, ele conseguiu ganhar a vida demonstrando suas habilidades e cuidou dos seus filhos até se formarem na faculdade.

Mas agora suas capacidades tinham diminuído. Ele não tinha como acompanhar os detetives particulares, ditos detetives de verdade. Quando ele deixou de ganhar dinheiro, a autoridade do chefe da família caiu por terra. Eventualmente, a esposa pediu o divórcio. Assim que os filhos se tornaram membros da sociedade, eles ficaram independentes, como se estivessem esperando por isso, e o máximo que faziam era ligar de vez em quando.

Não havia nada contra o que se revoltar. Ele não compreendia na época, mas agora entendia até certo ponto. Quando passou a morar separado da sua família dois anos atrás, ele se tornou capaz de se enxergar de costas, mesmo sem um espelho. Morando sozinho, Kwak descobriu que não sabia fazer nada por conta própria, só sabia ganhar dinheiro. A única coisa que sabia preparar era macarrão instantâneo, e não fazia ideia de como ligar uma máquina de lavar. Era muito desconfortável e difícil conversar com seus filhos, para dizer o mínimo. Sem contar a sua esposa. Ele só não havia batido nela, mas muitas vezes gritou e a ameaçou. É claro que os filhos cresceram vendo isso. No final, o que causou seu isolamento foi ele mesmo.

Kwak havia perdido a família com quem poderia ter compartilhado conversas, e percebeu que era culpa sua. Então ele começou a se sentir confortável com a máscara que cobria sua boca, que deveria ter sido selada há tempos. Toda vez que as palavras violentas que ele havia lançado inadvertidamente contra sua família ressoavam em sua cabeça, ele não tinha escolha a não ser repetir para si mesmo que estava colhendo o que havia plantado.

Sentindo-se sóbrio com o vento frio do final do inverno, passando pela Prefeitura, por Namdaemun e, chegando à Estação Seul, alguns sem-teto entraram em seu campo de visão. Então, como um reflexo automático, seus passos começaram a se dirigir para Cheongpa-dong. Ele pretendia voltar para Wonhyo-ro de ônibus da Estação Seul, mas decidiu parar em Cheongpa-dong no caminho. Ele queria ir para o lugar onde começara a longa jornada de hoje, queria encontrar o alvo que ficaria ali parado como um urso de pelúcia silencioso, e queria dizer algo a ele. Queria tirar sua máscara e exercer seu direito de falar, mesmo que não tivesse. Dizer que o estava seguindo, vagando perdido naquele inverno, e perguntar se ele também estava vagando por aí pelos mesmos motivos que ele, e quem diabos ele era, afinal.

◉◉◉

Ao chegar à loja de conveniência, Kwak hesitou por um momento. O alvo e uma velha estavam conversando no caixa. Como ela não estava com produtos para pagar, percebeu que ela não era apenas uma cliente. A mulher idosa apontou para algo, e foi só quando o alvo foi lá e reorganizou os itens que Kwak percebeu que ela era a dona da loja de conveniência. Ele ficou ainda mais hesitante em entrar quando percebeu que aquela senhora era a mãe de Kang, mãe do homem que o havia contratado.

Enquanto ele pensava se deveria ir embora, a mulher abriu a porta e saiu, e o sino da porta ressoou. A senhora, sorrindo e acenando para seu alvo, seguiu seu caminho. A diferença de idade dela para Kwak era quase imperceptível, mas se ela era a mãe de Kang, devia ter mais de setenta anos. Aquela velha, que parecia gente boa, devia se preocupar muito com o filho. Pensando assim, Kwak se aproximou da loja de conveniência e abriu a porta.

— Bem-vindo.

Sem fazer contato visual com o alvo que o cumprimentou, Kwak seguiu para a geladeira. Por que será que estava com sede, já que era inverno? Devia ser porque estava com muita bobagem na cabeça. Querendo se refrescar e matar a sede, pegou algumas cervejas de 500 ml e foi até o balcão.

— Cliente... se tirar essa... e pegar mais uma dessa... fica quatro por dez mil wons.

— É mesmo?

— Sim. Agora são treze mil e setecentos wons... Se você mudar isso para essa, serão dez mil wons... Você economizará três mil e setecentos wons.

— Hum... entendo.

Kwak obedientemente trocou uma lata de cerveja como o alvo tinha instruído e, quando foi questionado se precisava de uma sacola plástica, respondeu que sim e terminou de pagar. Saiu da loja de conveniência com duas das quatro latas de cerveja nos bolsos do casaco e as outras duas nas mãos. Sentou-se a uma mesa vazia ao ar livre e abriu uma cerveja. Sentindo o toque frio da lata verde, tomou um gole e se sentiu muito revigorado. Soltou um arroto inesperado.

Nesse momento, a porta da loja de conveniência se abriu e o alvo saiu com alguma coisa, colocou ao lado do Kwak e ligou. Surpreendentemente, era um aquecedor. O calor se espalhou rapidamente e ele sentiu como se estivesse sentado ao lado de alguém. Kwak olhou para o alvo a fim de cumprimentá-lo, mas, antes que percebesse, ele havia ido para dentro da loja de conveniência. O que foi isso?

Foi uma gentileza. O alvo, que desconhecia a identidade de Kwak, o atendera gentilmente como costumava fazer com os clientes. O homem fez com que ele economizasse dinheiro e foi atencioso com ele enquanto bebia no frio ao ar livre. O inesperado acolhimento fez com que a intenção de despejar palavras vazias no alvo desaparecesse completamente. Kwak desfrutou da cerveja de inverno sozinho. Depois de beber rapidamente duas latas, sentiu que, não apenas a parte externa do corpo, mas até mesmo seu estômago estava aquecido.

Então, a porta se abriu novamente com um tinido, e o alvo se sentou na frente de Kwak. Ele segurava o que pareciam ser dois cachorros-quentes, um em cada mão, e estendeu um para Kwak, que ficou perplexo.

— Senhor. Este... bolinho de peixe é muito gostoso... eu esquentei no micro-ondas... que tal cada um de nós... comer um?

Kwak olhou para o bolinho de peixe quente enquanto mantinha a compostura. Olhando de perto, parecia uma salsicha bastante grande, talvez por ter sido aquecido no micro-ondas, e o vapor subindo lhe deu água na boca. Mesmo assim, ele se perguntou por que aquele homem estava dando isso a ele e se não estaria tentando descobrir sua identidade.

— Por que você está me dando isso?

— Beber sem acompanhamento nenhum... não é bom. Está frio também... O senhor pode comer isso. Além do mais... acabou de passar da data de validade. É um produto de descarte... mas ainda está bom. Portanto, sinta-se à vontade para comer.

O alvo gaguejou e estendeu a mão novamente. A expressão de Kwak se suavizou quando ele disse que era um produto de descarte e que ainda estava bom. Ele pegou e deu uma mordida. A carne quente estimulou suas papilas gustativas. Ele examinou o alvo sem falar uma palavra. O alvo também mastigava alegremente o bolinho quente.

— ... Sinhô tá bem? — perguntou o alvo um pouco enrolado por causa da boca cheia.

"Se estou bem?", pensou Kwak. Então assentiu, mastigou e engoliu freneticamente o bolinho quente. Depois de abrir uma nova cerveja e tomar um grande gole... ele começou a chorar. Inconscientemente, o choro o fez soluçar e, antes que ele percebesse, até seus ombros estavam tremendo. O alvo veio para o lado dele, colocou a mão em seu ombro e desta vez perguntou se ele estava bem com a pronúncia mais clara. Kwak enxugou as lágrimas com a manga e voltou a olhar para o alvo.

— Estou bem. Você é quem precisa ter cuidado. Porque tem gente atrás de você.

Kwak disse cuidadosamente, como um espião dando codinomes. Mas o alvo apenas inclinou a cabeça, como se não soubesse do que ele estava falando.

— Você foi a uma clínica de cirurgia plástica em Apgujeong-dong, certo?

Então, a expressão do alvo mudou. As pupilas dos olhos pequenos se arregalaram. O alvo olhou diretamente para Kwak com os olhos mudados e perguntou como ele sabia disso. A espinha dele gelou. Era como se estivesse sob o comando de um promotor venenoso, no seu tempo como policial.

Kwak resolveu confessar tudo. Contou que fazia quatro dias que ele o estava seguindo, depois de receber um pedido do filho da dona daquela loja de conveniência, que tinha conhecido a população de rua na Estação Seul, e que tinha ido à clínica de cirurgia plástica. Até mesmo o fato de que o diretor de cirurgia plástica estava tentando matá-lo.

— Ele me perguntou onde você morava. Na verdade, eu sei onde você mora, mas não contei. De qualquer forma, não sei que tipo de relacionamento ruim existe entre você e aquele ser humano, mas parecia claro que ele queria se livrar de você.

O alvo, que ouvia silenciosamente a história de Kwak, de repente começou a esboçar um sorriso. O sorriso logo se transformou em riso, primeiro contido, depois alto e estridente. O alvo riu tanto que Kwak começou a se sentir desconfortável, pensando que talvez o homem estivesse rindo dele. Quando o alvo finalmente parou de rir, ele encarou Kwak.

— Senhor, obrigado... por avisar... Mas não se preocupe.

O alvo riu como se não estivesse preocupado e mastigou a comida. Kwak, por outro lado, depois de desabafar toda a história, estava bastante desanimado, e terminou o restante da cerveja.

— Mas por que o filho da chefe... quer me investigar...?

— É o seguinte. Desde que você chegou, as vendas da loja aumentaram e ele não consegue vendê-la. Ele disse que a mãe dele só iria desistir da loja se a loja não estivesse bem das pernas.

— Heh.

— O que foi?

— Veja só: já se passaram trinta minutos desde que tive um cliente. Na verdade... as vendas não vão bem. Mas, mesmo assim, a chefe não... vai vender. Isso é o que eu... garanto. Não é questão de eu sair... ou não.

— Mas por quê?

— A chefe... não está administrando isso para ganhar dinheiro. Ela foi uma professora... Ela pode viver bem apenas com a sua aposentadoria... E-ela pensa que... basta a loja pagar pelos funcionários.

— Mas... o filho dela é ganancioso. Então, eu acho que...

Kwak acabou não terminando a frase. A postura digna da mãe de Kang, que havia visto mais cedo, e a verdade inabalável na determinação do alvo à sua frente deixaram Kwak sem palavras. Tendo trabalhado na polícia por mais de quarenta anos e presenciado inúmeras mentiras, ele sabia reconhecer qualidades genuínas quando se deparava com elas.

— Diga isso ao filho dela... A chefe nunca vai... vender a loja. Ah, e o senhor... se descobrir a minha... identidade...

e contribuir para a... minha demissão... vai receber recompensa? Então, diga que você me deu uma lição e me expulsou... e receba sua recompensa.

— Bem, o que você quer dizer?

— É que... eu vou me demitir de qualquer maneira.

O alvo levantou o canto da boca e apontou o dedo para a porta da loja de conveniência.

Um anúncio de empregos de meio período estava afixado na porta de vidro da loja. Mas que droga, ele que ganhava a vida com seu olhar aguçado não tinha conseguido enxergar a pista bem na frente dos seus olhos! Kwak finalmente percebeu que havia chegado a hora de se aposentar.

Kwak se levantou e foi até a porta para ler o anúncio. Era um total de dez horas, das dez da noite às oito da manhã, e o salário por hora era de nove mil wons, cerca de quinhentos wons a mais do que o salário mínimo por hora.

Será que era por ser à noite? As condições eram boas. Enquanto pensava isso, Kwak voltou ao seu lugar e olhou para o alvo. O alvo estava bebendo algo com uma expressão calma. Era chá de cabelo de milho. Depois de notar a expressão de desagrado de Kwak, ele lambeu os lábios e disse:

— Ah, é que eu parei de beber... isso é bom e saboroso.

— A propósito... se você se demitir, onde você vai morar? Pelo que observei em você nos últimos dias, os únicos lugares que você tem para ir são uns becos e aqui.

— O senhor é mesmo experiente. Já sabe de todos os lugares por... onde ando.

— Nem me fale. Graças a você, andei tomando bastante vento gelado.

— Hum... eu fiz mesmo... muitas caminhadas esses dias. Quando estou com muitos pensamentos... as caminhadas são a melhor coisa. Eu decidi deixar Seul... Há muito tempo venho pensando nisso..., mas tomei coragem. Quando eu conseguir encontrar alguém para fazer o trabalho da loja no meu lugar... eu irei. Isso serve como resposta?

Kwak assentiu em silêncio e sorriu levemente. Era uma situação meio estranha. Ele estava conversando com um alvo com o qual nunca deveria ter contato e recebeu dicas dele sobre como resolver a tarefa. Sem se dar conta, ele tinha ficado preocupado com o futuro do alvo e, ao ouvir a resposta, sentiu-se aliviado.

Por que será? Acima de tudo, Kwak gostou do calor daquele lugar. O calor do aquecedor fazendo cócegas na lateral do seu corpo, o homem grande sentado à sua frente para bloquear o vento frio e a loja de conveniência com a dona que se recusava a fechar uma loja que não rendia, para manter o sustento dos funcionários.

— Quer dizer que o senhor é um detetive ou algo assim... é isso?

O alvo perguntou com um olhar intrigado.

— Bem, digamos que sim, mas chamamos só de agência mercantil Kwak.

— Então... você aceitaria um pedido meu? Pode procurar alguém... para mim?

Mas o que era isso? Especialmente hoje, os trabalhos inesperados estavam deixando Kwak desconfortável. Quando ele mostrou hesitação, o alvo acrescentou com um olhar confiante.

— Claro, eu vou pagar pelo serviço... Quanto... custa?

— Para você, vai ser barato. Mas quem você está procurando? Se souber o nome e número do seguro social, posso encontrá-lo para você de graça.

— Sim. Eu... sei.

O alvo disse calmamente, e Kwak concordou com a cabeça.

— Mas... ela já é falecida. Tudo bem?

— Claro.

O alvo sorriu brilhantemente como uma criança e acenou com a cabeça. Kwak respirou fundo e então lhe fez uma pergunta:

— E esse emprego de meio período, é possível para um velho como eu se candidatar?

O alvo se empertigou com os olhos brilhando.

— Claro.

— Então, deixa eu fazer mais uma pergunta. Uma pessoa calada como eu, ou melhor, alguém que nunca trabalhou na indústria de serviços, pode fazer algo assim?

— O senhor... tem a agência... certo? Isso não seria um serviço multifacetado... da indústria de serviços? Deve ter trabalhado... lidando com pessoas duras ou bagunceiras... com o humor delas... não é? Exceto uma senhora JS... que pediu reembolso de um sorvete porque... ficou com os dentes doloridos..., só tem clientes mansos como ovelhas.

— O que é uma senhora JS?

— JS... quer dizer clientes abusivos. De qualquer forma... você iria bem no trabalho.

Talvez por querer poder se demitir logo, o alvo enfatizou firmemente que Kwak seria capaz de trabalhar na loja. Kwak estava falando sério. Ele levantou a lata, bebeu a cerveja e olhou diretamente para o alvo.

— Depois do seu caso, vou largar meu trabalho na agência e me dedicar ao setor de lojas de conveniência. Pode dizer à chefe que quero trabalhar?

— Digo, sim. Basta preparar... um currículo e... uma carta de apresentação. Mas seja... rápido, por favor.

Kwak assentiu e abriu a lata de cerveja restante. Como se estivesse acompanhando o ritmo, o alvo tomou chá de cabelo de milho. Assim que os dois terminaram de brindar, três jovens entraram na loja de conveniência. O alvo cumprimentou Kwak com os olhos, colocou a máscara e se dirigiu à loja de conveniência.

Kwak terminou a cerveja e respirou fundo o ar frio do inverno antes de colocar a máscara novamente.

Always

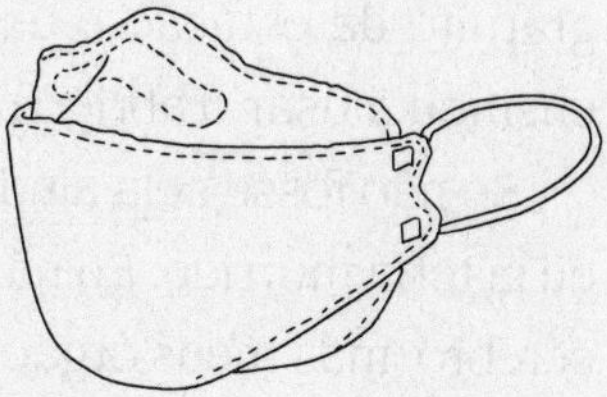

Você está sempre imerso em um pensamento, vinte e quatro horas por dia, sete dias por semana? E se esse pensamento for uma memória cheia de dor? À medida que o cérebro, afundado na agonia, se torna cada vez mais pesado e não consegue se livrar dela, você se verá afundando no abismo profundo do seu próprio eu. E, mais cedo ou mais tarde, se dará conta de que está respirando de uma maneira diferente. Não sou um ser com nariz, boca ou brânquias, mas insisto que sou humano, embora viva como uma entidade não humana. Tentando esquecer as memórias dolorosas, acabei esquecendo até mesmo a fome e tentei lavar o cérebro com álcool. No entanto, a maior parte das minhas memórias acabou evaporando, e cheguei ao ponto de não conseguir dizer quem sou.

Foi nessa época que conheci o idoso. Vim para a Estação Seul em um último fôlego. Tinha chegado, mas não conseguia dar um passo para fora da estação, tremendo de medo. Foi quando um senhor cuidou de mim.

Ele me falou sobre o refeitório gratuito de Jongno e sobre as passagens subterrâneas de Euljiro. Apesar da minha incapacidade de responder quando me perguntavam meu nome, da dor excruciante que eu sentia quando me questionavam sobre o meu passado, enquanto vagava entre o refeitório gratuito da estação e as latas de lixo, ele me guiou e me ensinou a usar o abrigo para pessoas em situação de rua.

Se não fosse pela ajuda daquele senhor mais experiente, eu já teria morrido. Eu não tinha nenhuma memória no meu cérebro, mas meus órgãos pareciam se lembrar do meu histórico e várias doenças cardiovasculares me acometeram. Se eu não tivesse procurado atendimento médico com a ajuda dele e recebido tratamento e remédios urgentes, estaria em outro mundo. Claro, eu costumava tomar o remédio com soju, então não havia chances de o meu corpo se recuperar totalmente, mas pelo menos consegui desacelerar o processo da morte.

Bebi muito com aquele senhor. Ele era mais alcoólatra que eu, e parecia que sua única defesa na vida era a bebida. Embora dissesse que não deveríamos pedir dinheiro, quando ficávamos sem álcool, ele de alguma forma conseguia uma grana e comprava soju. E nunca se arrependia de compartilhar aquele valioso álcool comigo. Ele costumava ser enxotado do principal grupo de população de rua na Estação Seul e sofria intimidações. Talvez precisasse de um guarda-costas de grande porte, ou talvez, como os rumores diziam, ele fosse um ex-executivo de uma grande empresa arruinada durante a crise financeira do FMI, e precisasse de um assistente.

O homem estava sempre bêbado e passava a maior parte do dia conversando comigo para matar o tempo.

Assistíamos principalmente à TV da Estação Seul e discutíamos política, história socioeconômica, entretenimento e esportes. Comentávamos todos os tipos de incidentes e acidentes que passavam em um canal de notícias 24 horas, muitas vezes falando bobagens. Aprendi muito após conversar sobre assuntos mundiais com ele por cerca de um ano. Foi um aprendizado diferente do que eu havia tido antes, composto principalmente por histórias e emoções complicadas de pessoas comuns, e fui simpatizando cada vez mais com elas. A única coisa que o idoso e eu não conseguíamos compartilhar eram nossas histórias passadas. Isso permaneceu selado entre mim e ele, como uma regra não dita, que eu não conhecia e não poderia compartilhar, mesmo que soubesse.

Fiquei na Estação Seul por cerca de dois anos e, depois de cuidar do idoso por um ano e seis meses, certo dia ele se curvou ao meu lado e estava morrendo. Eu não pude fazer nada diante da sua morte. Deveria fazer ressuscitação? Deveria chamar uma ambulância? Naquela madrugada, enquanto sentia que ele estava morrendo, eu só pude deitar de costas e compartilhar meu calor corporal com ele. Eu refletia sobre suas últimas palavras do dia anterior.

Dok-go. O velho se identificou como Dok-go e pediu para ser lembrado. Mas que droga. Ele não teve energia para acrescentar se Dok-go era um nome ou sobrenome, e eu também não tive energia para perguntar. Na manhã seguinte, Dok-go morreu e eu me tornei Dok-go para me lembrar dele.

◉◉◉

Depois disso, passei dois anos sem sair da Estação Seul. Eu não fui a Jongno, nem a Euljiro, nem a abrigos para sem-teto. Quando percebi que podia cuidar de tudo na Estação Seul e nos arredores da praça, senti-me como um verdadeiro morador de rua, de cabeça erguida. Eu estava sozinho, como se quisesse merecer o nome de Dok-go, e vagava sozinho, usando a solidão como meu travesseiro. Bati em algumas pessoas com força, até em duas de uma vez, e, quando eram três ou mais, eu apanhava e tinha que procurar um centro de tratamento. Às vezes meu coração batia rápido e eu não conseguia urinar, meu rosto inchava como um pãozinho, e eu pensava que estava morrendo, mas depois não sentia mais muita dor. No começo, tentei recuperar minhas memórias passadas, mas logo percebi que era inútil, e, enquanto passava os dias sozinho, até esqueci como falar normalmente e comecei a gaguejar. Isso parecia evocar mais compaixão, tornando mais fácil ganhar dinheiro para comprar bebida. Eu comecei a pronunciar com uma voz trêmula: "Estou com fome... Estou com muita fome...", como se fosse um mantra.

Naquele dia, eu estava mirando em dois idiotas. Eles eram do grupo do primeiro andar da parte oeste da Estação Seul, e haviam roubado minha bebida alguns dias antes. Eu estava determinado a ensinar uma lição a eles, senão iriam me roubar novamente. Naquele lugar, mesmo que você não tivesse nada para perder, devia se precaver para não ser roubado. Quando eu me aproximei a dois passos de distância atrás deles, de repente ambos saíram do lugar. Andaram com um olhar cúmplice, rindo, e um deles estava segurando uma bolsinha rosa. Ah, interessante. Vou matar dois coelhos com uma cajadada só. E corri atrás dos caras.

Enchi os dois de porrada e peguei a bolsinha. Tendo alcançado os dois objetivos, acomodei-me em meu esconderijo e abri a bolsa com orgulho. No entanto, ela continha não apenas uma carteira e um porta-moedas, mas também cadernetas, uma identidade, um caderno de anotações e até um dispositivo OTP... Estava cheia de coisas importantes, e me veio uma sensação de perigo. Se eu fizesse algo errado, poderia parar na delegacia. Com uma dor de cabeça latejante, simplesmente deitei, usando a bolsinha de travesseiro, e tentei dormir. Eu estava faminto, mas o desejo de dormir superava a fome, e eu sabia que o sono era mais importante naquele momento.

Não consegui dormir por muito tempo. Isso porque o rosto da pessoa que perdeu a bolsa me veio à mente. A julgar pela foto da identidade, era uma mulher idosa, e o rosto bondoso dela ficava constantemente em meus pensamentos, me deixando inquieto. Abri a bolsinha novamente e olhei para uma caderneta. As informações pessoais e o número do celular dela estavam escritos no verso, além de: "Se o senhor encontrar este caderno, entre em contato comigo." A frase "Será recompensado" estava claramente escrita nele. Se "o senhor" encontrar... Por um momento, me senti um ser humano, e me levantei sem perceber. Fui até o telefone público e fiz uma ligação usando uma moeda que tirei do seu porta-moedas. Depois de um tempo, ouvi a voz de uma senhora idosa exaltada. Ela disse que voltaria correndo para a Estação Seul.

Esse foi o meu primeiro encontro com a chefe.

◉◉◉

Uma pequena loja de conveniência Always em um beco em Cheongpa-dong. Já faz um bom tempo desde que vim passar as noites aqui. Nem parece real que vim parar neste lugar. A vantagem óbvia é que posso esquecer o frio das noites de inverno e não sinto a fome de quem tem o estômago vazio. A desvantagem era que eu não podia beber álcool, mas estava conseguindo aguentar. A razão pela qual parei de beber, depois de aceitar a oferta da chefe e de ter começado a trabalhar em uma loja de conveniência, provavelmente foi meu último instinto de sobrevivência. Assim como uma gata de rua grávida entra de repente na casa de uma pessoa e dá à luz um gatinho, talvez eu também tivesse um último motivo para continuar vivo, deixando até mesmo meu alcoolismo de lado e encontrando esse refúgio.

Quando parei de beber, passei a comer bem e a dormir direito à noite, meu corpo começou a melhorar consideravelmente. No meu quarto, quando eu me deitava e relaxava durante o dia, parecia quase como se fosse uma ala de tratamento, e, quando eu me levantava para o trabalho noturno, até as doenças pareciam desaparecer, me sentia revigorado. Eu costumava ficar pendurado entre a vida e a morte, sempre inclinando para o lado da morte, mas agora estava começando a me equilibrar e me erguer acima da média. Surpreendentemente, meu cérebro começou a funcionar melhor. Minha velocidade de pensamento aumentou enquanto respondia às perguntas dos meus colegas, e minha maneira de falar, que costumava ser hesitante ao lidar com os clientes, foi melhorando gradualmente.

Em resumo, comecei a desempenhar o papel de uma pessoa novamente, e senti que um calor estava sendo irradiado para aquele lugar, que era como o cérebro de um homem congelado. O muro de gelo que havia entre a memória e a realidade estava derretendo, e lentamente pedaços de mamute dentro do iceberg começaram a ser avistados. Os cadáveres das minhas memórias estavam se levantando como zumbis e me atacando. Enquanto lutava contra eles, eu também me esforçava para reconhecer seus rostos, e isso era algo que eu podia suportar.

Quanto mais eu me tornava proficiente na loja de conveniência, mais ativa minha memória ficava. Numa manhã, bem cedo, uma mulher entrou na loja de conveniência com sua filha e, de repente, o ambiente mudou. Ela e a filha olhavam para as prateleiras como se estivessem em uma galeria de arte, falando das suas preferências. A mãe perguntando do que a filha gostava mais e a voz da filha expressando sinceramente seus desejos criavam uma cena comovente. Isso era encantador, familiar e estimulava minhas memórias. Assim que decidiram alegremente o que levar e colocaram os lanches no balcão, não consegui levantar a cabeça. Sentia como se, no momento em que fizesse contato visual com elas, todos as fibras dos músculos das minhas pernas se romperiam.

Depois de fechar a conta, mal consegui olhar para as costas da mãe e da filha saindo da loja de conveniência. Percebi, então, que eu tinha mulher e filha. Será que eu gritei? Chamei a menina pelo nome da minha filha? Ao mesmo tempo, mãe e filha viraram a cabeça para me olhar e, quando vi seus rostos, não ousei mais entrar no corredor das minhas memórias.

Fui dormir novamente. Eu passava a noite toda em silêncio na loja de conveniência e, durante o dia, ficava com as cortinas fechadas, imerso na escuridão completa de um quarto que parecia um caixão. Depois de satisfazer a fome, controlei a sensação crescente de abstinência de álcool bebendo chá de cabelo de milho. Por que chá de cabelo de milho? Porque, quando tive que encontrar uma bebida para substituir o álcool, havia a promoção de pague um, leve dois. Não sei se era um efeito placebo, mas beber chá de cabelo de milho matava a minha sede e ajudava a controlar um pouco meu desejo de beber.

◉◉◉

Um mês depois de começar a trabalhar, consegui guardar cerca de oitocentos mil wons, mesmo após descontar um milhão de wons que a chefe me pagou adiantado. O salário da loja de conveniência superou a minha renda de alguns anos, proveniente de esmolas e coisas encontradas, e, como eu não tinha muito onde gastar o dinheiro, coloquei os oitocentos mil em espécie no bolso interno do meu casaco e me esqueci dele.

A chefe me disse para emitir uma segunda via da minha carteira de identidade, abrir uma conta em um banco e pedir um cartão, mas eu estava relutante em fazer isso e adiei. Quando cheguei à loja de conveniência e detive os valentões que atacaram a chefe, não tive escolha a não ser ir à delegacia. Foi quando descobri meu nome verdadeiro e o número do meu registro geral. Felizmente, eu não tinha antecedentes criminais. Assim que saí da delegacia, fiz questão de esquecer meu nome verdadeiro.

No momento em que eu recuperasse minha identidade, teria que continuar vivendo e, se vivesse direito, sofreria novamente. Não tinha coragem de testemunhar meu passado ressurgindo com os acontecimentos da minha memória nebulosa. Por que despertar o trauma insuportável que chegou a queimar o fusível da memória?

Eu só queria sobreviver ao inverno. Talvez eu tenha ficado com medo quando me lembrei do inverno em que Dok-go morreu. Talvez eu tenha procurado um lugar que fosse o mais aconchegante possível, lembrando-me da frieza daquelas ruas difíceis. Além de tudo, era uma loja de conveniência. Passaria o inverno com mais conveniência, em uma loja de conveniência, e restabeleceria a energia pela última vez. Quando a primavera chegasse, abandonaria até mesmo o título de Dok-go, me tornaria um verdadeiro desconhecido, e voaria para o céu. Decidi que sairia da Estação Seul enquanto ainda tivesse forças e pularia da ponte em um grande rio que atravessava a cidade. Fiquei determinado a ganhar forças para pular naquele inverno, naquele lugar. Mas a imagem de minha esposa, de quem me lembrava claramente, não desapareceu. Quando confirmei na delegacia o fato de ter família, esposa e filha, as lembranças que eu havia esquecido tornaram-se mais vivas com o passar do tempo.

Agora, me lembrava do rosto e gestos de minha esposa. Minha esposa, que era baixa e tinha cabelo curto, não era só calma, chegava a ser silenciosa. Ela era reservada e atenciosa em tudo, e aceitava minhas irritações e arrogância com um sorriso. Lembrei-me do dia em que ela estava com raiva. Por que será? Por que ela me olhou com tanto desprezo? Mesmo olhando para mim com raiva, ela ainda se manteve em silêncio, o que me deixou ainda com mais irritação, e até me lembrei da cena em que ela me empurrou para empacotar seus pertences.

Recobrei o juízo ao som do sino da porta. Eu estava cochilando no caixa da loja de conveniência. Enquanto os clientes a caminho do trabalho de madrugada escolhiam seus produtos, eu bebia o chá de cabelo de milho que estava ao meu lado. Eu precisava continuar a beber mais e mais a bebida marrom-clara, para que os fragmentos da memória que eu tinha colocado para dormir através da bebedeira não voltassem.

◉◉◉

No final do ano, minha colega de trabalho mais experiente, Shi-hyeon, foi recrutada para trabalhar em outra loja de conveniência. Fiquei surpreso ao ver que o emprego de meio período em uma loja de conveniência pudesse ter recrutamento e fiquei surpreso novamente quando ela me deu uma lâmina de barbear de presente, dizendo que aquilo tudo era graças a mim. Sem saber por quê, peguei a lâmina de barbear e fiz minha barba recém-crescida. Shi-hyeon me disse para continuar cuidando da barba, e eu desejei boa sorte a ela.

Depois que Shi-hyeon saiu da loja, tive muito trabalho para dividir com minha colega, Seon-suk. Como sempre, ela não me via como gente. Uma sensibilidade que eu tinha adquirido no meu tempo como sem-teto era ser capaz de compreender instintivamente o que os olhares alheios significavam.

◉◉◉

A maioria das pessoas que olhava para mim durante meu tempo na Estação Seul expressava uma mistura de simpatia e desprezo, em uma proporção de 3 para 7. Entre elas, havia aquelas que me olhavam com preocupação sincera. Por outro lado, pode ser difícil de acreditar, mas existiam pessoas que lançavam olhares invejosos. Mesmo que elas próprias não tivessem consciência disso.

Seon-suk era exatamente 1 para 9. Claro, mais desprezo que simpatia. Mas isso não me atingia de forma alguma. Na verdade, era ela quem se sentia desconfortável e cansada toda vez que assumia o turno. Era ela quem me apressava para ir embora sempre que eu limpava os corredores e enxugava as mesas externas após a troca de turno. Fazer a limpeza deveria ser uma coisa boa, mas ela simplesmente não gostava que eu ficasse no seu campo de visão. Querendo ou não, eu fazia a minha parte, porque queria retribuir de algum modo à chefe que tinha me contratado e me possibilitado dormir confortavelmente durante o inverno.

Quem me olhava gentilmente era uma senhora de cabelos grisalhos que parecia estar na casa dos oitenta anos e morava ali perto. Ela andava pela vizinhança com as costas curvadas e um lenço que parecia uma serpente enrolado em volta dela. Um dia, enquanto eu limpava as mesas ao ar livre, ela me perguntou por que eu sempre limpava as mesas no auge do inverno, quando não havia mais ninguém por perto.

Eu respondi que tinha que limpar a sujeira dos pombos. A idosa de cabelos grisalhos mostrou uma expressão muito satisfeita, como se não gostasse de pombos, nem da sujeira que faziam.

No dia seguinte, a idosa de cabelos grisalhos visitou a loja de conveniência junto com outras idosas da vizinhança, como se fosse o quintal da sua casa. As senhorinhas ficaram satisfeitas com os descontos exclusivos dos produtos da loja de conveniência e trouxeram os netos para comprar também os produtos da promoção pague um, leve dois.

◉◉◉

Um dia, por gratidão, levei até a casa dela um pacote de bebidas que ela havia comprado e, talvez por ela se gabar disso no centro da terceira idade, outras idosas também me pediram para carregar suas compras. Algumas pessoas até me diziam onde moravam e pediam que levasse as compras mais tarde. Como eu não tinha nada para fazer e precisava trabalhar muito para dormir bem no quartinho, não havia por que recusar. Além disso, quando eu as acompanhava com mercadorias ou fazia entregas, elas ofereciam bolos de arroz, biscoitos torcidos e frutas, assim que chegavam em casa.

Elas eram avós, mães e tias para mim. A temperatura do meu corpo subia com a energia materna que recebia delas. Se havia algum inconveniente, faziam todo tipo de pergunta, mesmo quando a dentadura chacoalhava: "Você já é casado?", "Você já casou alguma vez?", "Quer se casar de novo?", "Quantos anos você tem?", "Gostaria de conhecer minha sobrinha?", "O que você fazia antes da loja de conveniência?", "Você vai à igreja?", "Gostaria de trabalhar em nosso pomar?" etc. Faziam perguntas em série, intercalando algumas perguntas em comum e outras divergentes. Eu só respondia com variações: "Não, senhora", "Não, obrigado" e "Pode deixar, senhora" alternadamente. E, depois de responder assim algumas vezes, elas entendiam que eu tinha passado por muitos altos e baixos na vida e paravam de questionar, exceto pela senhora grisalha. Ela me interrogava todas as vezes que me via, como se recitasse as letras de uma música.

— O que você fazia antes? Eu sou velha e não posso ajudar em nada, mas preciso saber isso, pelo menos. Não aguento a minha curiosidade. Por que alguém bonito como você chegou até aqui fazendo o que faz?

Eu também não sei muito bem, mas gostaria de poder contar, se eu descobrir. Assim como a senhora foi gentil comigo, também gostaria de saciar a sua curiosidade. Agora que penso nisso, talvez tenha sido graças às perguntas incessantes dela que eu consegui continuar me questionando. Quem sou eu, afinal?

De qualquer forma, Seon-suk parecia não gostar muito da loja de conveniência movimentada de manhã e sempre reclamava que eu estava me esforçando à toa, já que isso não ajudaria muito nas vendas. Mas as vendas estavam definitivamente melhorando e a chefe estava satisfeita. Então, Seon-suk parou de reclamar, já que ela também perderia o emprego se a loja fechasse devido à queda nas vendas.

No ano-novo, Seon-suk se desculpou repentinamente. Ela me disse que sentia muito pelo mal-entendido do ano anterior e que agiria melhor no ano que começava. Eu também lhe disse que o frango frito dela era o melhor da loja de conveniência. Em resposta, Seon-suk falou que eu era mais comunicativo do que os homens da sua família. Ela suspirou e declarou que nunca na vida conseguiria se entender com o seu marido, nem com o filho. Estranhamente, eu me vi na aparência abatida dela naquele momento. Ouvir ela dizer que nunca iriam se entender me fez engasgar. Será que tinha sido a minha esposa? Ou a minha filha? Quem havia me dito que nunca nos entenderíamos? E depois, com uma expressão de decepção completa, como se não tivesse mais nada a dizer, tinha desaparecido... Será que era minha esposa e minha filha? Eu ainda não conseguia determinar claramente quem havia feito isso.

Alguns dias depois, assim que Seon-suk chegou ao trabalho, começou a chorar. Eu me aproximei dela rapidamente para consolá-la, mas não havia nada que eu pudesse fazer. Só dei a ela o chá de cabelo de milho que tomo sempre. Ela tomou um gole, respirou fundo e se acalmou um pouco. Então, como uma metralhadora, começou a despejar as queixas que tinha do filho. A relação entre ela e o filho foi severamente abalada, e o filho parecia estar cansado de se desviar do próprio caminho. No entanto, era difícil voltar para o caminho da sua vida e, de fato, não existia garantia nenhuma de que seguindo o seu caminho conseguiria chegar ao destino com segurança. Então, escutei Seon-suk em silêncio. Não tinha necessidade de responder. Ela realmente não devia ter com quem desabafar, se veio fazer isso comigo. Eu pensei nela e a ouvi.

Empatia. Colocar-se no lugar dos outros foi algo que aprendi só depois de me desviar do meu caminho. Minha vida era em grande parte uma via de mão única. Muitas pessoas me escutavam, meus sentimentos prevaleciam sobre os das outras pessoas, e, se alguém me contrariasse, era simplesmente dispensado. E era a mesma coisa com a minha família. Quando meus pensamentos chegaram a esse ponto, a curiosidade que eu tinha finalmente foi resolvida. Era a minha filha a pessoa que havia dito que nunca íamos nos entender. Eu estava quase me lembrando do rosto dela. Segurei as lágrimas. Minha esposa tinha me aceitado como uma via de mão única, sem comunicação. Por muito tempo, achei que ela sempre concordava comigo, mas isso não era verdade. A minha esposa só me suportava.

Mas minha filha era diferente. Ela era diferente da minha esposa, mas era ainda mais diferente de mim. Assim como Seon-suk reclamava sobre o filho do seu ventre ser tão diferente dela, existiam muitas coisas diferentes entre mim e minha filha. O gênero, o modo de pensar e as diferenças geracionais eram questões básicas, mas até a comida e o gosto eram diferentes. Minha filha não comia carne e relutava em estudar. Uma herbívora. A sociedade coreana se assemelhava à selva, e ela tinha um temperamento fraco. Então, muitas vezes ela recebia críticas minhas. Quando era jovem, ela ainda fingia ouvir quando levava bronca, mas, depois que cresceu e chegou à puberdade, começou a se rebelar. Isso era inaceitável para mim, mas minha esposa serviu de escudo protetor para ela. Nessa ocasião, eu me enganei achando que minha filha e eu não conseguíamos nos entender devido à interferência de minha esposa, mas depois acho que descobri a verdade. Fui eu quem provocou a criação do escudo protetor em primeiro lugar e, mais tarde, fui eu quem chutei a oportunidade que minha esposa trabalhou tanto para criar. Eu tratava minha filha como uma criança rebelde e ela me tratava como se eu fosse invisível. Isso foi o começo. A desintegração da minha família, a infelicidade da minha vida e a perda da minha esposa e da minha filha foram causadas pela minha indiferença e arrogância.

Foi só depois de perder a memória com sofrimento que abri os olhos para o mundo e aprendi a me colocar no lugar dos outros, a ter um olhar compassivo, e comecei a entender como podia me conectar com o coração das pessoas. Mas já não havia ninguém à minha volta e parecia que era tarde demais para encontrar alguém com quem me comunicar. No entanto, eu precisava me esforçar. Eu tinha que ajudar Seon-suk, que estava ali enxugando as lágrimas na minha frente, que estava prestes a cair no mesmo poço onde eu caí.

Já senti essa dor e essa tristeza antes. Então, eu tinha que fazer alguma coisa. Foi quando as palavras de Jjamong me vieram à mente.

Entreguei a ela um gimbap triangular. Eu a aconselhei a dar a ele uma carta junto com o gimbap. E disse para ouvi-lo. Acrescentei que ela deveria ouvi-lo como eu a ouvi. Ela assentiu e eu me senti envergonhado. Não pude deixar de me sentir envergonhado e angustiado, porque eu mesmo não conseguia escrever cartas, nem ouvir, no passado.

◉◉◉

Após o feriado do Ano-Novo Lunar, a pandemia que tinha começado na China se intensificou. As infecções em grupo explodiram em todos os lugares, e as máscaras e os desinfetantes para as mãos se esgotaram. A chefe deu para Seon-suk e para mim várias máscaras para usarmos durante o serviço. A chefe disse que, como ela tinha problemas pulmonares, fazia tempo que estava estocando máscaras, para os dias em que havia muita poeira fina.

Eu usava máscara enquanto trabalhava no turno da noite e cumprimentava os clientes sem me sentir desconfortável. Depois de fechar a conta, usava o desinfetante ao meu lado e esfregava com as duas mãos. Eu me sentia confortável, mesmo em uma situação incomum.

No dia seguinte, a chefe distribuiu luvas finas de látex, dizendo que devíamos ter ainda mais segurança. Um raio lampejou na minha cabeça no momento em que coloquei a luva. Não esquecendo aquela sensação, coloquei desinfetante para as mãos em minhas luvas e as esfreguei. Levei-o ao rosto e senti o seu cheiro. Mesmo havendo clientes, saí rapidamente do caixa e corri para o espelho no final da loja. Olhei para o meu rosto de máscara e, sob os cabelos curtos e as sobrancelhas em forma de V, meus olhos pequenos pareciam harmonizar com ela. Aquilo mostrava meu passado. O rosto com máscara, o cheiro de álcool do desinfetante para as mãos e a sensação familiar e natural das luvas de látex estavam trazendo à tona a pessoa que eu costumava ser.

Eu era médico.

Mesmo naquele momento, se eu colocasse um jaleco branco e segurasse um bisturi, sentia que seria capaz de realizar qualquer tipo de cirurgia. O cheiro de desinfetante do centro cirúrgico e o cheiro característico de sangue pareciam preencher meu nariz, e ouvi o barulho dos equipamentos médicos ao meu redor como uma música de fundo. Era como se eu estivesse no centro cirúrgico. Abri a porta da loja de conveniência, como se estivesse tentando fugir dali. Tirei a máscara e respirei o vento frio. Eu tinha que respirar o mais forte que pudesse, sem parar, como se estivesse bombeando ar para evitar que minhas lembranças me inundassem.

Passei dias e dias desmontando e remontando as memórias que me vinham. Parecia que eu estava constantemente batendo nas curvas do meu cérebro. Quanto mais me conhecia, mais dor, medo e resistência desconhecidos surgiam, mas eu não conseguia parar de jeito nenhum.

◉◉◉

Um dia, um cliente que comprou quatro latas de cerveja recusou-se a pagar, alegando que era filho da chefe. A semelhança indiscutível dos olhos e a ponta do nariz provavam que ele não estava mentindo, mas eu não podia deixá-lo sair sem pagar. Era a postura mais correta de um funcionário, e eu queria mostrar para aquele cara oportunista que ele não tinha privilégios ali.

Com as orelhas vermelhas, ele sumiu e voltou uma hora depois. O sujeito, cheirando a álcool e segurando um celular, veio até mim enquanto eu colocava as mercadorias nas prateleiras. Havia uma foto dele e da chefe sorrindo juntos na tela. Perguntou, então, se estava provado o que tinha dito. Em seguida, questionou sobre as vendas de cerveja e eu respondi com sinceridade. Ele tentou negar minhas palavras e saiu com as bebidas. Naquele momento, aquela figura lamentável se sobrepôs à do meu irmão mais velho.

Eu tinha um irmão mais velho. Uma pessoa lamentável. Meu irmão e eu éramos inteligentes, mas eu usei meu cérebro nos estudos, enquanto meu irmão usava para armar todo tipo de esquema e participar de jogos com bebida. Começou a ganhar a vida enganando os outros e, quando eu entrei na faculdade de medicina, começou a me diminuir, perguntando quanto eu poderia ganhar como médico. Mais tarde, ele desapareceu, e não tive notícias dele até pouco tempo. Provavelmente estava na prisão.

A última vez que o vi foi quando ele veio me visitar no hospital onde eu trabalhava como residente. Ele exigiu dinheiro quase me ameaçando, e eu lhe disse que havia vários instrumentos mortais no hospital, como bisturis, tesouras e veneno, e que um médico podia salvar vidas, mas também podia acabar com elas. Expliquei também que ver sangue era algo natural para um médico. Depois disso, tanto ele quanto as memórias a seu respeito desapareceram da minha vida.

No processo de recuperação da memória, porém, acabei pensando de novo em meu irmão; dessa vez, por causa do filho da chefe. Assim que o rosto do meu irmão mais velho me veio à mente, os outros membros da família também vieram. Minha mãe, que tinha dado a inteligência para mim e meu irmão, que abandonou cedo a família. Ela deixou meu pai incompetente e a nós, seus dois filhos em idade escolar, sob os cuidados da avó paterna.

Meu pai, que trabalhava no canteiro de obras e costumava ser chamado de faz-tudo, raramente falava. Às vezes ele batia em nós e às vezes pagava comida, mas era uma pessoa que sofria por não dar conta nem da própria vida. Ainda assim, quando viu que eu estudava bastante, ao contrário do meu irmão, ficou esperançoso e me mandou para cursinhos e me deu mesadas. No entanto, como herdei o sangue da minha mãe, após entrar na faculdade de medicina saí de casa e me tornei independente, assim como ela. Eu ganhava a vida dando aulas particulares, estudava muito e tentava esquecer a casa onde meu pai e meu irmão estavam.

Eu queria ser médico e respirar um ar diferente. Queria conhecer uma mulher boa e formar a minha própria família. E parecia ter quase conseguido. Essas memórias voltaram como pesadelos e começaram a me assombrar, e eu não conseguia parar de sonhar com elas.

A escassez de máscaras se agravou e as pessoas começaram a fazer fila nas farmácias para comprá-las. Equipes médicas de todo o país foram enviadas para Daegu, onde havia surgido um grande número de infecções. Naquele momento em que o mundo virava de cabeça para baixo com a COVID-19, eu usava uma máscara e refletia sobre as mudanças que aconteciam ao redor do mundo e em mim. Na TV, mostravam histórias tristes de famílias italianas que, devido à COVID-19, não podiam estar com seus entes queridos à beira da morte e tinham que assistir a tudo impotentes.

Sentia como se uma epidemia estivesse se espalhando na minha mente também, e um pensamento me consumia. As lembranças contagiantes gritavam para mim que era hora de escolher a vida real. Foi fantástico. Quando a morte prevaleceu, a vida apareceu. Eu tinha que ir encontrar aquela vida que poderia ser a minha última.

Eu restaurei minha identidade. Recuperei meu registro geral que havia sido cancelado, procurei pelo meu ID e senha e entrei no meu mundo da internet. Será que alguém esperava que isso acontecesse? Na nuvem, os registros sobre mim, ou melhor, sobre mim e o incidente estavam organizados, e compreender o que aquilo tudo significava era tão natural quanto um sistema de piloto automático já programado em mim. Eu fiz o que eu tinha que fazer.

Tive uma reunião com a chefe. Ela ouviu silenciosamente meus motivos extremamente pessoais para deixar a loja e pareceu entender, mesmo sem fazer perguntas. Ela sabia muito bem que uma loja de conveniência era um lugar onde as pessoas iam e vinham com frequência, e, tanto para os clientes quanto para os funcionários, era um lugar temporário, um posto de gasolina para humanos. Eu sabia que ela compreendia. Naquele posto de gasolina, não só abasteci, mas também consertei o carro. Uma vez feito o conserto, eu precisava partir. Tinha que voltar para a estrada. Era essa a mensagem que ela parecia me passar.

◉◉◉

O homem que estava me seguindo tinha aparentemente uns sessenta anos. Foi a primeira vez que fui seguido, e o cara era um seguidor muito desajeitado. Assim que entrei no vagão do trem, ele se sentou no assento preferencial à minha frente e virou a cabeça para evitar meu olhar. Eu olhei para o rosto dele de lado. Curiosamente, o seu perfil lembrava o do meu pai. Ambos eram excessivamente grandes e tinham o mesmo olhar teimoso. Acima de tudo, ele parecia ter a mesma idade de meu pai quando o vi pela última vez.

Depois que senti meu pai nele, naturalmente soube quem o havia botado atrás de mim. Por que aquele cara que lembrava meu irmão mais velho estava fazendo aquilo? Por que estava cavando o meu passado desnecessariamente? Mas, por mais absurdo que pareça, eu não os odiava. Lembrar-me do meu pai e do meu irmão mais velho não me deixava mais irritado. Como se fosse um sinal para me seguir, encarei o homem e desci na Estação Apgujeong.

Quando entrei no hospital, não havia muitos rostos conhecidos. Por causa do diretor, que tratava as pessoas como meros equipamentos médicos, a equipe não permanecia nos postos por muito tempo. Entrando no local de trabalho familiar, senti a energia do passado. Após responder de forma agressiva ao inquérito da recepcionista sobre o que eu tinha ido fazer ali, fui direto para o escritório do diretor.

O diretor continuava igual. Mesmo depois de me ver pela primeira vez em quatro anos, ele nem piscou e perguntou se eu gostaria de voltar a trabalhar. Quando respondi perguntando como eu poderia trabalhar num hospital que deixaria de existir em breve, ele disse que eu parecia ter passado por maus bocados e que, se eu quisesse me estragar ainda mais, podia fazer uma escolha burra.

— Você deve estar grato por eu ter desaparecido por conta própria. Mas... mesmo depois desse tempo todo, eu vou expor tudo o que você fez... e tudo sobre este hospital... Fique sabendo disso.

— Por quê? Prometeram uma delação premiada para você?

— Você... trata as pessoas como objetos e lixo... Se dão dinheiro, são apenas objetos... Se não dão dinheiro... são lixo...

— Você entendeu muito bem. Por isso contratei você.

— Mas... as pessoas não são assim. As pessoas estão... ligadas umas às outras. Não se pode... tratá-las de qualquer jeito... não funciona assim.

Nesse momento, o diretor deu um sorriso dissimulado e se inclinou na minha direção.

— Você está falando sério. Pois eu farei o mesmo. Na verdade, eu procurei por você quando sumiu. Eu tenho amigos que são muito bons nisso, sabe? Mas eles não conseguiram te achar. Então, eles não receberam o pagamento naquela época. E agora, acho que vou contar para eles que você está perambulando por aí. Se eu disser que pago com juros, eles vão te trazer para mim, em uma embalagem nova. Aí eu vou te dar o golpe de misericórdia.

Eu ri. Comecei a rir levantando os cantos da boca, até que ri alto, movendo minhas maçãs do rosto. O diretor revirou os olhos para ver se eu estava louco ou fingindo, e eu ri ainda mais alto, achando isso engraçado. Pelo jeito, o riso deixava os vilões desconfortáveis. O rosto dele se contorceu.

— Eu vou te matar. Vou acabar com a sua raça, entendeu?

Eu parei de rir e olhei para ele sem expressão.

— Eu já... morri uma vez. Morrer... de novo não muda nada. E eu já denunciei você... Hoje em dia, existem muitos programas procurando por algo assim. Então, o pagamento... seria melhor você não gastar e usar para os honorários... dos advogados.

— Seu louco, você quer o meu dinheiro. E você diz que já me denunciou? Acha que vai se safar dessa? Muito engraçado. Haha.

— Eu te disse. Eu já morri... uma vez.

— Você está blefando. Desembucha. O que você quer? Quer que te dê um emprego? Eu já disse que posso te recontratar. Ou você quer dinheiro?

— O que eu quero... é isto.

Eu levantei minha mão esquerda. Mostrei minhas mãos com luvas de látex que coloquei ao entrar no hospital. O diretor inclinou a cabeça para a frente e olhou para mim como se estivesse tentando entender o que eu estava fazendo. Cerrei o punho esquerdo e agarrei-o pela gola com a mão direita, como se estivesse pegando uma presa e, sem lhe dar chance de resistir, dei um soco no rosto dele. Ugh. A cabeça do diretor estalou. Eu recuei e dei outro. Quando soltei a gola dele, a sua cabeça virou e ele caiu sentado na cadeira.

Deixei para trás o cara sofrendo e fui embora.

◉◉◉

Na manhã seguinte, alguém me parou quando eu estava prestes a sair após meu turno. Quando me virei, Jeong estava se aproximando da loja de conveniência com uma bagagem. A escritora Jeong, que estava escrevendo o roteiro de uma peça, havia se hospedado na casa do outro lado da rua, usando-a como estúdio, mas avisou naquele momento que estava deixando o bairro. Com um sorriso revigorado, ela disse que estava voltando para Daehangno, pois o primeiro rascunho do roteiro ficara pronto. Eu sorri também. Recebi muitos conselhos psiquiátricos dela e, embora não fosse psiquiatra, ela tinha me feito muitas perguntas e dado conselhos. Por isso, meu cérebro havia recebido bastante estímulo, o que me ajudou a recuperar as memórias.

— Espero que o roteiro que deu tanto trabalho... seja um sucesso.

— Não sei o que vai acontecer, já que a COVID-19 piorou. Justo quando escrevo a obra-prima da minha vida, o mundo resolve ficar de pernas pro ar — disse ela, com os olhos brilhando acima da máscara.

Senti uma energia positiva em seu rosto sorridente enquanto ela relatava sua tragédia. Não seria esse o poder de uma pessoa que vive cheia de sonhos, que tem um propósito? Conversamos bastante de madrugada na loja de conveniência. Ela também revelou muito de seu passado, tentando desenterrar o meu. Eu admirava sua energia, ela nunca se cansava do que queria fazer. Então eu perguntei o que lhe dava forças, afinal. Ela respondeu que a vida era uma série de resoluções de problemas. E, se tivesse que resolver algum problema, era melhor escolher um importante para você.

— Dok-go, sua memória voltou? A memória do personagem Dok-go da minha peça volta.

— Talvez por você ter escrito isso... grande parte dela voltou, sim. Obrigado.

A escritora Jeong ergueu o punho. Era o jeito de se cumprimentar alguém na época da COVID-19. Bati meu punho no dela. Não tentei comparar as memórias que ela tinha escrito com as minhas. Nós dois sabíamos que isso não era necessário.

Passava um pouco das dez da noite quando o vendedor parou na loja de conveniência. Ele comprou chá de cabelo de milho, ramyeon de semente de gergelim, um chocolate pague um, leve dois, e sorriu para mim. Levantei os cantos da minha boca involuntariamente ao pensar em suas filhas gêmeas.

Entreguei-lhe um bilhete. Era o número de telefone do gerente Hong do Hospital Geuk-dong e meu nome verdadeiro. O homem estranhou, então eu perguntei novamente se ele não trabalhava com vendas de equipamentos médicos e acrescentei que falar meu nome para o gerente Hong poderia ajudar.

O homem, que rapidamente entendeu minha oferta, me agradeceu várias vezes e disse que me recompensaria se tudo corresse bem. Cumprimentei-o enquanto ele saía da loja de conveniência. Eu já havia feito uma ligação durante o dia para o gerente Hong, que tinha sido meu colega de faculdade. Primeiro, ele ficou surpreso com meu contato, e depois ficou surpreso novamente quando falei que iria lhe apresentar um vendedor. Eu não sabia dizer se ele se lembrava do que me devia ou se ainda acreditava na minha influência, mas respondeu que daria atenção ao vendedor. Provavelmente Hong ficaria surpreso novamente quando conhecesse o homem e ouvisse sobre minha situação atual.

◉◉◉

No terceiro dia de trabalho, Kwak estava se atrapalhando para fechar a conta de duas clientes que pareciam ser mãe e filha. Ele cumprimentou em voz alta: "Voltem sempre", como se estivesse pedindo desculpas por ter demorado no caixa. Então, a garota que se dirigia para a porta se virou, abaixou a cabeça e respondeu: "Até mais." Vendo isso, ele abriu um largo sorriso, depois fez uma expressão tímida, talvez sentindo que eu o olhava.

— Eu ainda me confundo com combinação de formas de pagamento. Lamento por demorar para aprender a trabalhar, porque sou um idoso lento.

Imagina. Foi graças a Kwak, que ocupou meu posto no turno noturno, que pude parar de trabalhar na loja de conveniência, e, graças ao bilhete que ele me deu naquele dia, eu finalmente poderia partir.

Cliquei no YouTube no celular que tinha acabado de comprar e encontrei o canal de Shi-hyeon. O canal "Conveniência com Facilidade" já tinha um vídeo novo. Cliquei em "Dominando combinação de formas de pagamento" e entreguei o celular a Kwak. Após um tempo, ele seguiu ansiosamente a explicação de Shi-hyeon enquanto segurava o leitor de código de barras. Era bom ouvir a voz calma de Shi-hyeon de tempos em tempos.

— Pessoal, o nome desse canal é Conveniência com Facilidade, mas na verdade trabalhar em uma loja de conveniência é difícil. Porque é trabalhoso. Acima de tudo, o desconforto e a dificuldade dos funcionários resultam em comodidade para quem recebe o serviço. Eu levei um ano para perceber isso. Mesmo que seja um trabalho curto de meio período, aguente o desconforto e ofereça comodidade aos seus clientes. E eu vou tentar tornar o trabalho um pouco mais fácil para todos vocês. Com isso, encerramos o programa de hoje.

Eu observei a arrumação das prateleiras. Apesar de Kwak se gabar de ter trabalhado na unidade de abastecimento durante seus tempos de militar, ele tinha cometido um erro de novo naquele dia e tive que enfatizar a ordem de arrumação mais uma vez.

Ao amanhecer, comi ramyeon com ele no balcão, no final da loja. Talvez pela vontade de bater papo, Kwak contou muitas histórias. Disse que a chefe parecia uma pessoa muito legal e que trabalhar em uma loja de conveniência de madrugada era melhor do que trabalhar como segurança a noite toda. Então ele riu, enquanto se lembrava de como o filho da chefe, Kang, havia ficado assustado ao vê-lo, no dia anterior. Eu também parei de usar os palitinhos e não consegui parar de rir por um tempo.

Quando o filho da chefe viu Kwak, que tinha sido contratado por ele para me expulsar, trabalhando na loja de conveniência, ficou parado, olhando como se tivesse visto um fantasma. Ele soltou uma rajada de perguntas contra Kwak, questionando por que ele estava perturbando a loja dos outros. No entanto, Kwak respondeu calmamente que havia liberdade de escolha de empregos na Coreia do Sul, e que, como contribuiu para que Dok-go saísse dali, cumpriu sua parte do contrato. O filho da chefe ficou bravo e gritou que iria vender o estabelecimento. Em resposta, Kwak disse que ajudaria a proprietária a proteger a loja. Então, o filho da chefe deu um pulo e começou a fazer escândalo, e eu me aproximei dele e disse: "A delegacia fica a cinco minutos daqui, e, se você não quiser ser denunciado e ir parar lá, sendo levado da loja da sua mãe, é melhor ir embora." No fim, ele disse a Kwak que não se podia confiar em ninguém neste mundo e saiu chutando a porta.

— Agora que ele sabe que não se pode confiar em ninguém no mundo, deve ser menos enganado — disse Kwak com uma expressão entediada.

— Outro dia, a chefe... desabafou comigo. A fábrica de cerveja em que o filho queria investir era... uma fraude. Ele estava insistindo em vender a loja de conveniência... e colocar dinheiro lá. Então, quando a chefe pesquisou... estava uma bagunça só.

Quando lhe contei a novidade, ele riu.

— Então, é por isso que ele descontou a raiva dele em mim.

— A chefe... deve se preocupar muito com o filho... dela. Como o senhor já o conhece há tempos, cuide dele, por favor.

— Tem razão. Mesmo agindo assim, depois de um mês ou dois, ele liga e diz que vai pagar o jantar, como sempre.

Kwak disse isso e olhou pela janela ao amanhecer. A silhueta da Torre Namsan a distância anunciava o início de um novo dia. Depois de olhar para a Torre Namsan por um tempo, ele ficou imóvel, como se estivesse perdido em pensamentos. Comi o restante do ramyeon e comecei a limpar a mesa. Então, ele se virou para mim e perguntou.

— Você tem família?

Ele estava com um olhar triste. Eu apenas assenti com a cabeça.

— Fui cruel com minha família toda a minha vida. Eu me arrependo muito. Nem sei mais como agir quando me encontrar com eles.

Eu me esforcei para responder à pergunta, porque era uma pergunta que eu mesmo fazia para mim. Talvez fosse por isso que as palavras não saíam. Vendo que eu não dizia nada e que tinha uma expressão amarga no rosto, ele acenou com a mão como se indicasse que havia falado demais e se virou junto com o ramyeon.

— Faça como... se atendesse os clientes.

Com minhas palavras repentinas, ele se virou para mim.

— Eu vi que você é gentil com os clientes. Faça com sua família... o mesmo que faz com os clientes. Deve... dar certo.

— Tratar como trato os clientes. Tem razão. Preciso aprender mais sobre atendimento ao cliente aqui.

Kwak acrescentou um agradecimento e se virou. Os membros de uma família também são como clientes; na verdade, são convidados na nossa jornada da vida, não são? Sejam eles convidados de honra ou convidados indesejados, se os tratarmos como clientes, ninguém sairá machucado. Foi uma observação abrupta, mas fiquei aliviado ao saber que ele ficou contente com a resposta. Será que essa resposta serviria para mim também? Ou melhor, eu poderia me atrever a ser um convidado?

◉◉◉

Depois de observar a troca de turno entre Seon-suk e Kwak, saí da loja de conveniência. Novamente, segui para a Estação Seul. Após passar pela região que já tinha sido minha residência, passei pela praça e fui até o ponto de ônibus. Um ônibus intermunicipal vermelho que sairia dali me levaria até o meu destino do dia. Enquanto esperava a condução, pensei em Seon-suk e seu filho. Um pouco mais cedo, ela havia sorrido para mim e dito que agora estava conversando com seu filho por um aplicativo de mensagens. Depois de conversar comigo naquele dia, Seon-suk tinha enviado uma carta sincera para o filho, junto com o gimbap triangular e, algum tempo depois, ele respondeu com uma longa mensagem de texto. Seu filho primeiro pediu desculpas e um pouco de compreensão e paciência, pois estava se preparando para algo que queria muito fazer. Com isso, Seon-suk foi capaz de reconstruir a confiança entre ela e o filho.

Seon-suk disse que o filho mandou um emoticon para ela e me mostrou um ícone de um animal soprando corações numa janela. Eu não sabia se o animal era um guaxinim ou uma toupeira, mas percebi claramente que ela estava feliz.

No fim das contas, vida era relacionamento, e relacionamento era comunicação. Percebi finalmente que a felicidade não estava longe; estava em compartilhar o coração com as pessoas ao nosso lado. O tempo que passei na loja de conveniência Always, durante o outono e o inverno passados, e os anos anteriores que fiquei na Estação Seul me ensinaram e me fizeram amadurecer aos poucos. Observei famílias se despedindo, amantes esperando um ao outro, filhos viajando com os pais, amigos saindo juntos... Sentado naquele lugar, fiquei falando comigo mesmo enquanto olhava para eles, agonizei e, após muito esforço, compreendi.

◉◉◉

O ônibus intermunicipal já estava rodando havia algum tempo e estava entrando em uma cidade no sul da província de Gyeonggi. Caminhões de obra carregando concreto passavam frequentemente pela rodovia nacional, o que era condizente com um bairro ainda em desenvolvimento. O ônibus me deixou em um ponto da rodovia e sumiu na poeira. Então, caminhei até uma placa que tinha avistado antes de descer. Aproximando-me dela, fiquei olhando por um momento. A placa dizia: "Cemitério THE HOME a 500 metros", e pensei em como traduzir o nome do cemitério enquanto caminhava cerca de quinhentos metros em direção ao morro. Casa? Lar? Ninho? Eu conseguia entender os sentimentos da pessoa que o tinha nomeado. *Home* era apenas *home*. De qualquer forma, parecia estranho que eu, um sem-teto, estivesse me dirigindo para *home*. Era um lugar onde eu não poderia estar, mesmo morto, e também um lugar onde não seria bem-vindo, mesmo vivo. Mas ali estava eu, e o momento de encarar aquilo havia chegado.

Passando pela grande escultura na entrada do cemitério, peguei o bilhete que o Kwak tinha me entregado no dia anterior. Após confirmar o nome do local, "Green A-303", tirei minha máscara e respirei fundo. O cemitério era construído no terreno íngreme de uma montanha ensolarada, e respirei o ar puro, grato por estar vivo. Era como se eu tivesse chegado à casa dos mortos. Não havia ninguém ali. Mesmo depois de tirar a máscara, não senti olhares de repreensão. Enfiei a máscara no bolso e segui em frente.

Durante a consulta, ela tinha ficado muito preocupada. Havia perguntado se sentiria dor durante a cirurgia, se existia algum efeito colateral e se não precisaria de retoques periódicos. Eu tinha dito que a anestesia seria geral e que só haveria motivo para preocupação se ela estivesse em um hospital de quinta categoria nos arredores de Gang-buk.

— O que aparece nos jornais são coisas absurdas que acontecem. Mas você está preocupada desnecessariamente. Estamos em Apgujeong-dong. Imagino que você tenha pesquisado sobre as nossas clínicas de cirurgia plástica antes de vir, certo?

— É que... tenho economizado esse dinheiro há muito tempo. Não vou poder pagar por um retoque ou outra cirurgia... Acho que estou um pouco nervosa. Provavelmente porque é a primeira vez também.

— Você está em boas mãos. Será sua primeira e última cirurgia. Então, pode deixar essas preocupações de lado. Basta ouvir atentamente às instruções do hospital, dos médicos e tudo vai ficar bem.

— Estou mais aliviada. Obrigada.

Uma semana depois, enquanto ela passava pela cirurgia, eu estava repetindo as mesmas palavras para outro paciente. O procedimento estava sendo feito por Choi, um dentista, e eu estava supervisionando. Deixei meu posto para fazer uma consulta. A paciente, que eu tinha tranquilizado, foi a óbito durante a cirurgia, nas mãos de um médico-fantasma.

O diretor rapidamente cuidou do caso. O médico-fantasma literalmente desapareceu e a morte dela foi considerada negligência médica. A família da falecida processou o hospital, clamando por justiça, mas o diretor tinha contatos influentes no meio jurídico e o caso nem foi a julgamento.

No final, foi tudo resolvido com uma indenização razoável e minha aposentadoria. O diretor me disse para descansar um pouco, até que a poeira baixasse, e eu ficaria em casa como se estivesse de férias, como não fazia havia muito tempo.

Onde será que eu errei, afinal?

Foi porque deixei um médico-fantasma fazer a cirurgia no meu lugar? Ou foi porque eu deixei a sala de cirurgia para ganhar mais dinheiro, atendendo a mais um paciente, como se a cirurgia-fantasma fosse algo natural? Ou então porque enganei a mulher que me confiou a cirurgia, e tinha me olhado com preocupação e expectativa? Ou o erro foi trabalhar para um diretor que ordenava as cirurgias-fantasmas e só se importava com o dinheiro? Foi por causa da minha mente pobre, por eu ter me tornado médico com o único propósito de obter ascensão social? Ou devo culpar a pobreza na minha adolescência e os pais incompetentes por me fazerem ressentir o mundo e jurar ser bem-sucedido?

Eu não tinha como saber na ocasião. Não conseguia entender de jeito nenhum. Mas agora eu sabia, e também sabia que não havia como voltar atrás. Parado ali em frente ao Green A-303, de frente para a jovem de vinte e dois anos que eu matei, não tive escolha a não ser enxugar com a máscara as lágrimas incontroláveis.

Eu não conseguia encarar a menina que havia me dito que precisava investir em seu rosto para conseguir um emprego, que tinha trabalhado durante a faculdade inteira para poder pagar por procedimentos estéticos. Ela tinha tentado se encaixar nos padrões do mundo para sobreviver, e isso acabou impedindo sua sobrevivência. Fiquei arrepiado com o pensamento de que a lâmina cruel que tirara a vida dela ainda estava em minhas mãos.

Engoli minhas lágrimas e coloquei minha mão bem no fundo do bolso do meu casaco. Em vez de um bisturi, peguei uma flor. Era uma flor artificial que tinha comprado no dia anterior. Coloquei a falsa flor vermelha brilhante em seu pequeno espaço. E fiquei ali, sem saber o que fazer. Lágrimas começaram a escorrer novamente.

Ouvi passos de alguém se aproximando e abaixei a cabeça, cobrindo minha boca com a máscara úmida. Fechei meus olhos cheios de lágrimas e implorei de novo e de novo. Lamento muito. Eu... cometi um erro. Por favor... não me perdoe. Descanse... em paz. Por favor... rezo para que fique em... paz.

◉◉◉

Assim que entrei em Seul, no ônibus intermunicipal, o trânsito começou a ficar congestionado. Eu estava de olhos fechados, como se estivesse dormindo, tentando conter as emoções que estavam explodindo do meu coração.

Minha esposa não tinha acreditado em mim quando eu disse que estava de licença remunerada. Perguntou o que havia acontecido e ficou pedindo mais explicações o tempo todo. Como eu tinha aprendido que precisava ser sem-vergonha e ousado em momentos como aquele, fingi que estava dando um tempo por causa de um desentendimento com o diretor. Mas mesmo isso não durou muito tempo. Após a morte da paciente, um grupo pequeno de voluntários do qual ela fazia parte correu para o hospital e fez uma manifestação. Logo, o incidente foi noticiado e o assunto também se espalhou rapidamente pela internet.

Minha esposa me perguntou a verdade. Eu a evitei. Que importância tinha a verdade? Para que eu e minha família continuássemos a viver, era melhor manter a minha boca fechada. No entanto, minha esposa insistiu dizendo que a filha também estava curiosa sobre o caso do pai, e continuou pressionando. Então, eu talvez não devesse ter tido mais cuidado com as palavras e tentado apaziguar a situação? Frustrado, falei para minha esposa que não tinha sido eu o responsável pelo acidente médico. Aquilo havia acontecido no departamento cirúrgico, e não era algo incomum em nosso ramo. Além disso, o diretor era bom em lidar com essas coisas. Em breve eu estaria de volta à minha rotina, e estava apenas dando um tempo do clima ruim que havia no hospital. Minha esposa não acreditou em mim e não falou mais comigo.

Não sabia se ela estava orando em algum templo budista ou vagando por aí, mas todos os dias ela só voltava para casa à noite. Nossa filha também parecia ter entendido a situação e começou a me evitar. Então, num domingo à noite, enquanto eu estava deitado em casa sozinho, esperando a comida que havia pedido ser entregue, fiquei com raiva. Liguei para minha esposa e, assim que ela atendeu, comecei a falar o que me veio à cabeça. "Sabe por que eu faço isso? Por que eu trabalho num lugar assim? Acha que não sou consumido pela culpa? Trabalho nesse lugar horrível para sustentar você e nossa filha! Senão como vamos viver? Acha que é fácil viver neste mundo? Na vida há perdedores, vencedores e vítimas, e eu trabalhei incansavelmente para proteger nossa família! Mas, agora que estou cansado e resolvo descansar um pouco, você não fica ao meu lado? Onde diabos você está? Volte agora mesmo!"

Tarde da noite, minha esposa e minha filha chegaram em casa. Elas me encararam de forma resignada. Minha esposa disse que queria dar um tempo e que não se pronunciaria até que o caso fosse esclarecido.

Concordei e olhei para minha filha, esperando que ela me olhasse nos olhos. Ela ergueu os olhinhos e me encarou. Eu não gostava daqueles olhos pequenos, a única coisa dela que se parecia comigo — a personalidade, o temperamento e a aparência eram muito diferentes. Teria sido melhor se ela se parecesse comigo em outras coisas e tivesse puxado os olhos da mãe. Um pensamento de repente saiu pela minha boca:

— Você precisa ouvir seu pai. Assim poderei fazer uma cirurgia de pálpebra dupla em você quando entrar na faculdade.

— Por quê? Vai me matar também?

Minha esposa e eu congelamos com as palavras duras que saíram pela boca da nossa filha. Fiquei sem resposta e meu corpo começou a tremer. Mesmo assim, minha filha não retraiu o olhar de desprezo. Num instante, sem perceber, levantei a mão. Então, minha esposa ficou no caminho entre minha filha e eu. Minha esposa bloqueou meu corpo trêmulo enquanto gritava comigo, mas eu não conseguia ouvir nada. Minha esposa tentou, desesperadamente, me segurar quando eu fui em direção à minha filha. Por reflexo, afastei minha esposa. Ela deu um grito quando se chocou contra o armário e desmaiou.

Quando recobrei o juízo, minha filha estava sentada ao lado da mãe, que ainda estava caída, e ligava com urgência para algum lugar. Eu apenas sentei e fiquei sem acreditar no que estava diante dos meus olhos.

O médico recomendou internação, dizendo que precisava tratar dos hematomas e descansar por alguns dias. Minha esposa, que estava deitada na cama do quarto individual, me evitou, com um olhar vazio. Mesmo depois que me desculpei e disse que isso nunca mais aconteceria, ela ficou em silêncio.

Minha esposa virou-se para a janela a fim de me evitar. Sentei-me na cadeira do acompanhante e abaixei a cabeça. Precisei me esforçar para conter as lágrimas.

Quanto tempo será que passou?

De repente ouvi a voz da minha esposa.

— Você pensou que estava nos protegendo?

Quando olhei para cima, vi o seu rosto encostado na cama do hospital.

— Você não precisa mais se dar ao trabalho... de nos proteger.

— ... Do que você está falando?

Ela fechou os olhos. Prendi a respiração e não falei mais nada.

— Se você queria proteger sua família, deveria ter sido honesto com ela.

Ela queria saber a verdade. Mesmo assim não consegui responder, porque achei que eu fosse ser julgado no momento em que falasse o que tinha feito. Então eu não disse nada.

Alguns dias depois minha esposa teve alta do hospital. Parecia conformada, e eu achei que com o tempo tudo ficaria bem. Coincidentemente, recebi uma ligação do hospital dizendo que poderia voltar a trabalhar, e assim eu fiz como se nada tivesse acontecido.

Quando voltei para casa, minha esposa e minha filha haviam partido. Isso era o fim.

Eu também estava acabado. Elas não atendiam minhas ligações. Tentei formar uma família diferente da que tive na minha infância miserável, mas agora tudo havia virado uma bagunça. Eu não conseguia dormir, a menos que estivesse bêbado.

Após alguns dias sem ir trabalhar, o diretor me ligou.

Agora minha família estava arruinada, e eu estava indo à loucura. O diretor riu e me disse que então eu descansasse para sempre. Ele devia estar achando aquela situação toda absurda. Então, decidi foder com o diretor. Afinal, ele me tratou como um idiota. Eu precisava compensar que minha vida estava arruinada arrastando aquele homem comigo para o inferno.

Recolhi informações sobre a corrupção no hospital e as transferi para a minha conta na nuvem. Enquanto isso, continuava em busca da minha esposa e da minha filha. Durante todo esse processo, eu estava me deteriorando aos poucos. Descobrir a corrupção no hospital era como testemunhar minha degradação, e o sentimento de culpa em relação à minha esposa e filha se misturou com a culpa que eu sentia por ter matado a paciente, me oprimindo. Fiquei angustiado e deprimido. O álcool era uma fuga, um refúgio. Eu precisava ficar bêbado o tempo todo, e levar uma rotina normal era impossível. Cheguei ao ponto em que precisava me encontrar antes de encontrar minha esposa e filha.

Minha casa estava coberta de poeira e teias de aranha. Recebi uma multa de execução hipotecária bem na época em que descobri o paradeiro da minha esposa e da minha filha, elas estavam em Daegu. Então reuni minhas últimas forças, peguei minhas coisas e segui em direção à Estação Seul. Enquanto esperava para embarcar no KTX com destino a Daegu com meu bilhete na mão, senti meu corpo todo tremer só de imaginar o rosto da minha esposa e da minha filha. Eu estava suando frio. Num ímpeto, rasguei o bilhete e corri para o banheiro, onde vomitei e desmaiei.

Quando acordei, estava vestindo apenas calças e camiseta. A minha jaqueta luxuosa, meus sapatos feitos à mão, a carteira e a bolsa haviam sido roubados.

Descalço, fiquei olhando para o espelho do banheiro. De repente, vi os rostos da minha esposa e da minha filha no espelho. Assim que a imagem delas se transformou no meu rosto, fiquei confuso e dei cabeçada.

A partir de então, não consegui sair da Estação Seul. Acabei me tornando uma pessoa em situação de rua e meus colegas que se encontravam na mesma situação me chamavam de Dok-go. Era o nome de um velho morto e não era ruim para uma nova identidade.

◉◉◉

Depois de chegar à Estação Seul, fui para Hoehyeon-dong e entrei em um motel com banheira. Enchi a banheira com água quente e entrei nela. Enquanto o suor escorria, eu bebia chá de cabelo de milho. Eu tinha levado quatro sacos do chá e bebi todos antes de me lavar na banheira. Era como se eu estivesse tentando me livrar de todas as impurezas do meu corpo, e até urinei vigorosamente. Após tomar banho e me secar, deitei na cama e adormeci.

Na manhã seguinte, acordei, vesti a roupa e saí para a rua. Estava com fome, mas não me incomodei com o estômago vazio. Uma vez vazio, estava confiante de que suportaria a fome por vários dias e pensei que seria mais útil para manter meu ânimo.

A Estação Seul apareceu na minha frente. De repente, meu coração começou a bater forte. Após passar por vários semáforos, cheguei à praça da estação. Alguma organização estava distribuindo máscaras para as pessoas em situação de rua. A aparência dos sem-teto usando máscaras era muito estranha. Será que era por eles? Ou porque temiam que se tornassem uma fonte de infecção? Provavelmente as duas coisas. De máscara, todos pareciam iguais. Qualquer um podia se infectar e ser fonte de infecção para outros. Eram apenas vírus chamados seres humanos. O vírus que assolava a Terra havia dezenas de milhares de anos.

Ali na Estação Seul, a caminho de Daegu, fui assolado por lembranças de quando desmaiei naquele lugar, quatro anos atrás. Mas desta vez eu não estava sozinho. Vi a chefe se aproximando de mim com uma sacola com marmita. Ela fez questão de vir se despedir de mim, mesmo quando insisti que não precisava. Era plausível a lógica de que, como tínhamos nos conhecido na Estação Seul, deveríamos nos separar lá. Eu fui convencido. Na verdade, eu precisava desesperadamente da ajuda da chefe. Eu esperava que ela me impedisse de repente de rasgar a passagem de novo, correr para o banheiro, bater com a cabeça e desmaiar.

— São coisas de que você gostava.

A chefe entregou uma sacola plástica. Dentro havia uma marmita com iguarias e chá de cabelo de milho. Eu olhei para aquilo por um tempo e não consegui dizer nada.

— Se você for a Daegu, pode provar que é médico, certo?

— Já confirmei por... telefone.

Naquele país, a licença médica nunca era cassada, mesmo que você matasse alguém ou cometesse um crime sexual. Era chamada de "Licença da Fênix". Por quê? Porque os médicos eram amigos dos juízes. Talvez nós tenhamos cometido aquelas atrocidades acreditando nessa impunidade. Ao matar e salvar as pessoas tendo um privilégio tão terrível, talvez tenhamos nos confundido com as divindades onipotentes. Depois que uma das pacientes que operei se tornou uma celebridade bem-sucedida, as pessoas disseram que ela havia tido a ajuda do "médico divino". Mas eu era apenas humano. Era apenas eu, uma pessoa má, um ser egoísta que só pensava em mim mesmo.

— Eu não queria deixar você ir, mas como posso impedi-lo de ser voluntário em Daegu neste momento? Do jeito que você é, vai se dar bem por lá também. Se cuide.

— Foi graças à senhora, chefe. Se... eu não tivesse conhecido a senhora, eu estaria deitado aqui... Em vez de a caminho de Daegu.

— Então, acho que também estou dando minha contribuição durante essa pandemia, né?

— Mas é claro.

Eu, que nunca tinha sido voluntário desde que me tornara médico, estava indo dar apoio num centro médico em Daegu. Pensei mais uma vez na mulher que havia visitado no cemitério, no dia anterior. Ir para Daegu não apagaria o pecado que cometi, mas seria uma forma de viver me lembrando dele. Devia continuar buscando caminhos semelhantes no futuro.

— As pessoas estão mais quietas porque estão usando máscaras.

— Pois é.

— Todo mundo fala demais de si mesmo, é como se o mundo fosse uma sala de aula de ensino médio. As pessoas ficam se achando, pensando que sabem de tudo. Para mim foi por isso que a Terra semeou essa praga, para deixar os humanos mais humildes.

— Mas tem gente que nem usa máscara... e fala demais.

— Esses são justamente os que precisam ser castigados.

— Ah... Haha.

Involuntariamente, ri como um palhaço.

— Ficam reclamando que usar máscara é desconfortável, que a pandemia é inconveniente, e dizem que vão fazer o que quiserem da vida. Mas o mundo sempre foi assim. É mesmo desconfortável viver.

— Eu acho... que sim.

— Sabe de uma coisa? As pessoas da vizinhança costumavam chamar nossa loja de uma inconveniente loja de conveniência.

— Quer dizer que... você sabia.

— Mas é claro. Temos pouca variedade de produtos e não temos muitos eventos, em comparação com outros lugares. E não dá pra pechinchar, como nas lojas menores locais também. Enfim, diziam que era muito inconveniente.

— Uma loja de conveniência... inconveniente...

— Depois que você veio, até que melhorou. Tanto para os clientes, quanto para mim. Mas acho que agora vai ficar inconveniente de novo.

— Por... quê?

— Mas que pergunta. Volte quando terminar seus negócios em Daegu.

Em vez de falar, dei um sorriso envergonhado. Acho que serviu de resposta para a chefe. Ela me deu um tapinha nas costas.

— Esqueça o que eu disse. As pessoas têm que passar por dificuldades, não é? Então é bom que a nossa loja de conveniência volte a ser inconveniente. Nunca mais volte, entendeu?

— Sim, senhora.

— E não fique só trabalhando como voluntário. Vá ver a sua família também.

Mas o quê? Eu tinha contado para a chefe que minha esposa e filha estavam em Daegu? Será que eu estava perdendo a memória de novo? A chefe se parecia com o deus em que ela acreditava. Como ela sabia o que havia no meu coração e cuidava dele? Neste mundo, não eram os médicos divinos que alcançavam a santidade, e sim pessoas como a chefe, que tinham profunda compaixão pelos outros.

Embora a hora da partida estivesse se aproximando, eu não conseguia mexer os pés. Como se ainda tivesse um ímã invisível me puxando para trás, eu não conseguia seguir em frente. Como se a chefe fosse meu respirador de oxigênio, fiquei parado ao lado dela, sem saber o que fazer.

— Agora está na hora de ir. Já estou há muito tempo em pé, e não aguento.

Eu me virei e olhei para a chefe. Será que ela era a minha mãe que tinha me deixado e desaparecido? Era a minha avó paterna que havia falecido enquanto cuidava de mim? Quem era ela? Eu a abracei e disse baixinho:

— Eu deveria ter morrido... mas a senhora... me salvou. É vergonhoso, mas... vou tentar viver.

Em vez de responder, ela me deu outro tapinha nas costas com sua pequena mão, enquanto me abraçava.

◉◉◉

Assim que passei pela bilheteria, não olhei para trás e andei sem parar até a plataforma. Quando entrei no trem e sentei no meu assento, as lágrimas começaram a escorrer. Eu esperava que o trem partisse logo. Esperava que ele fosse tão rápido que as minhas lágrimas voassem, e que eu chegasse a Daegu de uma vez. Como se estivesse ciente do meu desejo, o trem começou a se mover. Assim que saí da Estação Seul, pude ver o caminho para a loja de conveniência pela janela. Parecia que eu podia ver Cheongpa-dong, conhecida como Colina Verde, e a inconveniente loja de conveniência.

O trem subiu a ponte ferroviária do rio Han. O sol da manhã refletido na superfície da água tremeluzia, brilhante.

Eu dizia que, desde que tinha me tornado um sem-teto, não havia deixado a Estação Seul e seus arredores. Mas, na verdade, eu tinha estado no rio Han uma vez. Eu tentei pular da ponte e me jogar. Eu falhei. Na verdade, após passar o inverno na loja de conveniência, pretendia pular da ponte Mapo ou da ponte Wonhyo. Mas agora eu sabia.

O rio não era um lugar para se cair, mas para se atravessar.

Uma ponte era um caminho por onde passar, não um lugar de onde pular.

As lágrimas não paravam. Era constrangedor, mas decidi viver. Resolvi suportar minha culpa. Eu ajudaria quem pudesse, compartilharia o que fosse possível e não seria consumido pelos meus próprios desejos. Usaria as minhas habilidades, que antes usava apenas para meu próprio benefício, a fim de tentar salvar os outros. Eu procuraria minha família para pedir perdão. Se não quisessem me encontrar, eu me afastaria, com o coração contrito. Eu lembraria que a vida, de um jeito ou de outro, continua, e que sempre tem algum propósito. Continuaria vivendo.

O trem atravessou o rio. As lágrimas pararam.

Agradecimentos

Pyung-seok Oh, que me inspirou, e Yu-ri Jeong, que supervisionou o trabalho.

GS25 Moon Ragland, Yong-gyun Byun e Jeong-wan Yoo, que colaboraram com ideias.

Hyeon-cheol Jung, que compartilhou seus conhecimentos sobre cerveja artesanal.

Também gostaria de expressar minha mais profunda gratidão ao CEO da Namu Ot-eui Ja, Sr. Soo-cheol Lee, e à equipe da revista semanal Haji-sun.

Banzisu, que desenhou a ilustração da capa.

Yeo-ul Jung, que escreveu uma carta de recomendação.

E a Se-hee Kim, diretora do Centro Cultural Terra, que forneceu a sala de escrita criativa, e todos os envolvidos.

A todos vocês, a minha mais profunda gratidão.

Este livro foi composto na tipografia ITC Leawood
Std em corpo 10/16, e impresso em
papel off-white no Sistema Cameron da
Divisão Gráfica da Distribuidora Record.